acabus

Michael E. Vieten

Christine Bernard

Das Mädchen aus einer anderen Welt

acabus

Vieten, Michael E.: Christine Bernard. Das Mädchen aus einer anderen Welt. Hamburg, acabus Verlag 2020

1. Auflage
ISBN: 978-3-86282-739-8

Dieses Buch ist auch als eBook erhältlich und kann über den Handel oder den Verlag bezogen werden.
ePub-eBook: ISBN 978-3-86282-741-1
PDF-eBook: ISBN 978-3-86282-740-4

Lektorat: acabus Verlag
Satz: Lea Oussalah, acabus Verlag
Umschlaggestaltung: © Annelie Lamers, acabus Verlag
Umschlagmotiv: © Loneliness von Artem Furman/stock.adobe.com

Bibliografische Information der Deutschen Nationalbibliothek: Die Deutsche Nationalbibliothek verzeichnet diese Publikation in der Deutschen Nationalbibliografie; detaillierte bibliografische Daten sind im Internet über http://dnb.d-nb.de abrufbar.

Der acabus Verlag ist ein Imprint der Bedey Media GmbH, Hermannstal 119k, 22119 Hamburg.

---

http://www.acabus-verlag.de
Gedruckt in Europa

Die Handlung in diesem Roman ist frei erfunden. Ähnlichkeiten mit lebenden oder toten Personen wären rein zufällig und sind nicht beabsichtigt.

Vielen Dank an die Mitarbeiter der Pressestelle des Polizeipräsidiums Trier für ihre zahlreichen Auskünfte.

Besonderen Dank an Birgit D. für ihre wertvolle Unterstützung und ihre Zuversicht.

Und über uns die Sterne

Sie kommen in der Nacht. Sie stehlen Menschen.

Wenn man einen von ihnen tötet, werden sie ihn rächen. Dann ist man allein und nirgendwo sicher.

Die Lampen an den Decken hüllten den Raum in ein schwaches grünes Licht und nahmen allem die Farbe. Ihr nackter Körper schimmerte hellgrau, die Liege auf der sie lag, erschien ihr fast schwarz, die Wände waren offenbar mit einer Mischung aus beidem gestrichen. Nur die Farbe an den Wänden im Schlafraum war beinahe weiß.

Motoren summten und dröhnten und rauschten im Hintergrund. Stimmengemurmel. Leise Musik.

Sie starrte in das grüne Licht. Durch den Schleier des Beruhigungsmittels hindurch spürte sie ihren Unterleib. Heute war sie dran. Sie alle wurden untersucht.

Es stand vor ihr, mit riesigen Augen ohne Pupillen. Kein Mund und keine Nase. Keine Haare auf dem Kopf. Die Haut des nackten Körpers schimmerte matt.

Sie blieb tapfer. Diese Untersuchungen mussten sein. Das hatten sie ihr erklärt. Sie durfte gehen, wenn sie alles klaglos ertrug. Das hatte man ihr versprochen. Nur, wann das sein würde, hatte man ihr nicht gesagt.

Die anderen Mädchen waren schon länger da als sie. Nur Miranda nicht. Eine Holländerin. Sie hatte stundenlang geweint, nachdem man sie gebracht hatte. Dann bekam sie das Beruhigungsmittel und wurde das erste Mal untersucht. Seither dämmerte sie zwischen Wachen und Schlafen, ohne Bewusstsein für Zeit und Raum.

Die Untersuchung war zu Ende. Starke Arme halfen ihr beim Aufstehen und beim Duschen. Sie durfte ihre Tunika wieder anziehen und wurde in den Schlafraum zurückgebracht.

Zwei Türen weiter lag der Maschinenraum. Dort war das allgegenwärtige Dröhnen, Summen und Rauschen am lautesten.

Es gab etwas zu essen und zu trinken. Müsli mit Milch, Früchte, Wasser und Saft. Manchmal auch Brot und Wurst oder Marmelade. Sie sorgten für einen. Nur warmes Essen, Salat und Gemüse gab es nie.

Sie musste auf die Toilette und übergab sich. Eine Reaktion auf das Beruhigungsmittel, hatten sie ihr erklärt.

Sie legte sich auf ihr Bett. Sie war so müde.

Die Holländerin wurde erneut zur Untersuchung geführt. Jetzt war die also dran.

Sie hatte geschlafen. Wie lange, wusste sie nicht. Hier drin ging jedes Zeitgefühl verloren. Sie kannte nicht einmal die Tageszeit. War es Morgen oder Abend, Sommer oder Winter? Wie lange war sie bereits hier?

Die Holländerin wurde zurückgebracht und begann sofort zu weinen. Sie stand auf, ging zu Mirandas Bett und tröstete sie.

„Wir müssen hier weg!“, jammerte Miranda. „Fliehen!“

Miranda brachte sie alle in Gefahr. Immer wieder wollte sie fliehen. Dabei war es das Beste, sich nicht zu wehren. Sie hatten versprochen, sie dann frei zu lassen. Einige durften bereits gehen, dafür kamen andere.

Aber wenn man sich auflehnte, konnte es passieren, dass man verletzt wurde. Miranda behauptete sogar, dass sie Mädchen aus der Gruppe getötet hätten. Aber das war ganz sicher Unsinn.

Diese Untersuchungen mussten sein. Das hatten sie immer wieder versichert.

Sie stammten aus einer anderen Welt. Fern und besser als unsere. Sie wollten die Menschen studieren und dann alle retten.

„Wovor denn?", begann Miranda, hysterisch zu schreien. „Wovor denn retten?"

Sie hatte die Holländerin beruhigen wollen.

„Stell nicht so viele Fragen. Denk nicht so viel nach. Wehr dich nicht. Gib dich hin. Dann wird alles gut."

Sie hatte ihr nicht geglaubt. Verrückt sei sie, hatte Miranda gesagt. Dabei würde sie selbst diejenige sein, die ihren Verstand verlor, wenn sie ständig an Flucht dachte.

„Man muss sich mit den Dingen im Leben arrangieren", hatte ihre Mutter sie stets ermahnt. „Hadere nicht mit deinem Schicksal", sagte sie oft. Dann war sie tot. Der Krebs hatte sie geholt.

Sie legte sich wieder auf ihr Bett und starrte an die Decke. Im Maschinenraum dröhnten die Motoren. Sie schloss ihre Augen und sah über sich die Sterne.

Sie befanden sich an Bord eines riesigen Raumschiffs auf einer langen Reise durch das All. Diese lärmenden Motoren, das waren die Triebwerke.

Sie sah den schwarzen Weltraum und die unzähligen glitzernden Lichter, auf die sie zuflogen. Fremde Sonnen und Monde, Planeten und Gestirne, Asteroiden und Galaxien, verhüllt in bunten Nebeln, wanderten an den Fenstern vorbei.

Aber in diesen Räumen gab es keine Fenster.

Unerwartet weinte sie. Sie wusste auch nicht, warum. Es überraschte sie immer wieder. Es passierte einfach manchmal. Früher hatte sie nie geweint.

Das läge an dem Beruhigungsmittel, hatten sie ihr gesagt.

Plötzlich wurde die Tür aufgestoßen. Noch bevor sie verstand, was geschah, zog man sie auf die Beine. Dann liefen sie mit ihr über den Gang auf das glänzende Tor zu. Von dort kamen die neuen Menschen. Auch sie selbst kam einmal von dort. Aber wie lange das her war, wusste sie nicht mehr.

Das glänzende Tor fuhr auf. Dahinter befand sich eine matt schimmernde Kabine. Sie stiegen hinein. Weißes Licht. Das Tor schloss sich. Motoren summten. Ihre Beine gaben nach, zwei starke Arme stützten sie.

Das glänzende Tor schob sich wieder auf und dann war es plötzlich sehr warm, beinahe stickig. Und laut war es. Verkehrslärm. Sie waren endlich zurück auf der Erde.

„Miranda!“, wollte sie rufen. „Siehst du? Alles wird gut, wenn du nur brav tust, was man von dir verlangt.“

Aber wie dumm von ihr. Die Holländerin konnte sie ja nicht hören. Miranda musste noch bleiben, sie wurde ja noch weiter untersucht.

Sie fuhren mit dem Wagen. Es war Nacht. Trotzdem war draußen alles bunt. Die Lichter der Stadt, andere Fahrzeuge, die Kleidung der Menschen. Sie sahen glücklich aus. Dann führte die Fahrt sie über Land.

Schwarz war der Wald, kaum heller dahinter das Firmament über den Wipfeln der Bäume. Nur wenige Sterne waren zu sehen.

Sie legte ihren Kopf an die Fensterscheibe und schaute weiter in den Himmel. Die Wirkung des Beruhigungsmittels ließ nach.

Sie dachte an Basti. Sie lächelte.

Das Auto rumpelte über eine Unebenheit. Etwas klapperte im Ablagefach der Tür. Dann entdeckte sie das Plastikding und griff danach.

Sie wusste nicht, welche Energie das war und woher sie kam. Aber sie verlieh ihr übermenschliche Kräfte und diese Urgewalt legte sie in einen einzigen Stoß.

Sie hatten rotes Blut, genauso wie Menschen.

Zeit

Sie würde sich verspäten. Daran war nichts mehr zu ändern. Auch wenn sie nun das Treppenhaus in der Kriminaldirektion hinauf stürmte und dabei wie immer zwei Stufen auf einmal nahm. Zeit konnte man nicht aufholen oder gar mit ihr verhandeln. Sie verstrich, zog weiter und ließ einen zurück. Man musste selbst zusehen, dass man ihr folgte. Und das war gar nicht so einfach. Denn es machte einen Unterschied, ob man eine Nacht mit seinem Liebsten verbrachte oder in der Nacht zuvor einen Verdächtigen observiert hatte. Die Zeit verging wie im Fluge oder sie dehnte sich zur Unerträglichkeit aus.

Auf jeden Fall hatte Christine in den letzten 48 Stunden zu wenig geschlafen. Nur damit würde sie sich rechtfertigen können. Aber das war nicht ihre Art. Sie hatte mit Torben eine leidenschaftliche Nacht verbracht und prompt verpennt. So war es. Und ja, sie hätte sich stattdessen ausruhen sollen. Aber er musste sich am frühen Morgen auf eine zweiwöchige Orchesterreise nach Paris begeben und sie wollte ihm etwas Unvergessliches für diese Zeit mitgeben. Das war ihr gelungen und sie lächelte bei dem Gedanken daran. Dann zog sie die Glastür zu der Etage auf, auf der ihr Büro lag. Schwer atmend holte sie zum nächsten Schritt aus und wäre beinahe mit Kriminalkommissar Rolf Bender zusammengeprallt.

Erschrocken trat er zurück.

„Meine Güte", stammelte er und balancierte einen Stapel Ermittlungsakten auf seinem Arm aus. „Was ist denn mit dir los?"

„Bin zu spät", schnaufte Kommissarin Bernard und wich ihm aus.

„Stopp!", rief er, durchsuchte den Stapel Akten, zog eine heraus und hielt sie ihr entgegen. „Die ist für euch."

Sie schnappte danach und lief weiter.

Nachdem sie die Tür zu ihrem Büro aufgerissen hatte, lief sie auf eine junge Frau auf. Sie stand im Raum, als ob sie auf irgendetwas wartete. Kollege Kluge telefonierte.

Angenehm kühl wehte ihr die Morgenluft durch das geöffnete Fenster entgegen. Der Verkehrslärm der Stadt stieg zu ihr empor, während sie die Akte auf ihren Schreibtisch fallen ließ.

Schuldbewusst warf sie Torsten einen schnellen Blick zu. Doch der Hauptkommissar telefonierte konzentriert weiter.

Sie war ordentlich ins Schwitzen geraten. Für solch sportliche Einlagen war ein früher Vormittag Ende Juli eindeutig zu warm.

„Guten Morgen. Was kann ich für Sie tun?", sprach sie die junge Frau an.

Die streckte ihr die Hand zum Gruß entgegen.

„Ich bin Rita. Praktikantin."

Die Hand fasste kräftig zu und war warm, ein wenig verschwitzt. So wie ihre eigene. Christine lockerte ihren Griff und stellte sich vor. Ein Leuchten huschte über Ritas

Gesicht. Vielleicht war es aber auch nur eine Reflexion von einer der Windschutzscheiben der an- und abfahrenden Linienbusse unten auf dem Bahnhofsvorplatz.

Torsten Kluge hatte sein Gespräch beendet und ließ den Hörer zurück auf das Telefon fallen.

„Guten Morgen. Ihr habt euch ja schon miteinander bekannt gemacht. Das ist Frau Lange, sie wird die nächsten zwei Wochen mit dir mitlaufen."

Christine nickte und griff nach der Akte. Sie wollte sie ihrem Kollegen auf den Tisch legen, doch der wehrte ab.

„Ist das die Akte Ahlers?"

Kommissarin Bernard las stumm vom Deckel ab.

„Ja."

„Kannst du gleich behalten. Ist dein Fall. Lina Ahlers. Wurde vom Kriminaldauerdienst heute Nacht in Untersuchungshaft eingewiesen. Sie behauptet, einen Alien ermordet zu haben."

Bei dem Wort „Alien" ließ Torsten Kluge seinen Zeigefinger an der Schläfe kreisen.

„Wenn die Tatverdächtige verwirrt ist, sollten wir Karin hinzuziehen."

„Sprich erst mal mit Lina Ahlers. Vielleicht hat sie sich inzwischen beruhigt."

Der Hauptkommissar richtete seinen Blick auf die Praktikantin.

„Wird sicher interessant für Sie. Vernehmung einer Verdächtigen zum Tatvorwurf Mord. Vielleicht war es aber auch nur Körperverletzung mit Todesfolge. Oder spinnt die Dame und es handelt sich am Ende nur um die Vortäuschung einer Straftat? Legt los und bekommt es heraus."

Offensichtlich bester Laune wartete Torsten Kluge grinsend darauf, dass seine Anweisungen ausgeführt wurden, bevor er sich wieder der eigenen Arbeit widmete.

Rita zog die Bürotür auf und ließ Christine an sich vorbeilaufen. Dann folgte sie ihr wie selbstverständlich an den Aufzugtüren vorbei in das Treppenhaus und lief mit ihr die Stufen hinab.

„Ist der immer so gut gelaunt?"

Kommissarin Bernard griente.

„Nicht immer, aber meistens."

„Cooler Chef."

„Torsten hat sein Kommissariat im Griff und das verleiht ihm seine Souveränität."

„Wer ist Karin?"

„Karin Vollmer ist unsere Polizeipsychologin. Bei der Befragung von Festgenommenen, die nicht ganz beieinander sind, sollte sie dabei sein, um die Vernehmungsfähigkeit festzustellen."

Sie verließen das Backsteingebäude der Kriminaldirektion Trier und überquerten den Parkplatz.

Der weiße Renault Mégane glänzte in der Sonne. Sie stiegen ein und ließen die Seitenfenster herunterfahren. Lässig legte Rita ihren Ellenbogen auf den Türrahmen und klappte die Sonnenblende herunter. Christine startete den Motor und parkte aus.

Der Wind spielte mit ihren langen Haaren, während sie den Wagen an eine rote Ampel heranrollen ließ und ihn anhielt. Sie griff nach ihrer Sonnenbrille und setzte sie auf.

„Du möchtest also zur Kripo?“

„Ich weiß es noch nicht. Bundespolizei gefällt mir auch.“

Rita sah sie an, blinzelte gegen die Sonne und lächelte. Ihr Haar war kurz geschnitten und fast so dunkel wie das von Christine. Zartrosa Lippen, ein breiter Mund und lebhafte braune Augen.

Die Kommissarin erinnerte sich an ihre ersten Jahre bei der Polizei. Auch sie saß damals oft in dem Dienstwagen eines erfahrenen Kollegen und bemühte sich, selbstbewusst zu wirken und ihre Unsicherheit zu verbergen. Nun war sie bereits Kriminalkommissarin und diese junge Frau neben ihr auf dem Beifahrersitz blickte zu ihr auf. Was die Zeit so alles mit einem anstellte …

Rita hingegen wirkte schon jetzt selbstsicher und beinahe kess. Sicher war sie in ihrer Jugend lieber auf Bäume geklettert, anstatt mit Puppen zu spielen.

Die Ampel sprang auf Grün. Christine legte den Gang ein und fuhr los.

Rita schaute wieder nach vorne.

„Ich freue mich auf die Woche mit dir. Deine Kollegen sprechen sehr nett über dich.“

Nun lächelte Kommissarin Bernard.

„Aha. Wer denn so?“, fragte sie neugierig und grinste.

„Jörg Rottmann zum Beispiel. Ich hatte den Eindruck, er war enttäuscht, dass ich nicht seinem Team zugeteilt wurde.“

„Ach, der Jörg. Vielleicht hast du ihn beeindruckt. Möchtest du lieber wechseln?“

Rita lachte.

„Nein. Ich hab's nicht so mit Männern.“

Kommissarin Bernard steuerte den Wagen auf die Autobahn und gab kräftig Gas.

Im Frauentrakt des Untersuchungsgefängnisses musste Christine ihre Dienstwaffe abgeben. Dann trug sie sich und Rita ins Pfortenbuch ein. Neben den Justizvollzugsanstalten in Koblenz und Rohrbach war die JVA Zweibrücken eine von drei Haftanstalten in Rheinland-Pfalz, die weibliche Häftlinge aufnahmen.

Summend und schnarrend sprang die Tür zu einer gläsernen Schleuse auf. Sie gingen hindurch und betraten den langen Flur des Gefängnistraktes, auf dem der Vernehmungsraum lag, in den in wenigen Minuten Lina Ahlers gebracht werden sollte.

Rita entdeckte einen Kaffeeautomaten und suchte in ihren Hosentaschen nach Kleingeld.

„Schwarz oder mit Milch und Zucker?“

„Schwarz.“

Sie drückte eine Taste. Der Automat arbeitete.

Sie reichte Christine den ersten Becher.

„Danke.“

Rita trank ihren Kaffee mit Zucker.

Gedämpft drangen die Geräusche aus den angrenzenden Zellenblöcken zu ihnen vor.

Lina

Justizvollzugsbeamte liefen mit quietschenden Sohlen über den Linoleumboden. Es roch nach Putzmitteln. Kommissarin Bernard nippte an ihrem Kaffee.

„Während der ersten Vernehmung stellst du bitte keine Fragen. Wir können später darüber reden. Ist das deine erste Vernehmung?"

Rita nickte.

„Ja. Bin ein wenig aufgeregt."

„Mal sehen, was uns hier erwartet. Kann man nie vorhersehen. Langweilig war es jedenfalls bisher nie."

Eine junge Frau in Anstaltskleidung wurde über den Flur geleitet. Blass, mager. Strähniges blondes Haar. Mit scheuem Blick musterte sie die beiden Frauen, die offenbar ihretwegen gekommen waren.

Lina wurde in den Vernehmungsraum geführt. Sie fürchtete sich, obwohl sie gar nicht genau wusste, was sie nun erwartete.

Sie durfte sich setzen. Die zwei Beamtinnen nahmen ihr gegenüber Platz. Beide erschienen ihr sympathisch. Die mit den langen Haaren mochte sie ein wenig lieber. Sie sprach freundlich mit angenehmer Stimme. Die andere sagte nichts.

Die Beamtin der JVA lächelte Lina aufmunternd zu, verließ den Raum und schloss die Tür hinter sich.

Kommissarin Bernard beugte sich vor und schaltete das Mikrofon ein, das auf dem Tisch stand.

„Frau Ahlers …“

„Sie können mich Lina nennen.“

„Also gut, Lina. Sind Sie damit einverstanden, dass unser Gespräch aufgezeichnet wird?“

Lina nickte.

„Sie müssen bitte ‚ja‘ oder ‚nein‘ sagen.“

„Ja.“

„Sind Sie damit einverstanden, dass Frau Lange zu Schulungszwecken während der Vernehmung anwesend ist?“

Lina warf Rita einen scheuen Blick zu.

„Ja.“

„Beginn der Vernehmung von Lina Ahlers. Es ist 9:34 Uhr. Die Vernehmung führt Kommissarin Christine Bernard. Außerdem anwesend: Praktikantin Rita Lange.“

Lina lächelte unsicher.

„Lina, ich bin Kommissarin Christin' Bernar', das ist meine Kollegin Frau Lange.“

„Sind Sie Französin?“, fragte Lina zaghaft.

„Nein. Ich bin in Luxemburg geboren und in Deutschland aufgewachsen.“

Lina nickte schüchtern.

„Ich muss Sie darüber belehren, dass Sie als Beschuldigte vernommen werden und Sie einen Anwalt hinzuziehen dürfen.“

Lina nickte unterwürfig, während die Kommissarin sie weiter belehrte. Linas Hände zitterten vor Aufregung.

Nervös rieb sie ihre Handflächen aneinander, sie waren kalt und feucht.

Christine schlug die Ermittlungsakte auf und las die ersten Zeilen.

„Sie wurden heute Nacht von den Kollegen des Kriminaldauerdienstes verhaftet, weil Sie behaupten, jemanden getötet zu haben. Ist das richtig?"

Lina nickte stumm.

Kommissarin Bernard verzichtete auf eine erneute Belehrung, geschlossene Fragen mit „ja" oder „nein" zu beantworten. Sie sah es Lina an, wie schwer es ihr fiel, überhaupt eine Antwort zu formulieren.

„Wen haben Sie getötet?"

„Einen von ihnen."

„Einen? Einen Mann?"

Lina nickte unsicher. Christine stellte die folgenden Fragen offener, um Lina Antworten zu entlocken.

„Wen genau meinen Sie? Wie ist sein Name?"

„Sie haben keine Namen."

„Woher kannten Sie Ihr Opfer?"

„Sie haben mich geholt."

Christine warf einen kurzen Blick auf das Vernehmungsprotokoll.

„Hier steht, Sie seien einer Polizeistreife aufgefallen, weil Sie blutverschmiert, barfuß und für die Tageszeit zu leicht bekleidet eine Straße entlanggelaufen sind. Die Kollegen sind mit Ihnen zu dem Tatort gefahren, den Sie ihnen genannt haben, aber dort wurde keine Leiche gefunden."

Lina beugte sich vor und flüsterte: „Sie haben sie mitgenommen."

„Warum flüstern Sie?"

„Man kann sie nicht sehen, aber sie sind trotzdem da. Sie beobachten uns."

Ängstlich blickte Lina auf. Christine und Rita folgten ihrem Blick. An der Decke war eine Videokamera montiert. Rot blinkte die Betriebsleuchte.

„Wen meinen Sie mit ‚sie'?"

„Die Wesen."

„Was sind das für Wesen?"

„Sie nehmen uns mit auf ihr Schiff und untersuchen uns. Danach bringen sie uns zurück. Sie kommen aus einer anderen Welt. Einer besseren Welt. Sie könnten uns alle vernichten. Sie sind freundlich und sie wollen uns dorthin mitnehmen. Aber erst müssen sie uns studieren, damit wir dort nicht sterben."

„Haben die das gesagt?"

Lina nickte.

„Wieso sprechen die Deutsch, wenn sie doch aus einer anderen Welt kommen?"

„Die sind schlau, die haben das gelernt. Wenn die Raumschiffe bauen können, können die das eben."

„Nun gut. Kommen wir zurück zu der Untersuchung. Wurden Sie auch ‚untersucht'?"

Lina nickte wieder.

„Wer wurde noch untersucht?"

„Ich kenne die anderen nicht. Nur Miranda. Ich habe sie manchmal getröstet."

„Warum musste Miranda getröstet werden?"

„Sie vertrug die Untersuchung nicht."

„Wie heißt Miranda mit Nachnamen?"

„Das weiß ich nicht. Hätte ich sie danach fragen sollen?"

„Dann wüssten wir schneller, wer sie ist und wo sie wohnt."

„Das tut mir leid", entschuldigte sich Lina „Sie ist Holländerin", lieferte sie nach, in der Hoffnung, dass dieses Detail die Kommissarin interessieren würde. „Hilft Ihnen das weiter?"

Christine ließ Linas Frage unbeantwortet, las einen kurzen Absatz und blickte wieder auf.

„Sie wurden heute Nacht erkennungsdienstlich behandelt und mit Ihrem Einverständnis ärztlich untersucht. Es wurde eine Blutprobe genommen. Sie trugen keine Unterwäsche und wurden offenbar gewaschen, bevor die Kollegen von der Streife Sie aufgegriffen haben. Wurden Sie vergewaltigt?"

Kommissarin Bernard brachte diese Frage nie leicht über ihre Lippen, auch diesmal nicht. Aber Karin Vollmer hatte ihr geraten, Geschädigte nicht ein zweites Mal zum Opfer zu machen. Die Polizeipsychologin empfahl, Frauen, die sexueller Gewalt ausgesetzt waren, mit ihrer Aussage die Hoheit über ihre Situation zurückzugeben, anstatt sie mit falsch verstandener Rücksicht und Bedauern weiter in der Opferrolle zu belassen. Schweigen und tatenlos verstrichene Zeit nutzte nur den Tätern.

Lina schüttelte heftig ihren Kopf.

„Sie untersuchen uns nur."

Auf Linas Stirn bildeten sich Schweißperlen.

Christine nahm sich zurück.

„Okay, Lina. Reden wir über etwas anderes. Wie haben Sie dieses Wesen umgebracht?"

„Da war so ein Ding in der Tür."

„Was für eine Tür?"

„Von dem Auto."

„Ihr seid mit dem Auto gefahren? Wieso fliegen diese Wesen nicht?"

Christine hätte ihre letzte Frage am liebsten zurückgezogen. Aber nun war sie bereits ausgesprochen und Lina war der leicht spöttische Unterton sicher nicht entgangen. Doch sie reagierte nicht darauf.

„Dann könnte sie doch jeder bemerken", antwortete sie, offenbar überzeugt davon, dass diese beiden Frauen ihren Argumenten schließlich folgen würden.

„Nun gut. Sie haben also im Auto gesessen. Vorne oder hinten?"

„Hinten."

„Saß jemand neben Ihnen?"

Lina nickte.

„Das Opfer?"

Lina nickte erneut.

„Was haben Sie dann gemacht?"

„Ich hab' das Ding genommen und damit zugestochen."

„Was für ein Ding war das?"

„So eins, wo man Eis mit abmacht."

„Ein Eiskratzer?"

Lina nickte wieder.

„Wieso haben Sie das gemacht? Sie sagten, Sie wurden nur untersucht."

„Weil es weh tut."

„Die Untersuchung?"

„Ja."

„Was genau haben die mit Ihnen gemacht?"

„Ich weiß es nicht. Wir schlafen ja fast. Aber danach tut es weh."

„Wo genau tut es weh?"

Lina reagierte nicht.

„Lina?"

„Im Bauch."

„Im Bauch oder weiter unten?"

„Ich möchte etwas trinken", lenkte Lina ab.

„Einen Moment noch. Wir sind sofort fertig. Was geschah, nachdem Sie zugestochen haben?"

„Das Auto hat gebremst. Ich habe die Tür aufgestoßen, bin ausgestiegen und weggerannt."

„Okay, Lina. Was dann geschah, haben die Kollegen ja hier protokolliert. Eine Frage habe ich noch: Wie sehen sie aus, diese Wesen?"

Kommissarin Bernard erwartete auf ihre letzte Frage keine rationale Antwort. Doch sie wurde überrascht.

Lina hielt sich beide Hände vor das Gesicht. „Sie haben so große Augen, aber keinen Mund, keine Nase und keine Haare auf dem Kopf."

Dann legte sie ihre Hände wieder auf die Tischplatte vor sich und schaute die Kommissarin an. Offenbar erwartete sie eine bestimmte Reaktion. Doch die blieb aus.

Christine wusste nicht, was sie darauf antworten sollte, und ließ Linas letzte Aussage unkommentiert.

„Ich werde meine Kollegin, Frau Doktor Vollmer, bitten, mit Ihnen zu sprechen. Sie ist Psychologin und kann gegebenenfalls für eine Verlegung in eine psychiatrische Einrichtung sorgen."

Plötzlich schoss Linas Arm über den Tisch und noch bevor Christine reagieren konnte, umklammerten dürre, eisige Finger ihre Hand.

„Nein. Bitte nicht. Ich will hier bleiben. Hier bin ich sicherer. Hier können sie mich nicht mehr holen kommen."

Kommissarin Bernard lächelte und erwiderte kurz Linas Händedruck.

„Würden Sie bitte meine Hand loslassen?"

„Entschuldigung", flüsterte Lina unterwürfig, zog ihren Arm an sich heran und knetete mit der rechten Hand ihre linke. Christine klappte die Ermittlungsakte zu und erhob sich. Rita auch.

Sie verließen den Vernehmungsraum. Die Justizvollzugsbeamtin führte Lina zurück in ihre Zelle.

„Was war das denn?", raunte Rita sichtlich berührt und schaute den beiden nach.

„Das war ein Opfer sexueller Gewalt mit einer posttraumatischen Belastungsstörung. Vermute ich mal."

Sie wandten sich ab und liefen auf die Schleuse am anderen Ende des Flurs zu. Christine suchte Augenkontakt mit dem Beamten an der Pforte. Das Schloss der Schleusentür summte und schnarrte wieder. Sie bekam ihre Dienstwaffe zurück und quittierte den Empfang.

Hell lackierte Fahrzeuge sollen sich angeblich unter Sonneneinstrahlung weniger stark aufheizen als dunkle. Für den weißen Mégane galt das offenbar nicht. 48 Grad Celsius Innentemperatur zeigte das Bordthermometer an. Mit einem Tastendruck auf der Fernbedienung ließ Kommissarin Bernard alle Fensterscheiben herunterfahren und öffnete die Türen weit, bevor sie einstiegen. Dennoch drückte sich nach kurzer Zeit der Schweiß durch ihre Poren. Christines Haut im Gesicht und an den Armen glänzte seidigmatt. Sie warf einen schnellen Blick zu Rita. Ihr standen Schweißperlen auf der Stirn.

„Ja. Mir ist auch sehr warm", alberte sie. Sie lachten beide.

Der Fahrtwind sorgte für Abkühlung. Christine schaltete die Klimaanlage ein und ließ die Fenster hochfahren. Dann ließ sie sich von ihrem Smartphone mit der Polizeipsychologin verbinden.

„Vollmer", klang es fröhlich aus der Freisprechanlage.

„Hallo, Karin. Ich komme gerade von der Vernehmung von Lina Ahlers. Ich glaube, da brauchen wir deine Hilfe."

„Habe ich mir schon gedacht. Torsten hat mich heute Morgen bereits informiert. Er wollte aber das Ergebnis deiner Befragung abwarten."

„Da kam nicht viel bei raus. Lina Ahlers ist zwar volljährig, macht auf mich aber eher den Eindruck einer 14- bis 16-Jährigen. Außerdem wirkt sie verängstigt und verwirrt und leidet offenbar unter Realitätsverlust. Ob sie unter diesen Umständen vernehmungsfähig ist, musst du entscheiden."

Rita hörte aufmerksam zu und wartete das Ende des Telefongesprächs ab.

„Wieso muss gegen Lina Ahlers überhaupt ermittelt werden? Sie ist Opfer und es gibt keine Leiche."

„Weil sie behauptet, jemanden getötet zu haben. Das ist ein Offizialdelikt und dem muss die Staatsanwaltschaft nachgehen. Auch wenn niemand klagt und es keine Leiche oder Zeugen gibt. Außerdem ist Lina unverletzt, obwohl sie blutüberströmt aufgegriffen wurde. Von wem stammt also das viele Blut auf ihrer Kleidung? Ist jemand verletzt worden? Wurde er hilflos zurückgelassen und liegt jetzt irgendwo?"

„Dazu passt ihre Aussage mit dem Eiskratzer. Vielleicht hat sie damit die Halsschlagader ihres Peinigers getroffen. Oder sie hat jemand anderen getötet und will sich mit ihrer Alien-Geschichte herausreden. Vielleicht ist sie viel abgebrühter, als sie vorgibt."

„Tja, vielleicht. Fahrlässige Tötung, Körperverletzung mit Todesfolge, Mord oder es steckt etwas ganz anderes dahinter. Wir sind dafür da, das aufzuklären. Willkommen bei der Kriminalpolizei."

Rita nickte und grinste.

„Was glaubst du?"

„Männer morden, um zu besitzen und zu herrschen. Frauen morden, um sich zu befreien und nicht beherrscht zu werden. Wenn wir die Aliens Linas Belastungsstörung zuschreiben, passt ihre Aussage durchaus zu meiner Berufserfahrung."

Christine ließ sich erneut verbinden.

„Prinz."

„Guten Morgen, Frauke. Weißt du schon etwas über die ärztliche Untersuchung von Lina Ahlers heute Nacht im Krankenhaus?"

„Ja", klang es gedehnt aus dem Lautsprecher. „Da kam was."

Die Polizeiärztin reagierte nicht mehr.

„Frauke?"

„Ich suche. Ah, da ist es. Mmh, mmh, mmh", brummte sie, während sie anscheinend den Bericht ihres Kollegen aus dem Krankenhaus las. „Also, Lina Ahlers wurde offenbar nicht vergewaltigt. Jedenfalls nicht im üblichen Sinne."

„Was heißt das?"

Frauke Prinz murmelte wieder unverständlich und konzentrierte sich vermutlich erneut auf die Zeilen, die sie las.

„Rötung an den Schleimhäuten, keine Fissuren, keine fremden Körpersekrete, aber Spuren von Gleitmittel. Rötung der Haut an Hand- und Fußgelenken, keine Abschürfungen."

Wieder entstand eine Pause.

„Frauke?"

„Ja, ich bin noch da. Also, für mich sieht das nach Fesselspielchen oder Festhalten beim Geschlechtsverkehr aus. Möglicherweise einvernehmlich. Wahrscheinlich mit Kondom."

„Was ist mit Drogen?"

„Kein Befund. Aber das heißt nichts. Benzodiazepine und Neuroleptika, also GHB, Liquid Ecstasy und das ganze Zeug, das als Partydroge beliebt ist, wird vom Körper schnell abgebaut und ist später nicht mehr nachweisbar."

„Lina Ahlers behauptet, sie wäre lediglich untersucht worden und hätte dabei geschlafen."

„Möglich. Je nach Dosierung tritt eine Sedierung ein. Das Opfer glaubt zu schlafen und kann sich später an gar nichts oder nur schemenhaft erinnern. Die korrekte Dosierung ist allerdings nicht trivial. Zu berücksichtigen sind Körpergewicht, Konstitution und konsumierter Alkohol. Sonst drohen Atemstillstand und letztendlich Tod. Medizinische Grundkenntnisse sollte der Verabreichende schon haben."

„Also ein Arzt."

„Nicht unbedingt. Apotheker, medizinisches Personal, Pharma-Studenten, Altenpfleger und so weiter kämen auch infrage."

„Ich danke dir."

„Gerne."

Vor dem Gebäude der Kriminaldirektion trafen sie auf Luc Nilles. Er stand auf dem Parkplatz im Schatten einer Linde und rauchte. Interessiert musterte er Rita.

Christine stellte ihren Kollegen vor.

„Hauptkommissar Luc Nilles vom Kommissariat 4. Betrug."

„Eine neue Kollegin?"

Rita antwortete für sich selbst.

„Noch nicht. Praktikum und dann mal sehen."

„Freut mich. Wir können ja mal ein Glas Wein zusammen trinken. Vielleicht überzeuge ich dich ja."

Rita zeigte an der Einladung wenig Interesse.

„Ja. Vielleicht."

Luc nickte und zog an der Zigarette.

Christine und Rita verabschiedeten sich.

„Luc hast du offenbar ebenso beeindruckt wie Jörg."

„Nicht mein Typ. Zu alt, zu grau, zu lässig."

Kommissarin Bernard schmunzelte.

„Dann kann Jörg ja beruhigt sein. Die beiden können nämlich nicht so gut miteinander."

„Die können beide beruhigt sein", lachte Rita und lief voraus ins Treppenhaus.

Auf dem Flur begegnete ihnen Torsten Kluge.

„Bin gerade auf dem Weg in die Kantine. Wollt ihr auch etwas?"

Christine schaute Rita an. Die schüttelte ihren Kopf.

Der Hauptkommissar kehrte in sein Büro zurück und setzte sich an den Schreibtisch. Sie folgten ihm.

„Das Ergebnis der DNA-Analyse des Blutes im Fall Ahlers steht fest. Das Opfer steht in einem verwandtschaftlichen Verhältnis ersten Grades zu Lina Ahlers."

„Was? Also hat Lina Ahlers ihren Vater getötet?"

„Nach derzeitigem Ermittlungsstand ist das sehr wahrscheinlich."

Hauptkommissar Kluge überreichte seiner Kollegin den Laborbericht und sprach weiter.

„Der Digitalisierung sei Dank, haben wir einen Treffer in unserer Datenbank. Horst Ahlers, geboren 1961 in Trier. 1998 erkennungsdienstlich behandelt nach einer Anzeige wegen sexueller Nötigung. Das Verfahren wurde eingestellt, nachdem die Anzeige zurückgezogen wurde. Adresse …"

Torsten Kluges Blick wanderte über ein Schriftstück.

„… ja, steht drauf. Fahrt ihr da bitte mal vorbei? Wenn ihr Herrn Ahlers antrefft, befragen. Wenn nicht, Nachbarn befragen. Aufenthaltsort ermitteln. Das Übliche eben."

Er reichte ihr den Computerausdruck.

„Wollt ihr wirklich nichts aus der Kantine?"

Christine und Rita schüttelten ihre Köpfe und lehnten das Angebot erneut ab. Gemeinsam verließen sie das Büro.

„Gummibrötchen", kicherte Kommissarin Bernard, während sie die Stufen im Treppenhaus hinunterliefen. „Wenig verlockend", äffte sie Rita nach. „Das hast du also gleich am ersten Tag ermittelt."

„Ist mir so rausgerutscht", entschuldigte sich Rita. „Hauptkommissar Rottmann hat mich heute Morgen vor den Automaten-Brötchen gewarnt."

„Vormittags sind sie ganz okay. Aber Torstens Gesichtsausdruck, köstlich."

„Sollte ich mich bei ihm entschuldigen?"

„Aber nein. Torsten kann mit deiner direkten Art umgehen. Er schätzt es gerade heraus."

Sie verließen das Gebäude und stiegen in Christines Wagen.

„Wo müssen wir denn hin?"

Kommissarin Bernard startete den Motor und schaute kurz auf den Computerausdruck.

„Medardstraße."

„Eine Freundin von mir hat einen Öko-Imbiss. Liegt auf dem Weg. Garantiert keine Gummibrötchen", lachte Rita und legte den Sicherheitsgurt an.

Solveigs Bistro war gut besucht. Sie mussten warten.

Rita bestellte zwei Salattaschen und zwei Flaschen Eistee. Die Inhaberin fragte, wie viel Soße in den Salat solle, und suchte Blickkontakt.

„So viel, dass wir nicht das ganze Auto damit einsauen", antwortete Rita und wich ihren Blicken aus. Den Eindruck hatte Kommissarin Bernard jedenfalls. Sie bezahlte für beide.

Während sie den Imbiss verließen, drehte sie sich noch einmal um. Solveig schaute ihnen nach.

„Kennst du diese Frau näher?"

„Könnte man sagen. Warum?"

Sie fragte nicht weiter nach. Es ging sie nichts an.

Sie setzen sich in das Auto und begannen zu essen.

Die Salattaschen schmeckten köstlich und Christine beschloss, sich künftig dort öfter etwas zu kaufen.

Rita bedankte sich für die Einladung, ließ ihre Fensterscheibe herunterfahren und nuckelte durch den Strohhalm ihren Eistee.

„Ich habe heute Morgen in der Kantine mitbekommen, dass du richtig tough bist und schon so manche gefährliche Situation überstanden hast."

Christine kaute und schluckte.

„Das meiste davon ist übertrieben und der Rest waren ganz dumme Entscheidungen, die mich mein Leben hätten kosten können. Es ist eben noch kein Meister vom Himmel gefallen und Lehrgeld müssen wir alle zahlen. Mach es jedenfalls nicht nach. Ein schönes Leben noch vor sich zu haben und aufgrund einer Fehlentscheidung zu sterben trennt ein Wimpernschlag."

„Hattest du Angst?"

„Jedes Mal. Die Gewaltspirale bewegt sich immer weiter nach oben. Gleichzeitig nimmt der gegenseitige Respekt in unserer Gesellschaft ab. Die Arbeitsverdichtung nimmt weiter zu. Alle sind nur noch genervt und gestresst. Wieso sind die Deutschen Reiseweltmeister? Die brauchen Urlaub von ihrem Leben. Das ertragen die sonst kaum mehr. Hinzu kommen Migrationsdruck, Globalisierung, Wohnungsnot und demografische Herausforderungen. Dieses Land hat sich sehr verändert. Die Politik liefert keine Antworten. Es wird nur verwaltet, statt zu gestalten."

„Und wie schaffst du es dann, in diesem Umfeld deinen Job zu machen?"

„Dazu werden wir ausgebildet. Die Angst kann man einem Menschen nicht abtrainieren. Aber sie zu beherrschen und damit umzugehen schon."

Rita nickte und schaute aus dem Fenster.

„Hast du schon mal einen Kollegen verloren?"

Christine tupfte sich mit einer Serviette Salatsoße aus den Mundwinkeln.

„Nein. Aber meine Planstelle wurde frei, weil mein Vorgänger im Dienst getötet wurde. Jörg wurde bei den

Ermittlungen damals lebensgefährlich verletzt und wäre beinahe gestorben."

„Heftig. Wurde der Täter gefasst?"

Christine schaute aus dem Fenster und erinnerte sich an den ersten Einsatz in der Kriminaldirektion Trier. Eine Bankfiliale erschien vor ihrem geistigen Auge, eine junge blonde Frau, die letzten Minuten ihres kurzen Lebens und ein sehr wütender Mann. Sie dachte an die Geiseln, Blut, Schweiß und Tränen und an das Ende einer traurigen Geschichte.

„Gefasst?", sinnierte sie. „Wie man es nimmt. Es waren zwei. Anselm Jünger und Anna Nowak. Vor ein paar Jahren in der Koblenzer Innenstadt. Jünger wurde vom SEK während eines missglückten Versuchs, die Bank zu stürmen, angeschossen. Er starb vor meinen Augen in den Armen seiner Freundin. Anna schoss sich danach selbst in den Kopf."

„Krass", flüsterte Rita. Und dann fügte sie hinzu: „Moment mal, davon habe ich schon mal gehört."

Sie richtete sich in ihrem Sitz auf. Aufgeregt sprach sie weiter.

„In der Landespolizeischule gehörte ein solcher Fall zu den Schulungsinhalten. Eine junge Kriminalbeamtin befand sich unter den Geiseln in der Bank und hat alle gerettet."

Rita fehlten für einen Moment die Worte.

„Sag jetzt nicht, dass du das warst."

Christine schwieg.

„Mega krass! Dieses Gangsterpärchen wurde mit Bonnie und Clyde verglichen."

„Sie hatten Angst. So wie die Geiseln und ich. Wir alle hatten Angst."

Kommissarin Bernard lächelte verlegen, dann startete sie den Motor.

Das Reihenhaus stand in einer ruhigen Straße. Erbaut in den 50er Jahren mit Balkons, die Muttis Wäscheständer und Vatis Bierkiste Platz boten. Mehr Raum wurde nicht benötigt. Wer den Krieg überlebt hatte, war froh darüber, lebte anspruchslos und genoss den bescheidenen Wohlstand. Christine parkte direkt vor dem Eingang. Nach wenigen Schritten über die Gehwegplatten, verlegt zwischen zwei gemähten Rasenstücken, standen sie vor der Haustür. Kommissarin Bernard klingelte. Niemand öffnete. Sie klingelte überall im Haus. In der ersten Etage erschien der graugelockte Kopf einer Nachbarin über dem Balkongeländer.

Christine hielt ihr den Dienstausweis entgegen.

„Guten Tag. Wir sind von der Polizei. Bitte öffnen Sie die Tür. Wir möchten zu Herrn Ahlers."

„Der Horst ist nicht da."

„Davon würden wir uns gerne selbst überzeugen."

Frau Nachbarin ergab sich. Der Türöffner summte. Rita drückte die Haustür auf.

Horst Ahlers' Wohnung lag ebenfalls im ersten Stock. Die Tür war verschlossen. Christine klingelte noch einmal.

Die Nachbarin erschien im Türrahmen gegenüber.

„Ist was passiert?"

Kommissarin Bernard zeigte erneut ihren Dienstausweis und warf einen schnellen Blick auf das Klingelschild.

„Das wissen wir noch nicht. Frau Sturm?“

„Ja.“

„Wann haben Sie Horst Ahlers das letzte Mal gesehen?“

„Gestern Morgen.“

„Und seine Tochter?“

„Ewig nicht. Die lebt doch bei ihrer Mutter.“

„Haben Sie einen Schlüssel zu Herrn Ahlers' Wohnung?“

„Ja. Aber dürfen Sie da überhaupt rein?“

„Wir haben Grund zu der Annahme, dass Herr Ahlers einem Verbrechen zum Opfer gefallen ist.“

Frau Sturm zögerte, dann fügte sie sich und übergab schließlich den Schlüssel. Rita schloss auf.

Christine lockerte ihre Dienstwaffe, legte ihre Hand auf den Griff und betrat den Flur.

„Du wartest hier“, befahl sie. „Herr Ahlers? Kriminalpolizei. Sind Sie hier?“

Sie warf einen kurzen Blick in die Räume links und rechts des Flurs. Küche, Bad, Schlafzimmer. Als letztes, auf der linken Seite, das Wohnzimmer. Niemand war anwesend.

„Was riecht hier so?“, hörte sie Ritas Stimme aus dem Treppenhaus.

„Putzmittel, vermute ich mal.“

Sie nahm ihre Hand von der Waffe und folgte dem Geruch. Vor dem Wohnzimmer roch es nach Bodenreiniger. An dieser Stelle des Flurs hatte anscheinend ein Teppich gelegen. Nun war er fort. Wo er gelegen hatte, war der Bodenbelag heller und weniger verkratzt.

„Irgendwas stimmt hier nicht. Frau Sturm, lag hier ein Teppich?“

„Ich glaube schon. Ist bereits etwas her, dass ich in Horsts Wohnung war.“

„Ist Ihnen seit gestern irgendetwas aufgefallen oder seltsam vorgekommen?“

„Nein. Aber heute Nacht bin ich aufgewacht. Jemand war im Treppenhaus.“

In Anbetracht der Tatsache, dass in diesem Haus sechs Parteien lebten, sollte das nichts Ungewöhnliches sein. Nach dem bisherigen Ermittlungsstand könnte es dennoch von Bedeutung sein.

„Um welche Uhrzeit war das?“

„So gegen zwei.“

Christine angelte ihr Mobiltelefon hervor, ließ sich mit Hauptkommissar Kluge verbinden und schilderte die Lage. Dann beendete sie das Gespräch.

„Torsten schickt uns jemanden von der Spurensicherung für einen schnellen Luminoltest.“

Schrumpfköpfe

„Vielen Dank, dass Sie uns geholfen haben, Frau Sturm. Wenn wir hier fertig sind, sage ich Ihnen Bescheid."

Frau Sturm verstand und zog sich in ihre Wohnung zurück. Natürlich würde sie das weitere Geschehen durch den Türspion beobachten.

Christine und Rita schauten sich in den Räumen um. Doch es gab auf den ersten Blick nichts zu entdecken, was zu den Ermittlungen hätte beitragen können.

Horst Ahlers lebte offenbar bescheiden. Einfache Möbel, keine teure Unterhaltungselektronik, an den Wänden Bilder aus dem Möbelhaus, günstig, mit klassischen Motiven. Schloss Neuschwanstein, der röhrende Hirsch.

Rita blieb vor einem Holzregal stehen und schaute sich ein ledriges Ding mit Haaren daran an.

„Was ist das hier? Sieht aus wie ein Kopf."

Christine trat näher.

„Ein Schrumpfkopf. Die Indianer aus Südamerika stellen sie her. Als Trophäe."

„Das Ding ist echt? Ein echter Kopf?"

„Ja. Die Herstellung und der Handel damit sind in vielen Bundesländern verboten."

Rita sah sich das gruselige Gebilde genauer an.

„Der Mund ist zugenäht. Und die Augen auch. Wie kriegen sie den Kopf so klein?"

„Sie schneiden die Kopfschwarte auf und entfernen den

Schädel und alle Weichteile. Dann kochen sie den Rest aus und füllen heiße Steine oder Sand hinein. Ich weiß es nicht mehr so genau. Rolf Bender hat es mir mal erzählt. Frag ihn, wenn du mehr darüber wissen willst."

„Ne, danke. Zu was Menschen alles fähig sind ..."

„Das stelle ich auch immer wieder erschüttert fest."

Schnaufend betrat jemand die Wohnung und schleppte einen Alukoffer in den Flur.

Christine begrüßte ihn erstaunt.

„Günther? Was machst du denn hier?"

„Ich war zufällig in der Nähe. Für einen Schnelltest braucht dann keiner hier rauszufahren."

Der Polizeihauptmeister reichte Rita die Hand und stellte sich vor.

„Hagemann. Spurensicherung." Dann schaute er sich um. „Wo?"

Christine zeigte auf die Stelle im Flur. Günther Hagemann kniete sich hin und öffnete seinen Koffer.

„Man riecht es schon. Hier hat jemand ordentlich geputzt. Na, mal sehen."

Rita sah dem Leiter der Spurensicherung beim Mischen zweier Substanzen zu. Dann füllte er die Flüssigkeit in eine Sprühflasche und benetzte damit den Boden vor sich.

„Wie funktioniert das?"

„Vereinfacht erklärt, reagiert das Gemisch aus Luminol in Natronlauge und einer verdünnten Wasserstoffperoxid-Lösung auf das Hämoglobin in Blut. Schließt bitte mal die Türen."

In dem abgedunkelten Flur in Horst Ahlers' Wohnung fluoreszierten plötzlich Schlieren in bläulichem Licht.

„Treffer", kommentierte er das Geschehen. „Eindeutig Blut und das nicht wenig. Jetzt müssen die Kollegen doch ausrücken."

Ächzend erhob er sich und zog sein Mobiltelefon hervor.

Kommissarin Bernard telefonierte ebenfalls. Das Gespräch am Apparat von Torsten Kluge nahm Hauptkommissar Rottmann an. Geduldig hörte er zu.

„Wie seid ihr denn in die Wohnung gekommen? Tür eingetreten?", frotzelte er.

Christine schmunzelte. Jörg hätte sich wahrscheinlich auf diese Weise Zutritt verschafft.

„Etwas eleganter. Die Nachbarin besitzt einen Schlüssel. Wir suchen jetzt in der Wohnung nach Hinweisen darauf, was passiert ist und wo Herr Ahlers sich aufhalten könnte. Vielleicht lebt er ja noch."

Rita hatte aufmerksam zugehört und wartete das Ende des Telefongesprächs ab.

„Du glaubst, Lina hat ihren Vater gar nicht umgebracht, sondern nur verletzt?"

„Wenn Frau Sturms Zeitangabe stimmt, war jemand in der Wohnung, nachdem Lina von den Kollegen aufgegriffen wurde. Möglicherweise Horst Ahlers. Vielleicht hat ihm jemand geholfen. Vielleicht ist er hier gestorben. Auf jeden Fall wurde er fortgebracht und jemand hat versucht, Spuren zu beseitigen."

„Ich würde mich für Lina freuen, wenn es so wäre. Dann entginge sie einer Anklage wegen Mordes. Körperverletzung mit Todesfolge könnte auf eine Bewährungsstrafe hinauslaufen."

Christine verzog zweifelnd ihr Gesicht.

„Selten. Nur in minderschweren Fällen."

Sie ließ ihr Handy in die Jackentasche gleiten.

„Dann lass uns mal schauen, ob wir Hinweise finden, die meine Theorie stützen."

Sie suchten den ganzen Nachmittag lang. Sichteten persönliche Unterlagen, schauten sich gefundene Fotos an und wühlten in Horst Ahlers' Keller in Kartons. Sie kannten jetzt seinen Kontostand, wussten, wer sein Arbeitgeber war, wo er versichert war und wie er als Jugendlicher ausgesehen hatte. Einen Hinweis auf den momentanen Aufenthaltsort oder den Verbringungsort seiner Leiche fanden sie allerdings nicht.

Aber sie fanden Dokumente, die den Tod seiner Frau vor zwei Jahren bescheinigten.

Sie verließen den Keller und stiegen die Stufen im Treppenhaus hinauf.

Christine drückte den Klingelknopf neben Frau Sturms Wohnungstür und wartete, bis sie öffnete.

„Sie sagten doch, Lina lebe bei ihrer Mutter. Aber Beate Ahlers ist bereits vor zwei Jahren gestorben."

„Ach, das wusste ich gar nicht. Der Horst hat mir davon nichts erzählt. Seltsam. Und Basti?"

„Wer ist Basti?"

„Sebastian Ahlers. Linas älterer Bruder. Den habe ich auch schon lange nicht mehr gesehen."

„Wir werden mit ihm Kontakt aufnehmen."

Sie verabschiedeten sich von den Kollegen der Spurensicherung und verließen das Haus.

Rita zog die Autotür auf und ließ sich in den Sitz fallen.

„Unglaublich, was für eine Dynamik ein Fall entwickeln kann."

„Ja, so ist es meistens. Trotzdem muss man den Überblick behalten und darf weder etwas übersehen, noch sich zu früh auf eine Version festlegen."

Rita schnallte sich an und warf Christine einen kurzen Blick zu. Dabei grinste sie verschmitzt.

„Kripo ist halt nix für Schrumpfköpfe."

Kommissarin Bernard lachte laut, nickte zustimmend und startete den Motor.

Der rote Backsteinbau der Kriminaldirektion Trier glühte in der Nachmittagshitze. Gleißend spiegelte sich die tief stehende Sonne im Glas der Fenster. Die Klimaanlage des Renaults hatte die beiden Frauen für die Dauer der Fahrt die Jahreszeit vergessen lassen. Nach dem Öffnen der Türen erinnerte sie die zäh wallende Hitze wieder daran. Der kurze Weg über den Parkplatz zum Haupteingang ließ bereits ihre Kleidung am Körper kleben. Beinahe trotzig nahmen sie dennoch die Treppe. Ihre Wangen glühten, als sie das Büro betraten.

Torsten Kluge schüttelte seinen Kopf.

„Es gibt Wetterlagen, bei denen darf man gerne mal den Aufzug benutzen."

Die beiden Frauen grinsten.

„Bin gleich wieder da", verkündete Rita und war schon aus dem Büro raus, bevor Christine sich auf ihrem Bürostuhl niederließ.

„Und, was habt ihr?", brummte Hauptkommissar Kluge, während er gleichzeitig etwas von seinem Bildschirm ablas.

Kommissarin Bernard berichtete von den Ermittlungen in Horst Ahlers' Wohnung. Torsten Kluge hörte aufmerksam zu.

„Okay. Dann die Adresse von Sebastian Ahlers ermitteln und ihn befragen. Karin war heute Nachmittag bei Lina Ahlers im Untersuchungsgefängnis. Die verweigert die Aussage. Sie will mit dir sprechen."

„Lina hat Angst, dass Karin sie in die Psychiatrie einweist."

„Ich möchte aber, dass Karin bei dem Gespräch dabei ist."

Kommissarin Bernard nickte. Rita betrat das Büro mit zwei gekühlten Flaschen Mineralwasser in den Händen. Eine stellte sie vor Christine auf dem Schreibtisch ab.

„Oh, ja. Gute Idee. Vielen Dank."

Die beiden tranken durstig. Zufrieden bemerkte Torsten Kluge die offensichtliche Harmonie zwischen seiner Ermittlerin und der Praktikantin.

„Und, wie war Ihr erster Arbeitstag bisher?"

Rita nahm die Flasche vom Mund.

„Warm, aber interessant."

Sie zog sich einen Stuhl an Christines Schreibtisch heran und setzte sich neben sie. Dann zeigte ihr die Kommissarin am Bildschirm, wie die Adresse einer Person aus dem Melderegister ermittelt wird.

Sebastian Ahlers war in Trier gemeldet. Südstadt. Nicht weit entfernt von der Wohnung seines Vaters.

Christine schaute auf die kleine Uhr rechts unten auf ihrem Desktop.

„Da fahren wir noch hin. Vielleicht treffen wir ihn an."

Der Berufsverkehr zwang sie auf Schritttempo herunter. Die Stadt machte Feierabend. Kommissarin Bernards Mobiltelefon klingelte. Sie nahm das Gespräch über die Freisprechanlage an.

„Hallo, Melissa."

„Lust auf einen Mädelsabend?"

„Ich bin total platt. Habe die letzten beiden Nächte kaum ein Auge zugemacht. Eigentlich müsste ich mal ausschlafen."

„Lässt Torben dich nicht? Ich rede mit ihm."

Rita grinste, setze ihre Sonnenbrille auf und schaute aus dem Seitenfenster.

Melissa ließ nicht locker.

„Mir ist langweilig. Ich biete einen spanischen Abend mit kühler Sangria und Paella."

Jetzt war es Christine, die grinsen musste. Sie liebte Paella.

„Okay. Aber erst muss ich meine neue Kollegin in die Dienststelle zurückfahren."

„Mitbringen!“, schallte es aus dem Lautsprecher.

Mit einem Seitenblick versicherte sich Kommissarin Bernard Ritas Zustimmung. Die nickte.

„Wir fahren noch zu einer Befragung. Dann kommen wir. Bis später.“

Die ruhige Straße lag im milden Abendlicht. Mehrfamilienhäuser. Spielende Kinder. Wer zu Hause war, hatte Fenster und Türen weit geöffnet. Einmal durchlüften. Es duftete nach gekochtem Essen.

Ein Mann mit freiem Oberkörper stützte sich mit den Unterarmen auf das Sims eines geöffneten Fensters und rauchte. Gelangweilt beobachtete er die beiden Frauen, die auf das Gebäude zuliefen.

Christine klingelte bei „Ahlers“. Niemand öffnete. Sie klingelte noch einmal, trat zwei Schritte zurück und schaute hinauf zu dem Mann am Fenster.

„Guten Abend. Wissen Sie, wann wir Sebastian Ahlers antreffen können?“

Der Mann stieß den Rauch seines letzten Zuges aus und schnippte die Kippe davon.

„Morgen früh. Basti hat Spätschicht.“

Christine bedankte sich. Sie kehrten zum Auto zurück. Die brennende Zigarette qualmte weiter auf dem trockenen Rasen des Vorgartens.

Auch Melissa nutzte die sinkende Temperatur am Abend und hatte Fenster und Türen geöffnet. Der elektrische Türöffner gewährte schnarrend Einlass in den kühlen Hausflur.

Sie begrüßte ihre Gäste in eine luftige Tunika gehüllt. Ihre langen blonden Haare waren noch nass vom Duschen. Sie umarmte Christine und dann Rita und bat beide in die Küche. Der Tisch war bereits für drei gedeckt. Die Sangria war kalt und erfrischend. Ausgehungert fielen Kommissarin Bernard und Rita über die köstliche Paella her.

Sie plauderten über Belanglosigkeiten und wechselten bald in das Wohnzimmer.

Rita gab sich unkompliziert. Ein Beobachter hätte glauben können, die drei Frauen wären seit Jahren befreundet.

Christine fielen einmal kurz die Augen zu, Ritas helles Lachen weckte sie wieder auf.

„Du bist also mit Jörg Rottmann zusammen?", hörte sie Rita fragen.

Melissa nickte und lächelte vielsagend.

„Ich stehe halt auf große, starke Männer. Und du? Wer liegt neben dir in der Kiste?"

Rita zögerte kurz und wirkte verlegen.

„Im Moment niemand."

„Ich muss ins Bett", meldete sich Christine und richtete sich auf dem Sofa auf.

Melissa deutete mit einer einladenden Handbewegung auf ihr Schlafzimmer.

„Ich meine mein eigenes."

„Nur ein Gläschen noch", reklamierte Melissa. „Ist gerade so schön mit euch."

Rita hatte sich bereits erhoben und setzte sich wieder hin, nachdem Christine sich auf dem Sofa erschöpft zurückfallen lassen hatte.

„Na, gut. Ein Glas noch."

Draußen wurde es dunkel. Melissa zündete Kerzen an und ließ leise Musik laufen. Die Geräusche der Stadt drangen gedämpft zu ihnen vor. Christine fielen die Augen erneut zu. Irgendjemand zog ihr die Schuhe aus. Bereitwillig folgte sie der geflüsterten Anweisung, sich auf dem Sofa auszustrecken. Sie murmelte etwas Unverständliches und lauschte im Halbschlaf noch einige Minuten der Unterhaltung zwischen Rita und Melissa. Dann trug die Erschöpfung sie davon.

Sie hatte so tief geschlafen, man hätte es auch Ohnmacht nennen können. Sie spürte den Stoff einer Bettdecke an ihren Beinen und Armen. Es duftete nach einem fremden Weichspüler. Dann blinzelte sie gegen das Tageslicht und blickte in die braunen Augen von Rita. Sie lag neben ihr und schaute sie an.

Augenblicklich versuchte Christine, sich daran zu erinnern, was geschehen war.

Rita sah ihr diese Bemühungen offenbar an.

„Du bist bei Melissa. Sie hat darauf bestanden, dass wir über Nacht bleiben und jetzt ist sie schon in der Küche und kümmert sich um das Frühstück."

Langsam sickerte die Erinnerung in Kommissarin Bernards Gedächtnis. Sangria, Paella, bleierne Müdigkeit. Der Rest fehlte.

Sie hob die Bettdecke an und schaute an sich hinunter. Sie trug ihren Slip und ein übergroßes T-Shirt von Melissa. Sie spürte ihren BH auf der Haut.

„Wer hat mich ausgezogen?“

„Du dich selbst. Aber wohl im Halbschlaf. Richtig wach bist du nicht mehr geworden.“

Christine richtete sich auf.

„Mein Gott. Ich kann mich nicht daran erinnern, jemals so müde gewesen zu sein. Wie viel Uhr ist es?“

Die Zeit reichte für eine Katzenwäsche, einige Sprühstöße aus Melissas Deo-Zerstäuber und ein kurzes Frühstück.

Melissa zeigte sich in bester Laune. Sie alberte mit Rita.

„Ab jetzt treffen wir uns mindestens einmal im Monat für einen Mädels-Abend.“

Christine kontrollierte ihr Smartphone auf Nachrichten. Torben hatte ihr um 22:27 Uhr eine gute Nacht gewünscht. Sie schrieb ihm einen Morgengruß und teilte Hauptkommissar Kluge mit, dass sie ein weiteres Mal versuchen würde, Sebastian Ahlers anzutreffen.

„Wir müssen los“, verkündete sie anschließend.

Basti

Der Tag begann schwül. Nach einer tropischen Nacht, mehr als 20 Grad warm, bemühte sich der Morgen vergeblich um Abkühlung. Die Sonne heizte hinter einem Dunstschleier verborgen die stehende Luft bereits wieder auf. Ein Gewitter kündigte sich an. Bis dahin erwartete die Bewohner der Stadt der heißeste Tag des Jahres. Aber das wussten die noch nicht.

Sie parkten den Renault vor dem Haus und ließen die Fenster offen. Sebastian Ahlers öffnete nach dem dritten Klingeln. Verschlafen. Missgelaunt. Christine ließ ihm Zeit, die Unabwendbarkeit der folgenden Befragung zu erkennen, und wartete geduldig, bis sein Kaffee durchgelaufen war und er sich Wasser ins Gesicht geworfen hatte, wie er sich ausdrückte.

Er wohnte im ersten Stock. Drei Zimmer mit Balkon. Baujahr in den 50ern. Kürzlich offenbar saniert. Der Geruch von Farbe und Fliesenkleber hing noch in der Luft.

Die knapp zwei Jahre, die er älter war als seine Schwester, sah man ihm kaum an. In T-Shirt und Jogginghose gekleidet saß er vor ihnen auf dem Sofa und schlürfte müde an seinem Kaffee. Strubbeliges blondes Haar. Wohlproportionierte Gesichtszüge, blaue Augen. Probleme, sich mit Frauen zu verabreden, hatte er wahrscheinlich keine.

Artig beantwortete er die üblichen Fragen.

Das Verhältnis zu seinem Vater beschrieb er als angespannt. Nein, er wisse nicht, wo dieser sei, und er gab auch vor, nicht zu wissen, was am Abend zuvor geschehen war. Er zeigte sich überrascht, wirkte aber gefasst. Dass die Schwester in U-Haft saß, wollte er nicht gewusst haben. Diese scheinbar neuen Informationen nahm er gelassen hin.

Christines Argwohn war geweckt. Das alles klang nach einer sehr guten Vorbereitung.

„Herr Ahlers, wo lebte Ihre Schwester, bevor sie von den Kollegen aufgegriffen wurde?"

„Bei meiner Mutter."

„Das stimmt nicht. Wir wissen bereits, dass Ihre Mutter vor zwei Jahren verstorben ist."

„Dann weiß ich es nicht", log er. Das stand für Kommissarin Bernard jedenfalls fest.

„Schwer zu glauben. Lina ist Ihre Schwester."

„Wir hatten kein besonders gutes Verhältnis zueinander."

„Hmm. Kein gutes Verhältnis zum Vater, auch nicht zur Schwester. Sie wirken auf mich aber wie ein verträglicher Mensch mit sozialer Kompetenz. Sind Sie sicher, dass Sie uns nichts zu sagen haben?"

„Nein, äh, ja. Ich hatte Nachtschicht. Ich weiß nicht, was an dem Abend mit Lina oder meinem Vater geschehen ist."

„Sie liefern uns gerade ein Alibi?"

„Ja."

„Aber das brauchen Sie nicht. Sie werden als Zeuge befragt und nicht als Beschuldigter vernommen."

Sebastian Ahlers wirkte irritiert. Offenbar kannte er den Unterschied nicht.

„Was heißt das jetzt?"

„Dass Ihnen bisher niemand etwas vorwirft. Sollte sich das ändern, werde ich Sie über Ihre Rechte belehren und Sie dürfen einen Anwalt hinzuziehen. So lautet die Vorschrift. Aber so weit sind wir ja noch nicht."

Sebastian Ahlers wirkte erleichtert.

„Wer ist Ihr Arbeitgeber?"

„Oststein."

Christine und Rita erhoben sich. Mit den Händen in den Hosentaschen folgte Linas Bruder ihnen bis in den Flur und wartete dort, bis die beiden Frauen die Wohnung verlassen hatten.

Am Horizont in der Ferne türmten sich Wolkenberge auf. Noch war es sonnig, aber die Luft stand. Die Stadt dampfte förmlich.

Sie stiegen in den Wagen. Kommissarin Bernard ließ den Motor an. Rita griff mit zwei Fingern in die Knopfleiste ihrer Bluse und fächerte sich Luft an den Oberkörper. Dann legte sie den Sicherheitsgurt an.

„Du glaubst ihm nicht."

Christine fuhr los.

„Nee. Wer kein Alibi braucht, gibt auch keines vor."

Der Fahrtwind trocknete ihren Schweiß auf der Haut, doch der nächste Ampelstopp ließ ihn wieder laufen. Dieses Wechselspiel erzeugte mit jedem Intervall eine klebrige Schicht, vermischt mit dem Staub der Straße.

Das Firmengelände von Oststein, einem Hersteller für Kartonagen, lag in einem Gewerbegebiet auf der anderen Seite der Mosel. Sie parkten auf dem Besucherparkplatz vor dem Verwaltungsgebäude.

Die Rezeption empfing sie mit klimatisierter Kühle. Eine stark geschminkte Dame nickte zur Begrüßung und telefonierte weiter. Sie trug bei dieser Hitze tatsächlich ein Halstuch.

Christine und Rita schauten aus dem Fenster und lauschten dem Telefongespräch. Eine Bestellung für Büromaterial. Kopierpapier, Klebestifte, Haftnotizzettel, Tesafilm und zwei Tonerpatronen. Das Gespräch wurde beendet. Kommissarin Bernard zeigte ihren Dienstausweis.

„Wir interessieren uns für den Dienstplan von Sebastian Ahlers."

Der Rezeptionistin gelang es nicht, ihre Neugier zu verbergen.

„Wieso? Ist was passiert? Hat Basti was angestellt?"

„Reine Routine", gab Christine vor und lächelte. Sie erwartete von ihrem Gegenüber nicht, dass man ihr glaubte.

„Da muss ich in der Personalbuchhaltung anrufen."

„Tun Sie das. Wir warten."

Die Personalbuchhalterin bemühte sich selbst aus dem ersten Stock herunter an die Rezeption.

„Welcher Zeitraum interessiert Sie denn?"

„Diese Woche."

Die Buchhalterin blätterte.

„Herr Ahlers hat Spätschicht."

„Er sagte Nachtschicht."

„Nein. Spätschicht."

„Wann hatte er vorgestern Feierabend?"

„23:00 Uhr. Aber im Schichtbuch wurde er um 22:40 Uhr ausgetragen."

„Was bedeutet das?"

„Dass er früher Feierabend gemacht hat. Als Grund hat er Übelkeit angegeben. Das ist bei den Außentemperaturen im Hochsommer nichts Ungewöhnliches. Die Maschinen in den Werkshallen geben zusätzlich Hitze ab, die Lüftungen schaffen es dann kaum, die Wärme abzuleiten. Kommt immer wieder mal vor, dass einem Mitarbeiter schlecht wird." Die Buchhalterin klappte das Schichtbuch zu. „Der Kreislauf", ergänzte sie noch und schaute die Kommissarin erwartungsvoll an.

„Ich brauche eine Kopie vom Dienstplan und vom Schichtbucheintrag."

Auf dem Weg zum Wagen telefonierte Christine mit Torsten Kluge. Er bestätigte ihr Vorhaben, Sebastian Ahlers erneut zu befragen. Der Verdacht gegen ihn, möglicherweise doch in das Verschwinden des Vaters verwickelt zu sein, begründete sich in seiner Falschaussage.

Sie genossen noch einmal den Fahrtwind. Die Strecke war zu kurz, um die Klimaanlage zu bemühen.

Auf Christines energisches Klingeln hin öffnete niemand. Sie klingelte bei den Nachbarn. Auf einem Balkon im zweiten Stock erschien ein blasses Gesicht über faustgroßen roten Geranienblüten.

„Polizei! Lassen Sie uns bitte ins Haus!", rief Kommissarin Bernard und streckte der Frau ihren Dienstausweis entgegen.

Der Öffner summte. Rita drückte die Tür auf. Sie stürmten die Treppe hinauf.

Auch auf Klopfen und erneutes Klingeln hin öffnete niemand. Ein Geräusch in der Wohnung deutete aber darauf hin, dass Sebastian Ahlers zu Hause war.

„Herr Ahlers, machen Sie die Tür auf. Wir wissen, dass Sie da sind."

Keine Reaktion.

Rita schaute durch ein Fenster im Treppenhaus.

„Er haut ab!", rief sie und sprang die Stufen hinunter.

Christine folgte ihr.

Basti sah nicht nur gut aus, er war offenbar auch sehr sportlich. Er war vom Balkon heruntergeklettert und stürmte über den Rasen des Vorgartens davon. Das Tempo, das er dabei vorlegte, war jedenfalls anspruchsvoll.

Rita gab alles. Sie rannte dem flüchtenden jungen Mann hinterher und versuchte, ihn nicht aus den Augen zu verlieren.

Christine lief ihrer Praktikantin nach. Sie holte nicht auf, aber der Abstand wurde auch nicht größer. Sie hätte gerne die Kollegen zur Unterstützung herbeitelefoniert, aber bei diesem Lauftempo war das unmöglich. Dazu war sie zu sehr mit Atmen beschäftigt.

Stehen zu bleiben und Rita die Festnahme zu überlassen, war keine Option. Rita war Praktikantin. Sie trug weder eine Waffe, noch hatte sie Handschellen dabei. Den Flüchtenden zu stellen, war eindeutig nur Kommissarin Bernard möglich. Sie lief noch etwas schneller.

Sebastian Ahlers verließ das Wohngebiet und rannte über einen Feldweg auf ein Waldstück zu.

„Mattheiser Wald“ erkannte Christine das Naherholungsgebiet der Stadt Trier und fluchte innerlich. Zum Aussprechen ihrer Verwünschungen fehlte ihr jedoch die Puste.

Entgegen ihrer Hoffnung drosselte Basti sein rasantes Lauftempo nicht. Sie konnten nicht aufholen. Im Gegenteil, der Abstand schien sich zu vergrößern. Rita war dem Flüchtenden an Fitness unterlegen.

Kurz hintereinander erreichten die beiden Frauen den Waldrand an der Stelle, an der Sebastian Ahlers zwischen den Bäumen verschwunden war.

Der Ehrgeiz trieb sie in das Dickicht hinein. Sie hörten Basti vor sich durch das Unterholz brechen. Sehen konnten sie ihn nicht mehr.

Die Vernunft ließ Kommissarin Bernard das Tempo drosseln und nach ihrem Telefon greifen. Keuchend forderte sie Verstärkung an und gab der Einsatzzentrale die Fluchtrichtung durch. Rita lief weiter voraus.

„Rita!“, rief Christine und gab ihr zu verstehen, langsamer zu laufen.

Ihr Herz schlug heftig gegen die Rippen. Rita erging es nicht anders. Völlig außer Atem blickten sich die beiden Frauen in die geröteten und verschwitzten Gesichter. Ihre Kleidung klebte an ihren Körpern. Dunkle Schweißflecken breiteten sich aus.

„So könnten wir nicht auf einen Ball gehen“, schnaufte Rita und lachte.

„Sei vorsichtig. Er könnte sich verstecken und uns in einen Hinterhalt locken. Ab jetzt bleiben wir zusammen."

Christine zog ihre Dienstwaffe aus dem Gürtelholster und lud sie durch.

„Die Kollegen sind gleich vor Ort. Weit wird er nicht kommen."

Sie arbeiteten sich weiter voran. Doch kein Geräusch wies ihnen mehr den Weg. Basti war mittlerweile weit voraus oder hatte sich irgendwo versteckt. Martinshörner und Donnergrollen waren aus der Ferne zu hören.

Das Licht im Wald nahm ab. Dunkle Wolken hatten sich herangeschoben. Ein kräftiger Wind frischte auf. Die Freude über die willkommene Abkühlung wich schnell der Erkenntnis, dass ein heftiges Gewitter aufzog.

„Na toll. Mitten im Wald", stellte Rita fest und schaute nach oben.

Schwarzblau hingen die Wolken über den Kronen der Bäume. Das bedrohliche Donnergrollen klang mittlerweile deutlich näher.

Christine überlegte für einen Moment, die Verfolgung abzubrechen und zurück zum Wagen zu laufen. Aber der stand zu weit weg und wenn sie Pech hatten, liefen sie womöglich im Gewitterschauer über freies Feld. Das Risiko, dort vom Blitz getroffen zu werden, erschien ihr zu groß. Also im Wald bleiben. Vielleicht fanden sie eine Schutzhütte.

Ihre Hoffnung wurde nicht erfüllt.

Der Wind warf in Sturmböen die Kronen der Buchen und Eichen hin und her. Laub und kleine Äste rieselten herab und mit ihnen alles Kleingetier, welches sich bis dahin daran festgeklammert hatte. Erste dicke Wassertropfen durchschlugen das Blätterdach und klatschten auf den vertrockneten Waldboden. Blitze zuckten über den Himmel. Christine begann zu zählen. Bis fünf kam sie, dann donnerte es.

Sie hörten ein Rauschen. Und dann sahen sie es: Eine Wand aus Wasser schob sich durch den Wald auf sie zu. Es blitzte wieder. Kommissarin Bernard zählte bis drei, dann krachte es. Das Gewitter bewegte sich also in ihre Richtung.

Das Prasseln und Brausen und Donnern um sie herum war ohrenbetäubend. Blitze zuckten durch den Wald. Bald darauf donnerte es. Sie suchten verzweifelt nach einem Unterstand. Dann donnerte es gleichzeitig mit den Blitzen. Die Entladungen waren derart heftig, dass die Luft in der Umgebung unter Spannung stand. Sie fühlten es an den feinen Härchen auf ihrer Haut an Armen, Beinen und im Gesicht.

Sie befanden sich im Zentrum des Gewitters. Metallisches Krachen und Knallen forderte Respekt vor den Millionen Kilotonnen Naturgewalt, deren Faszination sich die beiden Frauen trotz aller Bedrohung nicht entziehen konnten.

„Da!", rief Rita plötzlich gegen den Lärm an und zeigte auf ein halb zusammengefallenes Gebilde aus Holz auf einer Lichtung. Christine folgte ihr.

Die morsche Futterkrippe, zwischen einer Ansammlung junger Fichten, stand schief und drohte, jeden Moment umzustürzen. So schien es. Aber noch stand sie fest genug und sie hatte ein Dach. Vermoost und von Grünbelag überzogen und nicht minder verrottet als der Rest des Holzes, aber dicht. Die verwitterten Holzschindeln hielten den Regen ab.

Nur war eben nicht viel Platz darunter. Der Futterkorb war ausladend.

Mit vereinten Kräften brachen sie die Querstreben auf einer Seite ab und hatten genug trockene Fläche, um sich aneinandergedrängt unter den Schutz zu stellen.

Das Gewitter tobte weiter. Christine zählte bis drei, fast vier. Es zog von ihnen weg.

Sie steckte ihre Dienstwaffe zurück in ihr Gürtelholster und schaute an sich hinunter. Schön sah sie aus. Ihre Kleidung haftete durchnässt an ihrem Körper. In den Schuhen quatschte das Wasser. Sie sah Rita an. Die sah genauso aus. Ihre Haare klebten am Kopf. Regen tropfte an der Nasenspitze herab.

Sie begannen, schallend zu lachen.

„Scheiße, Mann", grölte Rita. „Ist das immer so bei euch?"

Christine schnappte nach Luft.

„Jeden Tag. Da stehen wir drauf."

Ihr liefen vor Lachen die Tränen über die Wangen. Aber es fiel nicht auf bei all dem Wasser im Gesicht.

„Dann geh' ich doch lieber zur Bundespolizei", verkündete Rita.

Spaziergänger hätten die beiden Frauen, die auf der Wiese unter der Futterkrippe gackerten und kicherten, für verrückt halten können. Aber Spaziergänger mieden in der Regel Gewitterstürme und Starkregen. Also verhallte Christines und Ritas Lachen ungehört im Wald.

Sie warteten das Ende des Regens ab. Bald tropfte es nur noch aus den Kronen der Bäume herunter. Die Wolken zogen ab und gaben den Himmel wieder frei. Die Sonne warf schüchtern ihre ersten Strahlen in den Wald. Der Boden dampfte. Stehendes Wasser drückte sich bei jedem Schritt unter den Schuhen hervor. Aber das machte Christine und Rita nun auch nichts mehr aus. Es lief aus ihren durchweichten Schuhen so schnell wieder heraus, wie es sich hineindrückte.

Sie erreichten den Waldrand, blieben stehen und schauten einen Moment über die Wiesen und Felder.

Nebel stieg auf und mischte sich mit dem Licht der Sonne.

„Ein beinahe magischer Augenblick", bemerkte Rita ergriffen.

Christine nickte und dachte an Torben. Er liebte die Minuten nach einem Regenschauer.

Sie patschten und glitschten den aufgeweichten Feldweg entlang auf den Stadtrand zu. Dort stand ein Streifenwagen mit zuckendem Blaulicht. Die Kollegen erwarteten sie und stiegen aus ihrem Wagen. Ihre Kleidung war trocken.

„Ich nehme an, Sie konnten Sebastian Ahlers nicht stellen?", fragte Christine.

„Nee. Hat ja geregnet“, lautete die verblüffende Antwort.

Rita unterdrückte nur mit Mühe ihr Lachen.

Der Mégane stand mit geöffneten Fenstern dort, wo Kommissarin Bernard ihn abgestellt hatte. Die Sitze, die Türverkleidung und der Teppich auf dem Boden, alles war nass.

„Scheiße“, stellte Rita entsetzt fest. „Oh, das tut mir leid.“

„Kannst du ja nichts für“, beruhigte Christine sie und ließ sich in den nassen Sitz gleiten. Kaltes Wasser drückte sich aus dem Polster in die ohnehin nasse Kleidung und legte sich auf ihre Haut. Sie fröstelte. Gänsehaut stellte die Härchen an ihren Unterarmen auf.

„Wir fahren zu mir und duschen. Ich gebe dir was zum Anziehen.“

Christine ließ den Motor an und fuhr los. Sie telefonierte mit Hauptkommissar Kluge und berichtete ihm, was passiert war. Sie verabredeten sich in anderthalb Stunden vor ihrer Haustür.

Rita stand unter der Dusche. Die Silhouette des Körpers schimmerte durch die beschlagene Trennwand. Christine föhnte sich die Haare. Dann zog sie sich an und suchte Kleidung für Rita heraus. Im Bad rauschte der Föhn.

Für einen Moment dachte sie daran, dass sie diese junge Frau gerne als ihre Kollegin behalten würde. Aber das war nicht ihre Entscheidung und sie konnte auch keinen Einfluss darauf nehmen. Tanja und Jörg. Torsten und sie. Beide Teams waren komplett. Eine weitere Planstelle war im Kommissariat 1 nicht vorgesehen.

„Zweimal am Tag ein fremdes Deo hatte ich auch noch nicht", bekannte Rita und riss Christine damit aus ihren Gedanken. Dann zog sie sich das Poloshirt über den Kopf.

„Passt", stellte sie zufrieden fest. „Und dein Deo mag ich auch. Kannst du kochen?"

„Äh, ja", stammelte Kommissarin Bernard irritiert.

„Prima. Wann kann ich einziehen?"

Christine begriff und lachte.

„Lass uns runter gehen. Torsten holt uns gleich ab."

Von Mäusen und Männern

Der schwere Audi brauste heran und hielt in zweiter Reihe. Rita stieg hinten ein. Hauptkommissar Kluge gab Gas. An der nächsten roten Ampel war die Fahrt bereits wieder vorbei.

„Die Kollegen von der Streife konnten Sebastian Ahlers nicht festnehmen. Er ist flüchtig. Die Fahndung ist raus."

„Na ja, hat ja auch geregnet", gab Rita von der Rückbank zu bedenken und spielte kurz und treffend auf die Aussage der beiden Polizeibeamten in ihrem Streifenwagen an.

Lauthals platzte es aus Christine heraus. Sie erschrak selbst darüber und hielt sich ihre Hand vor den Mund. Rita gackerte im Fond des Wagens.

Torsten Kluges Blick wechselte verstört von seiner Kollegin zu der Praktikantin im Innenspiegel auf der Rückbank.

„Habe ich was verpasst?"

Christine nickte mit Tränen in den Augen und erklärte die Situation.

Plötzlich meldete sich die Einsatzzentrale über Digitalfunk. „Häusliche Gewalt mit verletzten Personen. Zwei Kollegen bereits vor Ort. Opfern droht Lebensgefahr. Achtung! Täter ist bewaffnet!"

Verfügbare Einsatzkräfte wurden um Unterstützung gebeten. Es folgten die Adresse und noch einmal die Warnung, dass es sich um einen bewaffneten Täter handelte.

Hauptkommissar Kluge reagierte sofort. Er schaltete das Sondersignal ein und stellte das Blaulicht auf das Dach. Dann scherte er aus der Schlange wartender Fahrzeuge aus und tastete sich in die Kreuzung hinein. So vorsichtig wie möglich und so bestimmt wie nötig zwang er den Querverkehr zum Bremsen und gab kräftig Gas. Rita wurde in die Sitzbank gedrückt. Christine teilte der Zentrale per Funk mit, dass sie zur Einsatzstelle unterwegs waren.

Der schwere Wagen donnerte über die Moseluferstraße. Vorbei an abgedrängten Fahrzeugen oder über die Gegenfahrbahn.

Kommissarin Bernard kontrollierte ihre Dienstwaffe. Torsten warf den Audi in die nächste Kurve. Rita klammerte sich an den Haltegriff am Dach des Kombis.

Der Einsatzort war nicht zu übersehen. Menschentrauben hatten sich vor dem Haus gebildet. Der Streifenwagen der Kollegen stand quer auf der Straße. Hauptkommissar Kluge bremste hart.

Christine sprang aus dem Wagen und steckte ihren Kopf noch einmal hinein.

„Du bleibst da sitzen!", befahl sie. „Du steigst nicht aus! Egal, was passiert! Hast du mich verstanden?"

Rita nickte, etwas blass im Gesicht.

Kommissarin Bernard warf die Tür zu und folgte dem vorauseilenden Torsten Kluge.

Mit der Waffe im Anschlag betraten sie das Haus.

Von oben hörten sie Gebrüll. Offenbar der unbekannte Täter.

Kommandos wurden gerufen, in einer anderen Stimmlage. Wahrscheinlich die Kollegen von der Streife.

„Polizei!", brüllte Torsten.

„Erster Stock", kam sofort die Antwort. „Achtung, Schusswaffengebrauch!"

„Ich knall euch alle ab!", mischte sich eine fremde Stimme darunter.

Zwei Schüsse fielen.

Christine dachte an ihre schusssichere Weste.

Mist. Die lag im Kofferraum.

Sie stiegen die Stufen hinauf.

Auf dem Treppenabsatz lag ein Beamter. Zusammengekrümmt und blutend. Er stöhnte und schwitzte stark.

Auf der Straße vor dem Haus dröhnten Martinshörner. Reifen quietschten.

„Polizei!", rief ein Streifenpolizist unter ihnen im Hausflur.

„Kollege mit schwerer Schussverletzung. Wir brauchen einen Arzt. Sofort!", rief Christine.

Ihre Hände zitterten. Ihr Körper flutete sie mit Adrenalin. Sie lud ihre Pistole durch, entsicherte sie, stieg die Stufen weiter hinauf und sicherte Torstens Rücken.

Aus der Wohnung auf der linken Seite fielen wieder Schüsse. Zwei. Drei. Vier. Die letzten beiden klangen anders. Der Kollege schoss zurück.

Hauptkommissar Kluge betrat den ersten Raum und verschwand somit für einen Moment aus Christines Blickfeld. Schnell schloss sie auf und warf einen kurzen Blick in die Wohnung. Sie sah einen Flur. Blutspuren auf dem

Boden. Dahinter befand sich eine Küche. Eine blutende Frau in einem schwarz-weißen Kostüm lag dort, bekleidet mit einem knappen Rock. Zwei Mausohren steckten auf ihrem Kopf. Die Nase war schwarz geschminkt, der Mund knallrot. Sie hatte sich Schnurrhaare auf die Wangen gemalt.

„Karneval?", rätselte Kommissarin Bernard.

Aber es war Juli.

Der Blick der Maus war leer. Blaue Augen starrten an die Decke.

Unten rückten die Kollegen nach. Den Geräuschen nach zu urteilen, war ein Notarzt eingetroffen und kümmerte sich um den verletzten Polizisten.

Hauptkommissar Kluge arbeitete sich in das Wohnzimmer vor. Hinter einem Sofa kauerte der Beamte. In dem Raum nebenan brüllte ein Mann.

„Ich leg sie um. Verschwindet!"

Christine blieb an der Tür zur Küche stehen und zielte auf den Durchgang zum Nebenraum. Ein Spiegelschrank ermöglichte ihr einen Blick in das Zimmer. Dort stand ein Bett. Die Ecke einer Kommode und das Fenster waren zu sehen. Hinter dem Bett kauerten ein bärtiger Mann und eine Frau. Die Frau war wie eine Katze verkleidet und geschminkt. Doch Kommissarin Bernard hatte keine Zeit, darüber nachzudenken, was der seltsame Aufzug der beiden Frauen zu bedeuten hatte.

Torsten gab ihr zu verstehen, dass er auf die andere Seite des Durchgangs zum Schlafzimmer wechseln wollte. Das bedeutete, er würde für einen Moment ungeschützt sein. Und der Schütze im Raum nebenan wartete bestimmt nur auf einen solchen Fehler.

Christine musste also aufrücken und den Mann in Schach halten und damit Torsten Deckung geben.

Sie betrat das Wohnzimmer und drückte sich in der Nähe der Tür an die Wand zum Schlafzimmer.

„Ich bin Kommissarin Bernard. Wie ist Ihr Name?", versuchte sie, die Aufmerksamkeit des Mannes auf sich zu lenken.

„Leck mich!"

„Geben Sie auf. Das Haus ist umstellt."

„Eher leg ich sie um!"

„Lassen Sie sie gehen. Sie stirbt vor Angst."

„Die Schlampe stirbt sowieso!"

„Wer ist die Frau in der Küche?"

„Auch 'ne Schlampe!"

„Was bedeutet die Verkleidung?"

„Was geht's dich an? Verpiss dich!"

Hauptkommissar Kluge entschied, dass nun der richtige Moment sei, die Seite zu wechseln. Zwei schnelle Schritte brachten ihn in die gewünschte Position.

„Ihr Schweine! Haut endlich ab!"

Der Mann im Schlafzimmer brüllte, aber er hatte nicht geschossen.

Was konnte das bedeuten?

Ging ihm die Munition aus? Wollte er Munition sparen? Wofür? Um die Frau noch erschießen zu können?

Sie mussten schnell handeln!

Torsten Kluge war offenbar zu der gleichen Überzeugung gelangt.

Christine hasste solche Momente. In wenigen Sekunden würde sich entscheiden, wer diese Wohnung lebend verließ. Wer blieb unversehrt? Wer nicht? War sie es diesmal, die sich den Rest des Lebens mit den Folgen einer schweren Verletzung abfinden musste oder gar mit Schlimmerem?

Sie holte tief Luft. Sie spürte ihren Blutdruck im Nacken.

Sie schaute zu Torsten. Verheiratet. Vater zweier Kinder.

Und sie? Verliebt. Sie dachte an Torben. Das vor ihr liegende Leben mit ihm. Sie erinnerte sich an die Zuversicht ihres Vaters und an die Zweifel ihrer Mutter, nachdem sie entschieden hatte, zur Polizei zu gehen.

Torsten zählte mit den Fingern vor. Drei, zwei, eins …

Sie stellte sich in den Durchgang. Die Dienstwaffe auf den Mann gerichtet. Hauptkommissar Kluge stürmte in das Zimmer und rempelte sie an. Für einen Moment verlor sie ihr Ziel aus dem Visier. Plötzlich zielte ihre Pistole auf die Frau. Christine erschrak und zuckte mit dem Finger vom Abzug weg, aus Angst vor einem unbeabsichtigt abgegebenen Schuss. Die verweinten Augen der Frau erschienen über dem Lauf ihrer Dienstwaffe, Schminke lief ihr schwarz über die Wangen. Sofort korrigierte Kommissarin Bernard ihre Körperhaltung und richtete ihre Waffe wieder auf den Mann. Der riss seine Pistole hoch und zielte auf sie. Neben ihr löste sich ein Schuss. Torsten feuerte!

Der Mann war getroffen. An der Schulter. Blut spritzte auf das Bett und in das Gesicht der Frau. Eine große Arterie war offenbar verletzt worden. Er fiel nach hinten und zog dabei den Abzug seiner Pistole durch. Christine sah den Pulverdampf auf sich zurasen. Das Projektil verfehlte sie um einen Hauch von einer Haaresbreite. Sie spürte es heiß an ihrem linken Auge vorbeizischen. Dann schlug es in den Türrahmen, riss Holzsplitter und Lack mit sich und Putz aus der Wand, der auf sie nieder rieselte.

Der wütende Mann blieb auf dem Rücken liegen und richtete seine Pistole gegen die Frau. Sie duckte sich weg. Christine stürmte nach vorn. Noch bevor sie zielen konnte, schoss der Mann auf die Frau und verletzte sie am Oberarm. Blut und Gewebe spritzten Kommissarin Bernard ins Gesicht. Dann waren sie bei ihm. Torsten warf sich auf den Schützen und sie sich auf dessen Arm mit der Waffe in der Hand. Der Verschluss stand offen. Es war vorbei. Keine Munition mehr. Sie entriss der Hand die Pistole und warf sie hinter sich.

Der Mann unter ihr tobte und trampelte mit den Füßen. Er traf ihr linkes Knie. Sie schrie vor Schmerz. Der Hauptkommissar presste ihn zu Boden.

Plötzlich war der Raum voller Menschen. Polizeikollegen. Zwei Ärzte. Sanitäter.

Der tobende und blutende Mann wurde verhaftet und abgeführt. Die Wunde der Katzen-Frau wurde vor Ort versorgt. Sie weinte.

Kommissarin Bernard stand auf und setzte sich für einen Moment auf das Bett. Ihr Knie schmerzte. In der Tür des

Kleiderschranks entdeckte sie ihr Spiegelbild. Blut im Gesicht. Holz und Putz im Haar. Aber sie war unverletzt. Wieder einmal. Wie oft das wohl noch gut ging?

Sie erhob sich und steckte ihre Dienstwaffe in das Holster. Torsten Kluge gab Anweisungen. Jörg Rottmann erschien im Türrahmen. Er sah sie an.

„Alles okay?“

Sie nickte.

„Die Frau in der Küche ist tot“, hörte sie ihn leise zu seinem Kollegen sagen.

Tanja Rieger stand in der Küche und beobachtete den Abtransport der Leiche. Ihre Blicke trafen sich und Christine erinnerte sich an das letzte Gespräch im Vertrauen mit ihrer Kollegin. Auf der Rückfahrt, nach einem ebenso gefährlichen Einsatz wie gerade eben, hatte ihr die Polizeimeisterin ihre quälende Angst vor dem Tod durch einen Täter wie diesen wilden Mann hier gestanden.

Tanja Rieger lächelte tröstend, griff nach Kommissarin Bernards Hand und drückte kurz zu. Die beiden Frauen verstanden sich ohne Worte.

Christine humpelte die Treppenstufen hinunter. Hilfe von einem Sanitäter wehrte sie ab, obwohl ihr Knie bei jedem Schritt zu verstehen gab, dass ein Arzt mal danach schauen sollte.

Vor dem Haus parkte ein Rettungswagen. Sie hielt darauf zu.

Plötzlich stand Rita neben ihr und griff ihr unter den Arm.

„Du solltest doch im Auto bleiben."

Es war eine schwache Ermahnung. Vielmehr war sie froh um Ritas Hilfe und genoss ihre Anwesenheit.

Christine setzte sich auf die Trittstufe des Rettungswagens und atmete einmal tief durch.

„Du siehst schrecklich aus."

Ritas Blick suchte einen Sanitäter.

„Habt ihr etwas dabei, womit ich ihr das Gesicht abwischen kann?"

Mit vereinten Kräften halfen die beiden Christine auf die Trage im Wagen. Sie ließ es geschehen. Das anschwellende Knie zwang sie dazu. Ihr Körper senkte den Adrenalinspiegel und erhöhte ihre Empfindlichkeit für Schmerzen. Jetzt tat es doch schon sehr weh. Aber es war nichts kaputt. So jedenfalls drückte sich Minuten später der Arzt aus, nachdem er das Knie abgetastet hatte.

„Gut kühlen", ordnete er an und legte ein Kühlelement bereit. Dann wollte er ihr Hosenbein aufschneiden.

„Stopp!", rief Rita. „Ab hier übernehme ich. Wäre doch schade um die schöne Hose."

Sie half Christine, die Jeans herunterzuziehen, und bedeckte das Gelenk mit dem Kühlelement. Der Bluterguss im Knie lief bereits blau an.

Dann begann sie damit, Kommissarin Bernards Gesicht zu reinigen.

Vorsichtig umfuhr sie mit einem feuchten Tuch die Augen, wischte die Nase ab und die Stirn. Dann die Wangen. Das Kinn. Rita bündelte das lange dunkle Haar und zog die größten Stücke Holz und Putz mit spitzen Fingern heraus.

Christine genoss die beinahe zärtliche Zuwendung. Ihre Blicke trafen sich und blieben für einen Moment aneinander hängen. Zwei Wimpernschläge lang näherte sich Ritas Mund, dann riss Hauptkommissar Rottmann die beiden aus ihrer Zweisamkeit.

„Christine ...“, begann er und hatte für einen Augenblick das Gefühl zu stören. Er ignorierte es. „... war Torsten schon bei euch?“

„Nein.“

Suchend schaute er sich um.

„Na gut. Er kommt sicher gleich.“

Christine erinnerte sich wieder an die seltsame Maskerade.

„Wieso waren die beiden Frauen verkleidet?“

„Mottoparty“, knurrte Jörg Rottmann. „Maus und Katz, oder so ähnlich. Die beiden Mädels haben sich amüsiert, das hat dem Kerl der einen nicht gepasst. Als sie am Morgen nach Hause kamen, begann der Terror. Bis die Nachbarn die Polizei gerufen haben. Nach dem Eintreffen der Kollegen eskalierte die Situation endgültig. Rasend vor Eifersucht hat er seine Lebensgefährtin erschossen und damit gedroht, ihre Freundin ebenfalls umzubringen.“

„Aus Eifersucht?“, entfuhr es Rita fassungslos.

Jörg nickte und entfernte sich.

„Krank, einfach nur krank“, knurrte sie und legte das Kühlelement auf die andere Seite von Christines Knie, dessen Schwellung bereits ein wenig zurückgegangen war.

Die Kollegen von der Spurensicherung trafen ein und schleppten ihre Alukoffer ins Haus. Polizeihauptmeister Hagemann grüßte im Vorbeieilen mit erhobener Hand.

Christine verlor die Geduld und nahm das Kühlelement von ihrem Knie. Rita half ihr beim Hochziehen der Hose und berührte sie dabei mit den Fingern leicht an den Innenseiten ihrer Oberschenkel. Unbeabsichtigt, bestimmt. Dennoch war es Kommissarin Bernard peinlich. Sie rutsche von der Trage und schloss ihre Hose.

Rita schlang unvermittelt ihre Arme um sie und drückte sie an sich.

„Entschuldige, aber ich bin so froh, dass dir nichts passiert ist."

Verblüfft ließ Christine es geschehen.

Torsten Kluge stand plötzlich vor ihnen.

„Wie geht es dir?"

Seine Kommissarin bemühte sich um einen zuversichtlichen Gesichtsausdruck und nickte.

„Alles okay. Morgen bin ich wieder fit."

Er überreichte ihr den Zündschlüssel für den Dienstwagen.

„Ihr könnt den Audi nehmen, ich fahre mit Jörg in die Kriminaldirektion zurück."

Dann verschwand er wieder im Haus.

Entgegen ihrer Zuversicht schmerzte das Knie noch deutlich, als sie aus dem Rettungswagen stieg. Sie verordnete sich einen Leseabend mit hochgelegtem und gesalbtem Knie. Aber vorher mussten zwei Einsatzberichte verfasst werden. Und da ihr Außeneinsatz aus Rücksicht auf ihr Knie für den Tag beendet war, wollte sie die Gelegenheit nutzen und den Rest des Nachmittags mit Büroarbeit verbringen.

Gerne hätte sie Rita den Dienstwagen zur Kriminaldirektion zurückfahren lassen. Aber das war einer Praktikantin nicht gestattet. Also ertrug sie den warnenden Schmerz in ihrem Knie bei jedem Tritt auf das Kupplungspedal und ließ den Audi mit wenigen Gangwechseln gemächlich dahin rollen.

Diesmal fuhren sie mit dem Aufzug nach oben. Die Luft im Raum war schwül und stickig. Es roch nach Laserdruckertoner. Alle Fenster waren geschlossen. Sie öffneten sie und verließen das Büro sogleich wieder.

Der Aufzug brachte sie in die Etage, in der die Kantine lag. Nun mussten sie sich mit einer Flasche Wasser und Gummibrötchen begnügen, denn sie hatten Hunger. Zum Trost nahmen sie sich jeder noch einen Becher Kaffee mit. Der war frisch und heiß.

Kommissarin Bernard nahm mit Rita vor ihrem Computer Platz. Sie aßen und tranken und Christine erklärte, wie Einsatzberichte verfasst wurden. Begriffe wie „Fallbearbeitungssystem“ und „Vorgangsbearbeitungssystem“ und die an sich trockene Thematik ließen Rita bald gähnen und dämpften ihre Aufmerksamkeit.

„Entschuldige.“ Sie hielt sich die Hand vor den Mund. „Irgendwie hat mich der Tag geschafft.“

„Für heute ist es auch genug.“

Christine beendete die Anwendungen und griff zum Telefon. Sie bestellte sich ein Taxi. Dann reichte sie Rita den Schlüssel für den Audi.

„Leg ihn Torsten bitte auf den Schreibtisch.“

„Soll ich dich morgen früh abholen?“

„Nein, mein Wagen steht ja vor dem Haus.“

„Ist der morgen schon trocken?“

„Ach so. Hast recht. Das habe ich ganz vergessen.“

„7:30 Uhr?“

Christine nickte. Rita schloss die Fenster. Dann verließen sie gemeinsam das Büro.

Das Taxi wartete vor dem Eingang der Kriminaldirektion. Der Fahrer roch nach Schweiß und Knoblauch. Kommissarin Bernard ließ das Seitenfenster herunter, obwohl die Klimaanlage lief. Den missbilligenden Seitenblick des Fahrers ignorierte sie. Nur fünf Minuten später hielt der Wagen vor dem Haus, in dem sich ihre Wohnung befand. Sie bezahlte die kurze Fahrt mit einem Zehn-Euro-Schein und stieg aus.

Auch wenn sie an den Aufzug in dem Gebäude eine schlechte Erinnerung hatte, an diesem Tag benutzte sie ihn trotzdem.

Selbstbewusst tippte sie auf die Taste für ihr Stockwerk. Die Aufzugtüren schoben sich zu. Die Kabine fuhr nach oben.

Nur für einen Augenblick dachte sie an Hannah Graf, die sie für den Tod ihres Freundes verantwortlich gemacht hatte, nachdem dieser bei einer Verfolgungsjagd ums Leben gekommen war. Die Computerhackerin hatte das Steuergerät des Aufzugs manipuliert und die Kabine abstürzen lassen. Kommissarin Bernard entkam nur knapp dem Tod. Hannah Graf schwor ewige Rache und entging durch einen Handel mit dem LKA einer Haftstrafe.

Der Aufzug setzte Christine ohne Störung auf ihrer Etage ab. Ihre Wohnung empfing sie mit einer wohltuenden Ruhe. Sie öffnete die Fenster und die Balkontür. Ein lauer Abendwind strich über ihre Haut. Sie duschte und rieb ihr Knie mit einer entzündungshemmenden Salbe ein.

Auf dem Sofa legte sie ihr Bein hoch und bestellte sich eine Pizza. Der Rest einer angebrochenen Flasche Wein von dem Abend, bevor Torben nach Frankreich gefahren war, reichte ihr gerade dazu. Sie rief ihn an. Er war bester Laune.

„Ich vermisse dich. Willst du nicht nachkommen? Paris ist wunderbar."

„Vielleicht in ein paar Tagen. Genieß die Zeit mit deinen neuen Kollegen."

Torben berichtete ausgelassen, sie hörte zu. Sie genoss es, seine Stimme zu hören und wie er über banale Dinge sprach. Gewöhnliche Dinge. Dinge, bei denen niemand Gefahr für Leib und Leben fürchten musste. Ihren Einsatz am Nachmittag behielt sie für sich.

Sie wollte ihm stattdessen erzählen, wie vertraut ihr die überaus lebhafte Rita bereits war und wie erfrischend die Zusammenarbeit mit ihr sein konnte, doch Torben plapperte aufgeregt weiter und dann klingelte es auch schon an der Tür.

„Ich muss Schluss machen, mein Abendessen ist da."

Sie aß direkt aus dem Karton. Pizza Caprese. Mozzarella und Tomaten mit schwarzen Oliven. Sie spuckte die Kerne unfein in die Schachtel.

„Wie gut, dass mich niemand sieht", dachte sie und biss herzhaft in das nächste Stück.

Sie trank den Wein dazu und als sie fertig gegessen hatte, fiel ihr Blick auf einen Stapel Bücher, die Torben ihr einmal mitgebracht hatte.

Sie erhob sich und humpelte zum Regal. Der Umschlag eines schmalen Büchleins leuchtete verlockend blau. Eine gebundene Ausgabe mit Lesebändchen.

„Meermädchen und Sternensegler", las sie vom Buchrücken ab. „Geschichten zwischen Traum und Wirklichkeit".

Genau das Richtige für diesen Abend. Sie griff danach und humpelte zurück.

Gegen 22:00 Uhr erhob sie sich und schleppte sich ins Bett. Das Buch nahm sie mit.

Am nächsten Morgen lag es aufgeschlagen neben ihr. Sie tastete nach ihrem Knie. Es war noch druckempfindlich, aber der verbliebene Schmerz war zu ertragen.

Sie duschte, frühstückte und zog sich an.

Rita war pünktlich und überraschte.

„Oh", entfuhr es der Kommissarin, als sie das Motorrad sah.

„Ich habe kein Auto", erklärte Rita.

„Und ich habe keinen Helm."

Rita öffnete das Top-Case am Heck der Honda.

„Tada!", triumphierte sie und reichte Christine einen leichten Integralhelm. „Oder machst du dir Sorgen um deine Frisur?"

Rita zog ihren Helm auf, setzte sich auf die Maschine und trat den Seitenständer weg. Sie hielt das Motorrad fest, während Christine die Sitzbank erklomm. Dann startete Rita den Motor.

Kommissarin Bernard suchte Halt und fand hinter sich zwei Griffe links und rechts der Sitzbank. Rita fuhr los. Bald schon wurde Christine die Haltung zu anstrengend.

„Halt dich an mir fest", schlug Rita vor.

Christine legte ihre Hände an Ritas Taille und fand es tatsächlich bequemer.

Sie sausten hoch oben auf der schweren Enduro durch den Berufsverkehr und schummelten sich an Ampelkreuzungen, vorbei an wartenden Fahrzeugen, bis zur Haltelinie nach vorn. So kamen sie gut voran. Die Maschine brummte, röhrte und vibrierte unter ihnen. Rita gab beherzt Gas und der starke Motor trieb die Fuhre zügig durch die Stadt. Mutig legten sie sich in die Kurven und beschleunigten kräftig heraus. Der Fahrtwind rauschte am Helm entlang und fuhr kühl in den Stoff der Kleidung.

Bald schon hielten sie vor dem Eingang der Kriminaldirektion und Christine bedauerte beinahe, dass die Fahrt bereits vorbei war.

Auch an diesem Morgen nahmen sie noch einmal den Aufzug. Auf dem Flur begegnete ihnen Kollege Bender, der wieder Ermittlungsakten verteilte.

Torsten Kluge war nicht an seinem Platz. Auf Christines Schreibtisch klebte eine Haftnotiz.

„Karin anrufen."

Kommissarin Bernard telefonierte.

Spiderman

Karin Vollmer war in ihrer Position als Polizeipsychologin hoch geschätzt. Die schlanke Rothaarige wirkte spröde, ein wenig abweisend und lebte zusammen mit ihren Katzen. Sie und Jörg Rottmann mochten sich nicht besonders. Die beiden bildeten die Antipoden in der Kriminaldirektion Trier und wünschten sich gegenseitig an das andere Ende der Welt. Aber auch Jörg Rottmann kam nicht umhin, Karins Fachkenntnisse anzuerkennen.

Diese nutzten der Polizeipsychologin im Fall Lina Ahlers indessen wenig.

„Lina Ahlers fürchtet, dass ich sie in die Psychiatrie einweisen lasse. Du hättest ihr versprochen, dass das nicht geschieht."

„Das stimmt so nicht. Allerdings hat sie tatsächlich versucht, mir dieses Versprechen abzuringen."

„Dann lass uns gemeinsam mit ihr sprechen. Wann hast du Zeit?"

„Jetzt gleich."

Christine griff nach der Ermittlungsakte.

Sie hinterließen Torsten Kluge eine Notiz. Karin Vollmer fuhr in ihrem Wagen voraus in das Untersuchungsgefängnis. Kommissarin Bernard und Rita nahmen das Motorrad.

Demütig ließen sie die Einlassprozedur über sich ergehen. Christine gab wieder ihre Dienstwaffe ab.

Karin Vollmer zog die Glastür der Schleuse auf. Christine und Rita folgten ihr.

Der Kaffeeautomat konnte diesmal nur Rita locken. Die Polizeipsychologin und die Kommissarin verzichteten.

Gemeinsam warteten sie im Gang vor dem Vernehmungsraum darauf, dass Lina Ahlers vorgeführt wurde.

Christine schlug die Ermittlungsakte auf und las das Vernehmungsprotokoll von Karin Vollmer. Es war kurz. Schon nach den ersten beiden Fragen hatte Lina die Aussage verweigert.

„Hältst du Lina Ahlers für zurechnungsfähig?"

„Auf mich macht sie einen geordneten Eindruck. Die Geschichte mit den Außerirdischen entspringt ihrem Trauma."

„Gehst du von Vergewaltigung aus?"

„Steht auf jeden Fall ganz oben auf meiner Liste der Möglichkeiten."

Eine Vollzugsbeamtin begleitete Lina über den Flur bis in den Vernehmungsraum. Linas Blick klebte an Kommissarin Bernard.

Sie setzten sich. Christine begann mit der Vernehmung.

„Guten Morgen, Lina. Wie geht es Ihnen?"

Lina lächelte müde.

„Gut."

Kommissarin Bernard bemerkte tiefe Kratzer in der Haut an Linas Unterarmen. Sie verletzte sich also selbst. Deutliche Spuren einer Zwangsstörung.

„Ich war in der Wohnung Ihres Vaters."

Geduldig wartete Lina auf die nächste Frage.

„Wir haben mit der Nachbarin Frau Sturm gesprochen. Ihr Vater hat ihr erzählt, dass Sie bei Ihrer Mutter wohnen."

Lina nickte.

„Wir haben auch mit Ihrem Bruder gesprochen."

Linas Augen wurden größer. Ihr Blick wachsamer.

„Auch er behauptet, dass Sie bei Ihrer Mutter wohnen."

Lina nickte erneut.

„Sie lügen mich frech an, Lina. Und so lange Sie das tun, kann ich mich nicht für Sie einsetzen. Ihre Mutter ist vor zwei Jahren verstorben."

Lina hatte die verdeckte Drohung offenbar verstanden. Sie senkte ihren Kopf und warf Karin Vollmer einen verstohlenen Blick zu. Dort saß die Beamtin, vor deren Urteil sie Angst hatte. Lina hob ihren Kopf und blickte der jungen Frau ins Gesicht, von der sie Hilfe erwartete.

„Ich wohne bei Basti."

„Haben Sie einen Beruf, gehen Sie arbeiten?"

„Ich suche eine Lehrstelle."

„Okay, Lina. Sie haben gesagt, jemand hätte Sie ‚geholt'. Wann war das?"

Lina zuckte mit den Schultern

„Vor zwei Wochen. Vielleicht."

„Sie wissen es nicht genau?"

„Es gibt kein Tageslicht dort."

„Wo befindet sich der Ort, an den man Sie gebracht hat?"

„Ich weiß es nicht. Ich habe geschlafen, während sie mich dort hingebracht haben."

„Wie muss ich mir das vorstellen? Wie hat man Sie entführt?"

„Ich bin nachts aufgewacht und hatte ein Tuch vor dem Gesicht. Ich habe mich gewehrt, aber dann bin ich eingeschlafen."

„Wo war Ihr Bruder? Konnte er Ihnen nicht helfen?"

„Nein. Basti hatte Nachtschicht."

„Was ist dann mit Ihnen geschehen?"

„Ich wurde untersucht."

„Können Sie mir diese Untersuchung näher beschreiben?"

„Nein, wir schlafen ja."

„Aber was denken Sie, was mit Ihnen geschehen ist?"

Lina schwieg beharrlich.

„Wissen Sie, wen Sie im Auto mit dem Eiskratzer attackiert haben?"

Lina antwortete nicht. Sie legte die eine Hand in den Schoß und kratzte sich mit der anderen am Unterarm, bis Blut unter ihrer Haut hervortrat.

Während Christine ihre nächste Frage formulierte, wurde sie von der Polizeipsychologin unterbrochen.

„Vielen Dank, Lina, dass Sie uns geholfen haben. Wir machen jetzt mal eine Pause. Möchten Sie etwas trinken?"

Lina nickte, dankbar für die Unterbrechung.

„Eine Frage habe ich noch", reklamierte Kommissarin Bernard. „Wissen Sie, wo sich Ihr Bruder aufhalten könnte?"

Lina schüttelte ihren Kopf.

„Wenn er nicht zu Hause ist oder auf der Arbeit …"

Sie zuckte mit den Schultern.

Sie verließen das Vernehmungszimmer. Die Vollzugsbeamtin betrat den Raum und schloss die Tür hinter sich.

Karin Vollmer bediente den Kaffeeautomaten und füllte zwei Becher.

„Eine weitere Befragung bringt uns nicht weiter. Lina macht sofort zu. Sie ist traumatisiert und wird in diesem Zustand zur Klärung des Tathergangs kaum etwas beitragen können. Ich werde mit ihr psychologische Gespräche führen und den Schutz, den sie um sich herum aufgebaut hat, Schicht für Schicht abtragen. Wie beim Häuten einer Zwiebel. Erst dann erfahren wir, was sie wirklich weiß und was mit ihr geschehen ist. Möglicherweise weiß sie, wer der Mann war, den sie verletzt hat. Aber ihre Ahnungslosigkeit über das, was nach ihrer Festnahme geschehen sein könnte, wirkt auf mich nicht gespielt. Sie weiß nicht, wo sich ihr Bruder oder ihr Vater derzeit aufhalten. Auch wenn sie wüsste, dass er derjenige ist, von dem sie glaubt, dass sie ihn umgebracht hat, und selbst wenn sie davon ausgeht, dass ihr Vater tot ist – dann widerspricht das ihrer Schutzbehauptung, von Aliens entführt worden zu sein. Und aus diesem Paradoxon kommt sie aus eigener Kraft nicht mehr heraus."

Christine beugte sich der fachlichen Einschätzung von Karin Vollmer und setzte ihre Hoffnungen auf die Fahndung nach Sebastian Ahlers. Er konnte wesentlich zur Aufklärung des undurchsichtigen Falls beitragen. Vielleicht war er ja so leichtsinnig und schaltete sein Mobiltelefon ein. Dann erhielten sie umgehend einen Hinweis auf den

Aufenthaltsort von seinem Telekommunikationsanbieter. Außerdem dürfte ein informelles Gespräch mit Jette nicht schaden.

Sie verließen das Gefängnis. Rita steuerte das Motorrad und ihre wertvolle Fracht zurück zur Kriminaldirektion.

Ein letztes Mal nahmen sie den Aufzug. Christines Knie war nun beinahe schmerzfrei.

Rita drückte den Knopf für den vierten Stock. Die Aufzugtüren schlossen sich.

„Wieso wussten wir nichts davon, dass Lina bei ihrem Bruder gemeldet war?"

„War sie nicht. Linas Adresse ist die ihres Vaters. Kommt schon mal vor, dass jemand unter dem Melderadar lebt."

Die Aufzugtüren öffneten sich. Sie verließen die Kabine.

Kommissariat 2 – Gewaltdelikte gegen Frauen und Kinder/Sexualdelikte. Die Bürotür stand offen. Es herrschte Durchzug, den Oberkommissarin Henriette Hübner offensichtlich genoss. Mit für Christines Geschmack zu weit geöffneter Bluse saß Jette an ihrem Schreibtisch. Ein großer Ventilator blies ihr lauwarme Luft entgegen.

„Schätzchen" war das erste Wort, das sie hervorbrachte, nachdem sie ihre Kollegin erkannt hatte. Dann erhob sie sich. „Schön, dass du mal vorbeischaust."

Der Raum war von Parfümduft geschwängert. Die Fingernägel der Oberkommissarin leuchteten rot lackiert, ihre langen dunklen Haare hatte sie hochgesteckt und ihr Gesicht zeigte sie ungeschminkt. Der Hitze geschuldet.

Sie reichten sich die Hände zum Gruß. Jettes Augen blieben an Rita hängen. „Eine neue Kollegin?"

„Ich weiß es noch nicht."

„Komm zur Sitte. Ich kann Hilfe dringend gebrauchen."

Rita nahm die Einladung nicht ernst. Jette wohl auch nicht. Sie wusste, dass das K2 nicht zu den Traumdienststellen für Nachwuchskräfte zählte.

„Was führt euch zu mir?"

Kommissarin Bernard schilderte den Ermittlungsstand im Fall Lina Ahlers. Oberkommissarin Hübner hörte interessiert zu und es dauerte nicht lange, bis sich der erfahrenen Beamtin ein übler Verdacht geradezu aufdrängte.

„Und jetzt willst du wissen, ob im Milieu jemand etwas von einem Mädchenhändlerring weiß."

Christine nickte hoffnungsvoll.

Jette lehnte sich in ihrem Bürostuhl zurück.

„Es gab in den vergangenen Jahren immer wieder mal Hinweise, aber nichts Konkretes. Die Ermittlungen gestalten sich schwierig, weil Opfer und Zeugen massiv eingeschüchtert werden. Die Täter sind sehr gut vernetzt, pflegen Verbindungen bis hinauf in die höchsten gesellschaftlichen Schichten und schrecken auch vor Mord nicht zurück. Hinzu kommt die Scham, die die Frauen empfinden, nachdem sie zum Teil wochenlang missbraucht wurden. Würden sie darüber sprechen, wäre eine Rückkehr in ihre bisherigen sozialen Strukturen kaum möglich."

„Das heißt, es ist bekannt und niemand unternimmt etwas dagegen?", empörte sich Rita.

„Wir unternehmen ja etwas. Wir suchen Zeugen und Opfer, die bereit sind auszusagen. Ohne zweifelsfreie Beweise brauchst du in solchen Fällen nicht anzutreten. Die Anwälte der Beschuldigten wissen genau, wie sie ihre teuren Mandanten der Justiz entziehen können."

„Ich finde das widerlich."

Jette stimmte Rita zu.

„Das ist unser Tagesgeschäft, Schätzchen. Und dafür suchen wir händeringend Verstärkung."

„Weißt du etwas über die Orte, an denen die Frauen missbraucht werden?", fragte Christine und hoffte auf einen Hinweis, dem sie nachgehen konnte.

„Meistens im Ausland. Tschechien ist ein Hotspot. Dort gibt es Laufhäuser und Verschläge aus Holz, in denen Frauen auf Tische gespannt werden und Männer nur einmal Eintritt bezahlen."

Rita bekam rote Flecken im Gesicht.

„Da muss man doch etwas gegen tun können!"

Christine beruhigte sie.

„Das machen wir auch. Aber das geht nur mit sauberer Ermittlungsarbeit und Beweissicherung. Da hat Jette vollkommen recht."

Oberkommissarin Hübner sprach weiter und Rita erzürnte es überaus, was sie noch alles zu hören bekam.

„Ich hätte nicht gedacht, dass so etwas in Deutschland möglich ist", schnaufte sie.

Christines Mobiltelefon meldete eine empfangene Nachricht.

„Malstunde“ war der Untertitel eines Fotos, das Karin Vollmer ihr gesendet hatte.

Die mit Kugelschreiber angefertigte Skizze stellte ein maskiertes Wesen mit übergroßen Augen und kahlem Kopf dar. Nase und Mund fehlten.

Kommissarin Bernard zeigte das Bild ihren Kolleginnen.

„Spiderman“, kommentierte Rita Linas Zeichnung.

„Karin scheint voranzukommen“, bemerkte Christine. „Vielleicht ist Lina am Ende eine Zeugin, die zu einer Aussage bereit ist.“

„Durch die Maskierung schützen die Täter sich vor einer Identifizierung durch das Opfer und sich selbst natürlich auch untereinander“, erklärte Jette. „Nicht selten wissen die voneinander gar nichts und sitzen sich beim nächsten Meeting ahnungslos gegenüber.“

Rita schüttelte fassungslos ihren Kopf.

„Ich kann nicht verstehen, warum Männer so etwas tun.“

„Übersteigerter Sexualtrieb, Testosteron, Macht ausüben, Fantasien ausleben, Reaktion auf die Demütigungen der Mutter als Kind, Rache an den Frauen im Allgemeinen, weil eine es gewagt hat, ihn zu verlassen, und so weiter“, beschrieb Jette ihren Ermittlungsalltag.

„Damit kann man doch keine Massenvergewaltigung entschuldigen.“

„Das tut auch niemand“, beruhigte Christine Rita erneut. „Aber du erlebst doch gerade, wie schwierig es ist, die benötigten Informationen zu ermitteln. Für Opfer wie Lina ist es beinahe unmöglich, darüber zu sprechen, ohne die erlittene Tortur noch einmal durchleben zu müssen.“

Konkrete Hinweise konnte Jette leider keine liefern. Aber einen Rat aus ihrer langjährigen Erfahrung als Ermittlerin im Rotlichtmilieu hatte sie für ihre jungen Kolleginnen dennoch.

„Der Bruder des Opfers ist euer wertvollster Zeuge. Wenn er etwas weiß, bekommt ihr die entscheidenden Aussagen wahrscheinlich von ihm. Vorausgesetzt seine Schwester bedeutet ihm etwas und er ist nicht selbst beteiligt."

Jette erhob sich und deutete damit an, dass sie noch einen Haufen Arbeit hatte, der sich leider nicht von allein erledigte. Zum Abschied ruhte ihr Blick länger als gewöhnlich auf Rita und sie wiederholte ihre Einladung, den Dienst nach Abschluss ihrer Ausbildung im K2 anzutreten. Auch wenn ihrem geschulten Auge nicht entgangen war, welches Kommissariat - oder besser: welche Kollegin - auf Rita eine höhere Anziehungskraft ausübte.

Christine und Rita verabschiedeten sich und nahmen die Treppe.

Auch in ihrem Büro herrschte Durchzug. Hauptkommissar Kluge begrüßte seine Kommissarin mit einem Durchsuchungsbeschluss.

„Der ist für die Wohnung von Sebastian Ahlers. Stellt alles auf den Kopf. Vielleicht findet ihr Hinweise auf Hinwendungsorte von ihm und seinem Vater. Besonders wichtig sind Informationen über Lina Ahlers, da haben wir bisher ja so gut wie nichts."

Mit dem letzten Satz drückte Torsten Kluge seinen Unmut über den vorliegenden Ermittlungsstand aus.

So, wie es seine Art war. Höflich, zurückhaltend, aber bestimmt.

„Herr Reichert, der Verwalter der Wohnanlage, wohnt schräg gegenüber. Er weiß, dass ihr kommt und öffnet euch die Tür."

Christine und Rita machten praktisch auf dem Absatz kehrt und nahmen erneut die Treppe. Kommissarin Bernards Knie blieb schmerzfrei.

Rita steuerte die Honda wieder geschickt durch den Stadtverkehr und nutzte unerlaubterweise die Vorteile, die ein Fahrzeug mit schmaler Silhouette bot. Sie schummelte sich erneut vor roten Ampeln an wartenden Autos vorbei bis ganz nach vorn und so kamen sie schneller voran als mit dem Dienstwagen. Doch sie fuhr nicht direkt zu Sebastian Ahlers Wohnung. Als wäre es abgesprochen, stoppte sie vor Solveigs Bistro und schaltete den Motor ab. Christine verstand und stieg ab.

„Gute Idee. Ich habe Hunger."

Rita bestellte wieder zwei Salattaschen und zwei Eistees. Sie aßen im Stehen draußen vor dem Imbiss unter einem Sonnenschirm an einem Bistrotisch.

Rita beobachtete den vorbeifahrenden Verkehr.

„Was machst du morgen?"

„Ich habe dienstfrei."

„Ich weiß. Steht auf dem Dienstplan. Lust auf einen Ausflug?"

Christine überlegte nicht lange. Torben befand sich in Paris und sie hatte noch keine Pläne für den nächsten Tag.

„Okay. Wo geht es hin?"

„Wir gehen Golf spielen", verkündete Rita geheimnisvoll, warf ihren leeren Becher in den Abfalleimer und gab damit das Signal für den Aufbruch.

Der Hausverwalter begrüßte die beiden Frauen, kurz nachdem sie von ihrem Motorrad gestiegen waren. Offenbar hatte er die Straße beobachtet. Jedenfalls stand er plötzlich vor ihnen und sprach sie an. Er geleitete sie in den Hausflur, ließ sie an sich vorbeilaufen und stieg hinter ihnen die Treppenstufen hinauf. Sie klingelten. Niemand öffnete ihnen. Herr Reichert entsperrte Sebastian Ahlers' Wohnungstür und trat zur Seite.

Kommissarin Bernard stieß sie weit auf, legte ihre Hand auf ihre Dienstwaffe und rief in die Wohnung hinein.

„Herr Ahlers? Hier ist die Polizei. Sind Sie zu Hause?"

Keine Antwort. Schnell kontrollierte Christine die Räume und vergewisserte sich, dass sich niemand darin befand.

Nun betrat auch Rita die Wohnung. Der Hausverwalter verabschiedete sich.

Die Balkontür im Wohnzimmer war verschlossen. Basti war also nach seiner wilden Flucht durch den Gewittersturm noch einmal nach Hause zurückgekehrt. Möglicherweise hatte er etwas mitgenommen oder vernichtet, das für Christines Ermittlungen nützlich gewesen wäre. Doch aus ihrer Erfahrung heraus wusste sie, dass es sich trotzdem oft lohnte, nach solchen Hinweisen zu suchen. Nur wie die genau aussahen, konnte man nie vorhersagen. Das erfuhr man oft erst, wenn man sie entdeckte. Manchmal waren es Unterlagen oder ein Foto oder eine Nachricht auf einem Anrufbeantworter. Was es auch war, es musste durch den auffindenden Beamten auch als ermittlungsrelevant gedeutet werden. Deshalb nahm Christine sich für ihre Durchsuchungen Zeit. Sie trug Rita auf, Badezimmer und Küche nach Fotos, Schriftstücken oder üblicherweise nicht in diese Räume gehörenden Gegenständen zu durchsuchen.

„Auch die Mülleimer kontrollieren und hinter Spiegel und Gardinen gucken", rief sie. „Alles, was dir auffällig erscheint."

Sie selbst begann im Wohnzimmer und öffnete den ersten Schrank. Sie kontrollierte die Unterseite von Regalböden und tastete sie mit der Hand ab, um aufgeklebte Verstecke aufzuspüren.

„In der Duschtasse liegen nasse Klamotten", hörte sie Rita aus dem Bad rufen. „Der war noch mal hier. Wurde die Wohnung nicht überwacht?"

„Doch, aber sicher nicht durchgängig. Für mehr als eine Streife, die in unregelmäßigen Abständen am Haus vorbeifährt, fehlt das Personal. Nach derzeitigem Ermittlungsstand ist Sebastian Ahlers zwar flüchtig, aber nicht tatverdächtig. Vielleicht ist er auch nur abgehauen, weil er Drogen in seiner Wohnung aufbewahrt hat oder aus einem ähnlich harmlosen Grund."

Basti hatte es nicht so mit der Ordnung. Bücher, Zeitschriften und Musik-CDs lagen durcheinander. Private

Post oder beglichene Rechnungen bewahrte er offenbar nicht auf oder er erhielt sie elektronisch. Sie fand auch keine Fotos. Klar, der moderne Mensch speichert alles in seinem Smartphone.

Sie fand Kontoauszüge, die ihm von der Bank zugestellt worden waren. Der Saldo betrug 116,20 Euro. Reich war Basti anscheinend nicht.

In einer Schublade fand sie ein Notebook. Das Netzteil fehlte. Sie stellte das Gerät bereit, um es mitzunehmen und an die Fachleute der Kriminaltechnischen Untersuchung zu übergeben. Vielleicht speicherte Linas Bruder darauf Dateien, deren Auswertung nützliche Informationen lieferte. Die Kollegen würden auch überprüfen, ob er die Dienste einer Cloud nutzte.

Bastis Wohnzimmer zeigte sich wenig ergiebig. Weder Hinweise auf ein Fahrzeug noch Schriftstücke aus Korrespondenz. Lediglich Lohnabrechnungen und Benachrichtigungen von seinen Versicherungen und dem Stromanbieter. Angemahnte GEZ-Zahlungsaufforderungen. Die Kündigung eines Personaldienstleisters, für den Sebastian Ahlers offenbar bis Ende des vergangenen Jahres gearbeitet hatte. Zwischen den Sofakissen steckte ein vertrockneter Joint. Uralt. Wahrscheinlich vergessen worden. Vielleicht hatte Basti Besuch gehabt oder das Sofa wurde gebraucht gekauft und der Joint stammte vom Vorbesitzer. Linas Bruder hatte auf Kommissarin Bernard nicht den Eindruck eines Drogenkonsumenten gemacht. Auch Bastis Abfälle sahen nicht danach aus. Typische Überreste wie verrußte Alu-Folie oder verdächtige Plastiktütchen fehlten.

Wie viele Menschen ging er seiner Arbeit nach, traf sich mit Freunden und pflegte ein Hobby. Möglicherweise, denn auch darauf gab es in der Wohnung keine Hinweise.

Das Schlafzimmer war schnell durchsucht. Ergebnislos.

Lediglich das dritte Zimmer schürte Hoffnung. Darin hatte offensichtlich seine Schwester gewohnt. Allerdings erinnerten umherliegende Stofftiere und Poster von Boygroups an den Wänden eher an ein Kinderzimmer, was Kommissarin Bernards Eindruck bestätigte, dass Lina Ahlers geistige Reife nicht ihrem biologischen Alter entsprach. Demzufolge fehlte es auch an Hinweisen auf einen Freund. Wahrscheinlich hatte Lina gar keinen.

„Keller?“, hörte Christine Rita hinter sich fragen und ließ die Matratze, unter die sie soeben geschaut hatte, wieder auf das Bett zurückfallen.

„Jo, Keller“, bestätigte sie.

Bastis Lattenverschlag im Kellerraum war nicht verschlossen. Wozu auch? Sie fanden leere Geräteverpackungen, zusammengefaltete Umzugskartons, Koffer ohne Inhalt, Fahrradflickzeug, billiges Werkzeug, einen benutzten Einweggrill, einen angebrochenen Sack Holzkohle, mehrere schmutzige Lappen und zwei zusammengeklappte Plastikstühle. Mehr gab es nicht zu sehen.

„Ist echt ermüdend, diese Sucherei, ohne was zu finden“, stöhnte Rita.

Christine lachte. „Wenn dir jemand versprochen hat, dass Polizeiarbeit immer spannend und aufregend ist, dann hat er gelogen. So sieht der Alltag bei uns aus. Aber das kann sich auch ganz schnell ändern, wie du ja gestern erleben durftest."

Sie beendeten ihre Hausdurchsuchung und fuhren zurück in die Kriminaldirektion. Am Horizont bauten sich blau-graue Gewitterwolken auf, die zügig vorankamen.

Kurz nachdem sie sich auf dem Parkplatz vor dem Gebäude die Helme vom Kopf gezogen hatten, fielen die ersten Tropfen. Dick und schwer wie Blei klatschten sie auf den Boden, in den Staub der Stadt. Es roch nach Petrichor, während das Wasser auf dem heißen Pflaster verdunstete.

Hauptkommissar Kluge hatte eine kleine Dienstbesprechung in seinem Büro angesetzt. Die Staatsanwaltschaft hatte die schleppenden Ermittlungen im Fall Ahlers zwar noch nicht gerügt, aber Torsten Kluge wollte Walter Lorscheider zuvorkommen.

Rita durfte teilnehmen. Rein informell. Beitragen konnte sie ohnehin nur wenig.

„Was haben wir?", richtet der Hauptkommissar seine erste Frage an Christine Bernard.

Sie brachte ihren Vorgesetzten auf den neuesten Stand.

Polizeimeisterin Tanja Rieger erklärte die Fahndung nach Sebastian Ahlers für bisher erfolglos.

Der vorläufige Bericht über dessen Schwester Lina von Polizeipsychologin Karin Vollmer lag Torsten Kluge bereits vor.

„Ich fasse also zusammen: Lina Ahlers wird psychologisch betreut, ist aber nicht wirklich aussagefähig. Sebastian

Ahlers ist weiterhin flüchtig und Horst Ahlers bleibt verschwunden, vielleicht ist er tot. Keine Hinweise auf Hinwendungsorte oder eine belastbare Version dessen, was in der Nacht vor drei Tagen passiert sein könnte, bis auf die Aussage von Lina Ahlers, dass sie einem Alien einen Eiskratzer in den Hals gerammt hat und ihr Opfer während ihrer Flucht beseitigt wurde. Damit traue ich mich, ehrlich gesagt, nicht in das Büro des Staatsanwalts. Können wir inzwischen nachweisen, woher das Blut auf Lina Ahlers Kleidung stammt?“

Er schaute in die Runde. Plötzlich klatschte er in die Hände.

„Kommt Leute, aufwachen. Da geht doch mehr. Was ist mit einer Befragung der Arbeitskollegen von Sebastian Ahlers und dem Umfeld von Lina Ahlers? Nachbarn befragen. Hat irgendwer etwas gesehen, gehört oder eine Vermutung?“

Christine hätte gerne darauf verwiesen, dass solche Massenbefragungen, wie sie in Vermisstenfällen und bei Einbruchsserien durchgeführt wurden, sehr personalintensiv waren. Aber Jörg Rottmann kam ihr zuvor.

„Jetzt lass uns doch mal abwarten, was die Fahndung bringt. Die läuft ja erst seit gestern. Wenn wir dutzende Leute befragen, bekommen wir auch dutzende Antworten. Die müssen wir alle überprüfen. Wer soll das denn machen? Zumal der Nutzen von Massenbefragungen oft in keinem Verhältnis zum Aufwand steht. Ist doch meistens Käse, was da erzählt wird. Bis wir damit fertig sind, relevante Aussagen vom Quatsch zu trennen, wenn überhaupt welche dabei sind, hat Karin sich vielleicht ihre Antworten bereits von Lina Ahlers geholt oder die Fahndung nach ihrem Bruder war erfolgreich."

Hauptkommissar Kluge gönnte sich zwei, drei Sekunden zum Nachdenken und schaute aus dem Fenster auf die nasse Stadt. Der Regen war bereits weitergezogen. Kühle Luft schmeichelte den hitzegeplagten Einwohnern.

„Okay. Wir warten noch das Ergebnis der Fahndung morgen ab. Ich erkundige mich nach vier Kollegen von der Streife, die uns bei einer Befragung behilflich sein können."

„Vor dem Wochenende? Viel Glück", moserte Jörg und kehrte mit Tanja Rieger zurück in sein Büro.

Rita schmunzelte und verbarg ihr Grinsen durch einen schnellen Blick auf den Boden vor sich.

„Lustig, eure Dienstbesprechungen", bemerkte sie leise, nachdem die Polizeimeisterin und Jörg Rottmann den Raum verlassen hatten. Torsten Kluge hätte es hören können, vielleicht auch nicht. Jedenfalls reagierte er nicht darauf. Man sah nur seinen Haarschopf hinter dem Bildschirm.

Christine und Rita verfassten zusammen den Einsatzbericht zur Hausdurchsuchung bei Sebastian Ahlers. Dann kontrollierte Kommissarin Bernard ihre E-Mails und beantwortete sie.

„Möchtest du mal mit zum Schießtraining? Ich bin nächste Woche dran."

Rita nickte begeistert.

Torsten Kluge verabschiedete sich. Er hatte seiner Frau versprochen, die gemeinsamen Töchter vom Sportunterricht abzuholen.

Christine tippte eifrig weiter auf ihrer Tastatur. Rita schaute gelangweilt aus dem Fenster hinunter auf den Bahnhofsvorplatz.

Gegen 18:00 Uhr verließen sie die Kriminaldirektion. Rita fuhr Christine nach Hause.

Beinahe Ferien

Der folgende Tag begann, wie der vorangegangene geendet hatte. Kühl. Es hatte in der Nacht geregnet. Doch die Sonne nahm bereits wieder Anlauf.

Durch den Wechsel der Hoch- und Tiefdruckgebiete fühlte Christine sich müde und schlapp.

Auf ihrem Mobiltelefon befanden sich zwei Nachrichten. Eine von Torben.

„Guten Morgen."

Sie hatten am Abend ausgiebig telefoniert.

Die andere Nachricht war von Rita.

„Nimm Badesachen mit."

„Badesachen? Ich dachte, wir spielen Golf?", murmelte Christine, gähnte und schleppte sich ins Bad.

Noch während sie an ihrem Toast knabberte, stand Rita vor der Tür und klingelte. Kommissarin Bernard kippte ihren Kaffee hinunter und verließ die Wohnung.

Die Fahrt ging über Land. Christine genoss das Kurvenräubern durch die Hunsrückwälder und auf den Serpentinen hinab an die Mosel. Mutig legte sie sich mit Rita in die Kehren. Der Wind pfiff an ihrem Helm vorbei, die Waldluft duftete nach jungem Tag und die Sonne wärmte ihren Rücken. Ein fettes Insekt knallte mit einem hohlen Plopp gegen ihr Visier.

Rita trieb die schwere Enduro die Berge hinauf, überholte rasant und ließ die Honda laufen. Der hubraumstarke

Zweizylinder brummte zufrieden. Beide hatten ganz offensichtlich ihren Spaß. Und Christine auch.

Der Golfplatz entpuppte sich als die älteste Minigolfanlage Deutschlands. Sehr gepflegt, schattig gelegen in einem Tal vor Traben-Trarbach zwischen dem Kautenbach und der Moseltherme. Maximal idyllisch. Sogar Meisterschaften wurden hier ausgetragen. Sie spielten zwei Runden und Christine wurde den Eindruck nicht los, dass Rita sie gewinnen ließ. Mittags aßen sie in einem Restaurant und verließen die Stadt in Richtung Hunsrück. Am Nachmittag flüchteten sie vor der Hitze in ein Café in Morbach. Christine dachte an ihre Badesachen im Top-Case auf dem Heck der Maschine. Rita warf ihr verwirrende Blicke zu, die sie unter anderen Vorzeichen als Flirt-Versuch gedeutet hätte. Nach einem werbenden Augenaufschlag stellte sie ihr leeres Latte-Glas auf den Tisch und drängte plötzlich zum Aufbruch.

„Wir treffen uns mit ein paar Freunden zum Grillen am Bostalsee. Ein bisschen abhängen. Leute kennenlernen. Und baden. Mein T-Shirt klebt schon auf meiner Haut."

Die Fahrt ging weiter. Sie überquerten die Landesgrenze zwischen Rheinland-Pfalz und dem Saarland am späten Nachmittag.

Der Strand war gut besucht. Familien mit Kindern, Feriengäste der umliegenden Herbergen und all die anderen, die das Naherholungsgebiet schätzten, bevölkerten das gepflegte Gelände.

Rita entdeckte ihre Freunde und steuerte die Honda durch den Sand zum Grillplatz.

Sie badeten. Das Wasser des Stausees war kühl und erfrischend und spülte den Schweiß des Tages fort. Die Abendsonne trocknete Christines Bikini, den sie für ihren Urlaub auf Mauritius gekauft hatte.

Ihre Bedenken, das knappe Stück Kleidung, welches Torben so gut an ihr gefiel, wäre zu gewagt für Süßwasserstrände in der deutschen Provinz, schienen unbegründet. Denn Rita hatte auch nicht mehr an als sie. Ein Tattoo schimmerte frech durch ihre Haut am Dekolleté.

„Was bedeutet dieses Zeichen?"

„Irgendwas Asiatisches. Liebe? Freundschaft? Keine Ahnung. Ich hatte mal eine Freundin, die stand auf Buddhismus. Mir gefiel das Symbol einfach."

„Rita, Bier ist alle!", rief ein offensichtlich angeheiterter junger Mann in langen Shorts.

„Was habe ich damit zu tun, Carl?"

„Du kannst noch fahren, alle anderen haben schon zu viel getrunken", erklärte Carl ihr in einem hoffnungsvollen Singsang und wedelte mit einem Fünfzig-Euro-Schein.

Rita ergab sich und schaute Christine an.

„Fährst du mit?"

„Im Bikini?"

„Sind nur ein paar Meter bis zur Tanke."

Rita griff nach Christines Hand und zog sie hinter sich her.

„Ohne Helm?", brachte sie erstaunt hervor, als sie sah, dass Rita sich auf die Honda schwang.

„Nun komm schon", lockte sie.

Kommissarin Bernard gab nach, erklomm die Sitzbank und legte ihre Hände an Ritas warmen Körper. Rita fuhr vorsichtig los und ließ die Maschine gemächlich dahingleiten.

Das Erlebnis Motorradfahren wirkte unmittelbarer ohne Schutzkleidung. Christine bekam einen Eindruck davon, was die Faszination des Motorradfahrens einmal bedeutet haben musste.

Der starke Motor brabbelte im großen Gang, die Sitzbank vibrierte unter ihr, der laue Fahrtwind strich über ihre Haut und ließ ihr langes Haar fliegen.

Beim Bremsen rutschte sie jedes Mal nach vorn und so geschah es, dass sie Ritas nackte Haut an ihrer spürte. Christine vergrößerte den Abstand, aber nach einem weiteren Bremsmanöver wurde sie erneut an Ritas Rücken gedrückt. Es war ihr nicht unangenehm, aber sie glaubte, es gehörte sich nicht.

Sie kauften im Shop einer nahegelegenen Tankstelle so viel Dosenbier, wie es in das Top-Case der Honda passte.

Der junge Mann an der Kasse konnte sein Glück kaum fassen, dass die beiden Ladys in ihren knappen Bikinis ihm den langweiligen Job an diesem Tag versüßten. Sehnsuchtsvoll schaute er ihnen nach, während sie den Verkaufsraum verließen, auf ihr Motorrad stiegen und davonbrausten. Dass Christine eine reife Frau war, schien ihn nicht zu stören. Auch sie fühlte sich in Ritas Gegenwart jünger.

Mit Gejohle wurden sie empfangen. Carl riss sogleich eine Dose auf. Schaum schoss heraus und traf Christine.

„Oh, sorry", brachte er erschrocken hervor und versuchte ungeschickt, das herausspritzende Bier mit dem Mund aufzunehmen.

Die Gruppe alberte herum und genoss ausgelassen den Sommerabend. Christine und Rita aßen gegrilltes Fleisch und tranken zurückhaltend von dem Dosenbier. Es dämmerte bereits. Sie gingen ins Wasser und schwammen hinaus in den goldenen Glitzer der untergehenden Sonne auf der Seeoberfläche.

Kommissarin Bernard empfand diesen Tag beinahe wie Ferien. Schade, dass ihr Beruf und Alltag ihr so selten solche Gelegenheiten boten.

Rita schwamm plötzlich auf sie zu und schlang ihre Arme um Christines Nacken. Ihre Körper berührten sich unter Wasser. Noch bevor sie etwas dagegen unternehmen konnte, küsste Rita sie auf den Mund.

Im ersten Moment wusste sie nicht, wie sie darauf reagieren sollte. Sie fühlte sich überwältigt und unvorbereitet auf einen solchen Annäherungsversuch. Sie lachte unsicher und als Rita sie erneut küssen wollte, wich sie aus.

„Rita, ich bin nicht so", stammelte sie. „Ich empfinde für Frauen nicht das gleiche wie für einen Mann."

Rita schaute sie an. Dann gab sie Christine frei.

„Schade, dir entgeht etwas. Lass uns zurückschwimmen, mir wird kalt."

Tausend Gedanken durchströmten Kommissarin Bernards Kopf, während sie in gleichmäßigen Zügen an das Ufer zurückschwamm. Was bedeutete der Zwischenfall nun für ihren künftigen Umgang mit Rita? Konnte es ihre Zusammenarbeit beeinträchtigen? Musste sie es Torben beichten?

Rita hingegen verhielt sich, als wäre nichts geschehen. Christine war erleichtert, aber sie hatte den Eindruck, dass Rita so schnell kaum aufgeben würde. Sie sollte sich bis zum nächsten Annäherungsversuch überlegen, was sie wollte. Standhaft bleiben und Torben treu bleiben oder ein Abenteuer wagen? Aber sie wusste auch gerne, worauf sie sich einließ. Dieses Bedürfnis widersprach dem Charakter eines Abenteurers.

Sie saßen noch eine Weile zusammen am Feuer und unterhielten sich mit den anderen. Ein Teil der Gruppe plante, unter freiem Himmel zu übernachten. Sie breiteten ihre Schlafsäcke aus.

Carl schlief als Erster ein. Er hatte reichlich Bier getrunken und der Hopfen wirkte. Er schaffte es nicht einmal mehr ordentlich in seinen Schlafsack.

Es wurde Zeit zum Aufbruch.

Rita brachte Christine nach Hause. Brav verabschiedete sie sich von ihr, ohne ihr erneut zu nahezutreten.

Aus einer anderen Welt

Der weiße Mégane parkte in der Morgensonne. Die Fensterscheiben des Renaults standen immer noch einen Spalt offen, doch der Innenraum war inzwischen getrocknet. Christine stieg ein, startete den Motor und fuhr los.

Sie dachte an Rita und den gemeinsam verbrachten Tag. Es war ein schöner Tag gewesen und Rita hatte sich nichts vorzuwerfen. Das hatte Kommissarin Bernard in der Nacht beschlossen. Sie hatte noch lange wach gelegen und nachgedacht. Zu sehr beschäftigten sie die Ereignisse des vergangenen Tages. Alles hatte neu und aufregend gewirkt. Und Rita hatte ihre Gefühle für sie offenbart. Mehr war nicht passiert. Wie sonst sollten Menschen zueinanderfinden, wenn niemand den ersten Schritt wagt? Und selbstverständlich darf man ein solches Angebot zurückweisen, wenn es einem nicht gefällt. Wenn sie ehrlich zu sich selbst war, musste sie zugeben, dass Rita auf sie durchaus eine gewisse Anziehungskraft ausübte. Mehr aber eben nicht.

Sie steuerte ihren Wagen auf einen der freien Parkplätze vor der Kriminaldirektion. Ritas Motorrad stand bereits in der Nähe des Eingangs.

Im Treppenhaus begegnete ihr Jette. Die vollschlanke Frau bevorzugte sonst immer den Aufzug. Sie bemerkte Christines erstaunten Blick.

„Ich möchte halt auch mal so aussehen wie du", erklärte sie im Vorbeigehen wenig überzeugend und blieb einige Stufen unterhalb von ihr stehen. Dann drehte sie sich um.

„Sag mal, diese Lina, ist die Europäerin?"

„Ja. Warum?"

„Ich dachte gestern Abend noch an Kinderhandel und illegale Leihmutterschaft. Europäische Eltern wollen meistens keine nordafrikanischen, indischen oder asiatischen Kinder haben."

„Und wenn Lina keine Europäerin wäre?"

„Dann wäre sie als Leihmutter weniger attraktiv gewesen."

„Ich spreche mit Karin. Sie kann Lina dazu befragen."

Die Oberkommissarin nickte, stieg weiter die Stufen hinab und wirkte dabei etwas bemüht. Lust auf Bewegung sah anders aus. Christine schmunzelte und nachdem sie die Tür zum Treppenhaus aufgezogen hatte, sah sie den wahren Grund, warum Jette die Treppe benutzt hatte. Der Aufzug war wegen Wartungsarbeiten gesperrt.

Im Büro traf sie auf Jörg Rottmann. Er wippte mit den Händen in den Hosentaschen auf Zehenspitzen vor dem Schreibtisch von Torsten Kluge auf und ab, wie er es oft tat, wenn er bester Laune war.

„Die Fahndung hat den Ahlers festgenommen", empfing er Christine und schaute triumphierend auf den leitenden Hauptkommissar herunter, der sich unbeeindruckt auf seinem Bürostuhl zurücklehnte und mit einem Kopfnicken seine Kollegin begrüßte.

„Welchen Ahlers?"

„Sebastian."

„Und wo?"

„Am Hauptbahnhof in Mainz. Er saß dort mit einer Zwei-Liter-Pulle Pennerglück im Bereich einer Überwachungskamera. Total besoffen."

Der Sieg war ihm nicht mehr zu nehmen. Genau darauf zu warten, hatte er in der letzten Dienstbesprechung ja bereits gefordert. Torsten Kluge ermahnte ihn trotzdem zu einer korrekten Ausdrucksweise und wandte sich seiner Kommissarin zu.

„Die Kollegen überstellen Ahlers nach Trier. Du kannst schon ins Untersuchungsgefängnis fahren. Sebastian Ahlers müsste bereits dort sein."

Plötzlich stand Rita neben Christine und reichte ihr einen Becher Kaffee. Sie grüßte unbefangen wie jeden Morgen und nippte vorsichtig an ihrem heißen Getränk.

Sie nahmen die Becher mit ins Auto und tranken ihren Kaffee unterwegs.

Christine konzentrierte sich auf den Straßenverkehr und dachte an die bevorstehende Vernehmung.

Rita deutete ihr Schweigen falsch.

„Du bist sauer auf mich."

Kommissarin Bernard lachte.

„Aber nein. Was denkst du nur von mir? Ich war in Gedanken bei Sebastian Ahlers. Ich versichere dir, es ist alles in Ordnung. Ich kann damit umgehen."

Rita wirkte erleichtert.

„War ein cooler Tag gestern.“
„Ja. Vielen Dank noch einmal dafür.“

Nach der Einlassprozedur fanden sich Christine und Rita auf einem Gang wieder, der dem in der JVA Zweibrücken ähnelte. Sie warteten. Dann erschien Sebastian Ahlers in Begleitung eines Vollzugsbeamten. Sie folgten den beiden in einen Vernehmungsraum und nahmen Platz. Der Beamte schloss die Tür hinter sich.

Basti waren der Einfluss des getrunkenen Alkohols und die wenig schlafreiche Nacht anzusehen. Übernächtigt setzte er sich auf seinen Stuhl und stützte den Oberkörper mit den Ellenbogen auf der Tischplatte ab.

Es folgte die übliche Prozedur vor einer Vernehmung. Kommissarin Bernard fragte nach Sebastian Ahlers' Einwilligung für die Aufzeichnung des Gesprächs und nach der Erlaubnis für Ritas Teilnahme.

Beides war Basti zunächst „wurscht“, wie er sich ausdrückte. Letztendlich lieferte er doch noch ein genervtes „Ja“. Auf die Anwesenheit eines Anwalts verzichtete er.

„Herr Ahlers, wir hätten uns nach unserer ersten Begegnung gerne noch einmal mit Ihnen unterhalten. Aber Sie haben sich der Befragung durch Flucht entzogen. Warum?“

„Weil ich mich bedroht gefühlt habe“, erklärte Basti patzig.

„Von zwei Frauen?“, zweifelte Christine.

Sebastian Ahlers schwieg.

„Bis zu diesem Zeitpunkt lag nichts gegen Sie vor. Außer dass Ihr Alibi geplatzt war. Wo waren Sie also an dem

Abend, an dem Ihre Schwester blutverschmiert auf einer Landstraße aufgegriffen wurde?"

„Zu Hause."

„Kann das jemand bezeugen?"

„Nein."

„Warum haben Sie uns das nicht gleich gesagt?"

„Hätten Sie es denn geglaubt?"

„Möglich. Sie haben ausgesagt, Ihre Schwester lebe bei Ihrer Mutter und Sie hätten keinerlei Kontakt zu ihr. Wir haben hingegen ermittelt, dass Ihre Mutter bereits vor zwei Jahren verstorben ist und Lina ein Zimmer in Ihrer Wohnung bewohnt. Können Sie mir das erklären?"

„Was soll ich denn da erklären? Sie wissen doch schon alles."

„Warum haben Sie uns belogen?"

Basti antwortete nicht.

„Gut. Kommen wir zurück auf die Nacht, in der Ihre Schwester aufgegriffen wurde. Lina behauptet, jemanden getötet zu haben. Was wissen Sie darüber?"

„Nichts."

„Das klingt für mich nicht sehr glaubwürdig. Sie ist Ihre Schwester, Sie lassen sie bei sich wohnen, wissen aber angeblich nichts darüber, dass sie in dieser Nacht offenbar in großen Schwierigkeiten war."

„Was wissen Sie schon?"

„Noch nicht viel, aber um das zu ändern, sitzen wir ja hier. Hatten Sie in jener Nacht Kontakt zu Ihrer Schwester oder Ihrem Vater?"

„Nein."

„Ich glaube Ihnen nicht. Sie wirken auf mich kontrolliert, Sie wissen, was in Ihrer unmittelbaren Umgebung geschieht. Und ich glaube, dass Sie Ihre Schwester lieben und sie schützen wollen. Aber so, wie Sie das hier versuchen, gelingt das nicht."

„Werden wir ja sehen."

„Es stimmt also, Sie wollen Ihre Schwester schützen. Wovor?"

Sebastian Ahlers reagierte nicht.

„Während wir hier sitzen, wird sie von meiner Kollegin vernommen", behauptete Christine, obwohl sie gar nicht wissen konnte, ob es in diesem Moment der Wahrheit entsprach. „Ich hatte nicht den Eindruck, dass Ihre Schwester aufgrund der schrecklichen Erlebnisse in jener Nacht der Befragung lange standhalten wird."

„Wenn Sie sich so große Sorgen um meine Schwester machen, lassen Sie sie doch einfach in Ruhe."

„Augenblicklich, wenn Sie uns stattdessen weiterhelfen. Was ist in jener Nacht geschehen? Was wissen Sie darüber? Wo befindet sich Ihr Vater? Lebt er noch? Braucht er Hilfe? Er ist ein alter Mann. Er ist Ihr Vater."

„Er ist ein Schwein!", schrie Basti plötzlich so laut, dass Christine und Rita zusammenzuckten.

Die Tür wurde geöffnet, der Vollzugsbeamte erschien im Rahmen. Kommissarin Bernard hob abwehrend ihre Hand.

„Alles okay. Wir machen weiter."

Nachdem die Tür wieder verschlossen war, nahm sie sich einen Moment Zeit, ihre Vernehmungsstrategie zu überdenken. Bisher hatte sie darauf gesetzt, dass Basti über Geschwisterliebe zu knacken war. Jetzt aber glaubte sie, über den offensichtlichen Hass auf den Vater schneller voranzukommen.

„Gut. Reden wir über Ihren Vater. Warum denken Sie, er sei ein Schwein? Was hat er getan?"

Sebastian Ahlers verschränkte die Arme vor der Brust. Seine Körpersprache signalisierte nachlassende Aussagebereitschaft. Christine ignorierte es. Sie spürte, jetzt musste sie dran bleiben. Sie dachte an ihren eigenen Vater und legte ihre Erinnerung an ihn in die folgende Beschreibung.

„Was ist Ihr Vater für ein Mensch? Ist er warmherzig, zugewandt, aufmerksam? Beschützt er seine Familie? Ist er ein guter Ratgeber? War er ein liebevoller Ehemann? Ein Fels in der Brandung? Ein erfahrener Steuermann für das Schiff des Lebens? Ist er zuverlässig ..."

„Von wem reden Sie denn da?", explodierte Basti plötzlich und sprang auf. Sein Stuhl fiel um. Die Tür wurde einen Spalt geöffnet.

„Alles okay!", rief Kommissarin Bernard.

Rita wurde angesichts von Bastis Ausbrüchen etwas blass um die Nase.

„Setzen Sie sich wieder hin", befahl Christine äußerlich gelassen.

Basti gehorchte, stellte seinen Stuhl wieder auf die Beine und nahm darauf Platz.

„Wenn Sie mit meiner Beschreibung Ihres Vaters nicht einverstanden sind, korrigieren Sie sie."

„Er war ein widerliches Schwein. Er hat Lina verkauft."

Sebastian Ahlers sprach jetzt sehr leise. Tränen füllten seine Augen. Christine ließ ihm Zeit.

„Die Behandlung meiner Mutter war sehr teuer. Vater griff nach jedem Strohhalm und bezahlte Therapien, die die Krankenkasse nicht übernehmen wollte, aus eigener Tasche. Die Summen überstiegen bald seine finanziellen Möglichkeiten. Doch plötzlich war ausreichend Geld da. Er behauptete, Freunde hätten es ihm zur Verfügung gestellt."

Sebastian Ahlers schnaubte verächtlich.

„Schöne Freunde waren das. Mutter verstarb trotzdem.

Er versuchte, ihren Tod gegenüber den Nachbarn zu verheimlichen. Er hatte ja auch schon überall herumerzählt, wie wirkungsvoll die Behandlung sei und dass Mutter schon auf dem Weg der Besserung wäre. Alles gelogen. Ich glaube, er wollte nicht wahrhaben, dass er gescheitert war.

Irgendwann forderten seine ‚Freunde' ihr Geld zurück, das er natürlich nicht hatte. Aber er hatte eine Tochter. Auf die hatten sie es abgesehen. Ich nahm Lina zu mir. Den Nachbarn erzählte er, sie lebe bei ihrer Mutter. Seine ‚Freunde' haben Lina geholt, als ich Nachtschicht hatte."

„Wieso haben Sie Lina nicht als vermisst gemeldet?"

„Wollte ich ja. Aber Ihre Kollegen sagten, Lina sei volljährig und dürfe ihren Aufenthaltsort frei wählen."

„Aber es bestand Gefahr für Leib und Leben."

„Darüber waren Ihre Kollegen wohl anderer Meinung."

„Nun gut. Weiter."

Christine unterbrach Sebastian Ahlers nicht mehr. Natürlich hatte sie unzählige Fragen an ihn, aber, um die zu stellen, war es nicht der richtige Zeitpunkt. Basti durfte sich leer reden, auspacken, seinem Bedürfnis nachgeben, sich von allem, was ihn belastete, zu befreien.

„In der betreffenden Nacht sollte Lina an einen anderen Ort gebracht werden. Sie entdeckte im Auto den Eiskratzer, nutzte ihre Chance und stach zu. Womöglich weiß sie gar nicht, wen sie da verletzt hat."

„Verletzt? Das heißt, Ihr Vater lebt?"

„Ne, dem habe ich ein Ende gesetzt. Rolf hat mich angerufen und mich in die Wohnung meines Vaters bestellt. Rolf hatte den Wagen gefahren, aus dem Lina geflüchtet war. Da lag mein Vater also am Boden. Halb tot. Hat geblutet wie ein Schwein, aus einer Wunde am Hals. Jammerte herum, er habe das nicht gewollt und so weiter. Ich fragte: ‚Was hast du nicht gewollt?' Da stammelte der vor sich hin und erzählte mir alles. Von den entführten Mädchen, den Vergewaltigungen. Als wenn ich sein Beichtvater wäre. Mir wurde ganz schlecht von dem Gequatsche. Rolf redete ständig dazwischen, beschwor ihn, er solle sein Maul halten. Dann brüllte er mich an. Ich sollte Verbandzeug holen und auf den Arzt warten. Stattdessen kam ich mit einem Messer aus der Küche und hab es meinem Vater in die Brust gerammt. Rolf hat mich mit seiner Pistole bedroht und mich rausgeschmissen. Ich sollte mein Maul halten, sonst sei Lina tot. Da wusste ich ja noch nicht, dass Ihre Kollegen sie bereits gefunden hatten."

Kommissarin Bernard atmete einmal tief durch.

„Wo ist der Leichnam Ihres Vaters jetzt?"

„Keine Ahnung. Die werden den schon entsorgt haben."

„Wer sind ‚die'?"

„Anwälte, Ärzte, Beamte, Politiker, Unternehmer. Perverse Schweine, die glauben, sich alles leisten zu können. Das ist ein richtiges Netzwerk. Das sind die gleichen Leute, die in den Medien von Leitkultur labern und ihren Wertekanon herunterbeten. Dreck schwimmt oben, das war schon immer so."

„Was genau haben diese Leute mit Lina gemacht?"

„Ja, was glauben Sie denn, was die mit ihr gemacht haben? Das gleiche wie mit all den anderen. Sie vergewaltigt und missbraucht."

In Christine stieg eine furchtbare Vorstellung dessen auf, was sie im Anschluss noch zu hören bekommen würde.

„Wo finden diese Vergewaltigungen statt?"

„Keine Ahnung. Ich war nicht dort. Die treffen sich irgendwo."

„Können Sie uns Namen nennen? Wer gehört alles dazu?"

„Der feine Herr Doktor aus dem Krankenhaus zum Beispiel. Alexander Brosian."

Christine holte ihren kleinen Block hervor und schlug ihn auf. Dann notierte sie sich den Namen und die Adresse. Der Name kam ihr bekannt vor, sie konnte ihn aber nicht gleich einer Person zuordnen.

„Rückert. Gebäudereinigung", fuhr Basti fort. „Alfred hat Vaters Bude sauber machen lassen. Und der Rolf eben. Der war mal bei uns zu Hause", fuhr er fort. „Mehr kenne ich nicht. Habe mit denen nie was zu tun gehabt."

„Wie heißt dieser Rolf mit Nachnamen?“

„Bender. Müssen Sie doch kennen. Ist doch Ihr Kollege, in eurem sauberen Laden hier.“

Christine spürte, wie sich eine Gänsehaut auf ihrem Körper ausbreitete.

„Kommissar Rolf Bender?“, fragte sie ungläubig.

Basti nickte.

„Das ist eine schwere Beschuldigung.“

Linas Bruder zuckte mit den Schultern.

„Dann gehen Sie los und verhaften ihn. Ich bezeuge alles. Aber lassen Sie Lina in Ruhe. Sie ist Opfer, nicht Täterin!“

Einem inneren Impuls folgend hätte Christine Basti beinahe dazu aufgefordert, seine ungeheuerliche Anschuldigung noch einmal zu wiederholen. Obwohl sie ihn sehr gut verstanden hatte. Stattdessen beugte sie sich vor und sprach in das Mikrofon: „Unterbrechung der Vernehmung von Sebastian Ahlers. Es ist 11:03 Uhr.“

Dann erhob sie sich, angelte ihr Mobiltelefon aus der Hosentasche hervor und verließ den Vernehmungsraum. Rita folgte ihr.

Kommissarin Bernard telefonierte mit Hauptkommissar Torsten Kluge. Er wies sie an, die Vernehmung nicht weiterzuführen und zu warten. Er rufe zurück.

„Ich dachte immer, wir sind die Guten“, hörte sie Rita fassungslos aussprechen, was sie selbst in diesem Moment dachte. Aber dann rief sie sich zur Ordnung. Auch wenn es einen Sumpf in der Kriminaldirektion gäbe, war es nur ein

Sumpf in einer Landschaft voller achtbarer Kollegen. Und Sümpfe konnte man trockenlegen.

Ihr Telefon meldete einen Anruf. Torsten Kluge.

„Der Staatsanwalt ist auf dem Weg. Du wartest bitte auf ihn. Hauptkommissar Richard Welfen vom Landeskriminalamt ist informiert. Er wird die internen Ermittlungen führen."

Richard Welfen war also auf dem Weg nach Trier. Schon einmal hatte Christine mit diesem unnachgiebigen Hauptkommissar zu tun. „Heilige Inquisition" nannte man seine Abteilung im LKA in Mainz. Sie selbst konnte sich nicht über ihn beklagen. Sie hatte ihn als korrekten und gewissenhaften Kollegen kennengelernt. Aber der steif und vertrocknet wirkende, dürre Mann mit dem schütteren blonden Haar galt bei vielen Beamten als Jäger in den eigenen Reihen. Genau genommen entsprach dieser Eindruck exakt seiner Stellenbeschreibung. Die „Interne" sollte den „Laden" sauber halten, wie Kriminaldirektor Josef Weinig sich einmal ausgedrückt hatte. Kommissarin Bernard konnte sich keinen besseren Ermittler vorstellen, der den zu erwartenden Herausforderungen gewachsen war. Richard Welfen würde „aufräumen" und sich dabei nicht scheuen, jeden Stein umzudrehen.

Sie warteten eine halbe Stunde. Dann trat Walter Lorscheider durch die Schleuse und lief mit wehendem Jackett auf sie zu.

„Guten Morgen", grüßte der Staatsanwalt und sein Gesichtsausdruck deutete bereits an, wie ernst er die jüngste Entwicklung im Fall Ahlers nahm.

„Kollege Bender ist heute nicht zum Dienst erschienen. Wahrscheinlich hat er mitbekommen, dass Sebastian Ahlers verhaftet wurde. Die Fahndung ist schon eingeleitet."

Plötzlich fiel Christine ein, woher sie den Namen des Arztes kannte. Aus der Ermittlungsakte von Lina Ahlers. Er war der Arzt, der Lina im Krankenhaus untersucht hatte. Nun musste sein Befund angezweifelt werden. Lina erneut untersuchen zu lassen, wäre sinnlos, dafür war es bereits zu spät. Spuren vom Täter waren längst abgewaschen, Verletzungen inzwischen weitgehend verheilt. Sie teilte ihre Erkenntnis mit Staatsanwalt Lorscheider. Der telefonierte sofort und beantragte einen Haftbefehl.

„Wird Herr Ahlers juristisch vertreten?"

„Bisher nicht."

„Das sollte er jetzt aber. Ich kümmere mich darum. Sie fahren in die Kriminaldirektion und melden sich bei Herrn Kluge. Ich warte hier auf Hauptkommissar Welfen vom LKA."

Christine trug sich aus dem Pfortenbuch aus und bekam ihre Dienstwaffe zurück. Sie überquerten den Parkplatz, stiegen in den Renault und fuhren los. Rita ließ ihr Fenster herunterfahren.

„Was Sebastian Ahlers ausgesagt hat, kommt mir vor wie aus einer anderen Welt. Leute, die Frauen kidnappen, sie wie Sklaven halten und sich an ihnen vergehen. Wo gibt es denn so was? Und einer von uns macht da noch mit. Geht's noch?"

Christines Blick haftete am Heck des vorausfahrenden Fahrzeugs.

„Ich weiß auch noch nicht, ob ich das alles so glauben soll. Unvorstellbar."

„Wie lange kennst du diesen Bender?"

„Nicht lange und nicht besonders gut. Ein paar Jahre halt. Seit ich in der Kriminaldirektion Trier arbeite. Er war immer zuverlässig, kollegial, beinahe bieder. Rolf schiebt Innendienst. Er wurde bei einem Einsatz verletzt und ist nur noch eingeschränkt diensttauglich. Privat hatte ich gar keinen Kontakt. Er ist auch nicht der soziale Typ."

„Ne, nun wirklich nicht, mein Gott", schnaufte Rita aufgebracht.

„Perfider Weise saß der genau an der richtigen Stelle. Rolf hatte überall Akteneinsicht und übernahm Schichten in der Einsatzzentrale. Wer den rekrutiert hat, weiß, was er tut. Behörden durchsetzt man am leichtesten über enttäuschte, einsame und desillusionierte Mitarbeiter. Vielleicht nagt Rolf immer noch an den Folgen seines Dienstunfalls und fühlt sich ungerecht behandelt."

„Wie geht es jetzt weiter?"

„Die Ermittlungen werden von einem Beamten außerhalb unserer Dienststelle geführt. Ich nehme an, das LKA wird die beiden Ahlers Fälle an sich ziehen. Somit ist sichergestellt, dass niemand die Gelegenheit bekommt, etwas zu vertuschen. Im Moment ist ja noch nicht abzusehen, wer alles zu dem Netzwerk gehört, von dem Basti gesprochen hat."

In dubio pro reo

Die Stimmung im Büro war der Lage angemessen. Polizeimeisterin Tanja Rieger war ohnehin von stillem Gemüt und Jörg Rottmann verzichtete auf seine üblichen Frotzeleien. Während sich in Ritas Gesicht vor Aufregung und Empörung rote Flecken bildeten, blieb Torsten Kluge wie immer die Ruhe selbst.

„Zwei Kollegen von der Streife sind auf dem Weg ins Krankenhaus. Sie nehmen Doktor Brosian fest. Tanja und Jörg fahren zur Gebäudereinigung und verhaften Alfred Rückert."

Dann fiel sein Blick auf Kommissarin Bernard.

„Du und ich kümmern uns um Rolf Bender."

Polizeimeisterin Rieger und Jörg Rottmann verließen das Büro. Christine und Rita folgten Torsten zu seinem Dienstwagen.

Sie fuhren nach Kenn, einer Gemeinde im Trierer Umland. Dort stand Kollege Benders Haus. Dort war er gemeldet.

Natürlich ging Hauptkommissar Kluge davon aus, dass sie ihn dort nicht antreffen würden. Aber davon mussten sie sich selbst überzeugen. Schließlich bestand die Möglichkeit, dass der Oberkommissar aus harmlosen Gründen seinen Dienst an diesem Tag nicht hatte antreten können und sich herausstellte, dass Basti gelogen hatte. Alles schon da gewesen. Alles schon erlebt. Verleumdungen gegen Beamte auszusprechen, waren nicht selten auftretende Beschuldigungen, vor allem aus dem Rotlichtmilieu. Am Ende stellte sich ebenso häufig heraus, dass der betroffene Kollege unschuldig war.

Das Anwesen lag auf einer Anhöhe in einer ruhigen Straße. Weißer Putz blendete in der Sonne. Gemähter Rasen. Etwas zu kurz, vertrocknet in der Sommerhitze. Rosenstöcke mit faustgroßen Blüten. Rot und gelb. Eine Doppelgarage. Ein gepflasterter Weg bis zur Eingangstür. Ein Einfamilienhaus wie tausende andere. Nur lebte hier keine Familie mehr. Bender war geschieden. Seine Frau hatte die Tochter mitgenommen.

Christine umrundete das einstöckige Gebäude. Rita blieb bei Torsten Kluge. Der klingelte. Keine Reaktion. Er klingelte noch einmal, trat von der Tür zurück und beobachtete die Gardinen hinter den Fenstern. Doch er nahm keine Bewegung dahinter war. Es gab keinen Hinweis auf die Anwesenheit einer Person im Haus.

Christine hatte ihre Runde beendet und rümpfte die Nase.

„Was stinkt hier so?"

Torsten Kluge zog sein Mobiltelefon aus der Hosentasche.

„Die Abfälle auf dem Hof eines Recyclingbetriebs. Unsere gelben Säcke entwickeln dort in der Sonne ihr Eigenleben. Die Anwohner beschweren sich seit Jahren darüber."

Dann ließ er sich mit der Einsatzzentrale verbinden und forderte einen Schlüsseldienst an.

„Jörg hätte die Tür eingetreten. Gefahr im Verzug."

Torsten ließ sein Telefon wieder in die Hosentasche gleiten.

„Wir machen das aber nach Dienstvorschrift. Ihr beide befragt bitte die Nachbarn nach dem Verbleib von Rolf Bender und was ihr sonst noch in Erfahrung bringen könnt. Ich warte auf den Schlüsseldienst."

Hauptkommissar Kluge musste sich nicht lange gedulden. Als die Tür geöffnet war, bedankte er sich, zog seine Dienstpistole aus dem Gürtelholster und rief in den Flur hinein.

„Rolf? Torsten hier. Bist du da?"

Er bekam keine Antwort. Schnell hatte er einen Blick in alle Räume geworfen. Das Haus war nicht unterkellert, dafür gab es einen Dachboden, der sich über die gesamte Fläche des Gebäudes erstreckte.

Die Befürchtung, Kollege Bender dort mit einem Strick um den Hals zu finden, wurde nicht bestätigt.

Im Haus hielt sich niemand auf. Er steckte die Dienstwaffe zurück und war erleichtert, auch keine Blutlache und darin eine Leiche mit Kopfschuss gefunden zu haben. Immerhin war ein Schuss aus der Dienstpistole für einen Polizisten eine verlockend anmutende Lösung aus scheinbar ausweglosen Situationen.

Bis auf das Ticken einer Wanduhr in der Küche war es still.

Kollege Bender lebte bescheiden. Altmodisch möbliert. Nur die Küchenmöbel waren offenbar neu. Überall an den Wänden, akkurat ausgerichtet, Fotos von alten Autos. 70er

Jahre. Meistens Ford. P2, P3, P4. Capri, Taunus, 12m, 17m, Consul. Einige Opel. Kapitän, Admiral, Rekord.

Hauptkommissar Kluge kannte Rolf Bender nicht sehr gut. Er kannte auch niemanden, der das von sich behaupten konnte. So war es halt. Jeder hatte sein Leben, seine Familie, seine Interessen, denen er nachging. Da blieb nicht viel Zeit für die Kontaktpflege zu Kollegen. Hinzu kamen unterschiedliche Dienstzeiten. Den Jahresurlaub oder Feste an Feiertagen verbrachte ebenfalls jeder für sich.

Bis auf die wenigen Fußballabende mit Jörg vor dem Fernseher pflegte Torsten Kluge kaum private Kontakte in der Kriminaldirektion.

Christine betrat mit Rita das Haus.

„Die Nachbarn, die wir angetroffen haben, hatten kaum Kontakt zu Bender. Mal zusammen grillen, über Autos quatschen. Das war's. Seit gestern Abend hat ihn niemand mehr gesehen."

„Werft mal einen Blick in die Garagen."

Torsten Kluge telefonierte kurz, dann traten seine Kolleginnen schon wieder vor ihn.

„Ein Tor war nicht verriegelt", berichtete Kommissarin Bernard. „Eine Seite der Garage ist leer. Auf der anderen Seite steht ein aufgebockter Ford 17m. Nicht fahrbereit."

„Rolf stand auf Youngtimer. Auf ihn ist ein dunkelgrüner 75er Taunus mit schwarzem Vinyldach zugelassen."

„Ziemlich auffälliges Auto. Meinst du, er ist damit unterwegs?"

Torsten Kluge zuckte mit den Schultern.

„Bender weiß, wie wir fahnden. Er wird nicht gleich in Panik ausbrechen, nur weil wir nach ihm suchen. Und wenn ihm an dem Wagen etwas liegt, wird er wohl versuchen, ihn mitzunehmen. Wohin auch immer. Für sehr viel mehr als für alte Autos hat er sich scheinbar kaum interessiert."

Sie durchsuchten das Haus und die Garagen nach Hinweisen auf Hinwendungsorte von Rolf Bender und nach Belastungsmaterial gegen ihn und eventuelle Mittäter. Doch sie fanden nichts, was zu ihren Ermittlungen beitragen konnte.

„Rolf war Polizist. Was anderes habe ich auch nicht erwartet", kommentierte Torsten Kluge die ergebnislose Suche. „Wenn der irgendetwas versteckt hat, liegt es dort, wo wir nicht suchen. Ich lasse ermitteln, ob er ein Bankschließfach hat."

Sie verließen das Haus und versiegelten die Eingangstür. Sie wussten natürlich, dass das Rolf Bender nicht aufhalten würde. Womöglich befanden sich in seinem Besitz sogar Dienstsiegel, mit denen er ein beschädigtes ersetzen konnte.

Auf der Fahrt zurück in die Kriminaldirektion telefonierte Torsten Kluge zweimal.

Tanja Rieger und Jörg Rottmann waren erfolgreich gewesen. Sie hatten den Chef der Gebäudereinigungsfirma Alfred Rückert aufgesucht und ihn verhaftet. Und die Kollegen von der Streife konnten Alexander Brosian festnehmen. Der Oberarzt wurde an seinem Arbeitsplatz angetroffen und in Handschellen aus der Klinik geführt.

Hauptkommissar Richard Welfen von der Abteilung für interne Ermittlungen des LKAs war inzwischen im Untersuchungsgefängnis eingetroffen und vernahm seit einer halben Stunde Sebastian Ahlers.

Eine Veränderung gab es in der Aussage von Lina Ahlers. Die wusste mittlerweile, dass Basti in Untersuchungshaft saß.

Nun behauptete sie, dass die Schuldübernahme ihres Bruders eine Schutzbehauptung zu ihren Gunsten sei und ihr Vater die Attacke mit dem Eiskratzer nicht überlebt habe.

Die Darstellungen des Tatgeschehens von Brüderlein und Schwesterlein waren nach dem derzeitigen Ermittlungsstand nicht zu widerlegen und stellten für die Staatsanwaltschaft ein Problem dar.

In dubio pro reo. Im Zweifel für den Angeklagten.

Gelang es Walter Lorscheider nicht, Beweise gegen eines der zwei Geschwister vorzulegen, blieben beide straffrei und das Verfahren gegen sie musste vom Gericht eingestellt werden.

Das drohende Scheitern des Strafverfahrens und die öffentlichkeitswirksame Verhaftung des Oberarztes drückten auf seine Stimmung.

„Haben Sie den Bender?“, rief er erwartungsvoll über den Flur, als er Torsten Kluge und Christine Bernard in Begleitung von Rita über den Gang laufen sah.

Der Hauptkommissar schüttelte den Kopf.

Die Laune des Staatsanwalts erreichte ihren Tiefststand. Ungehalten folgte er den dreien in ihr Büro.

„Sollte es uns nicht gelingen, einem der beiden Ahlers-Kinder den Mord an ihrem Vater nachzuweisen, stehen wir sehr blöd da. Wir brauchen Beweise, Zeugen und wasserdichte Aussagen."

Torsten Kluge versuchte es mit Hoffnung.

„Wir haben den Arzt, wir haben den Gebäudereiniger und den Kollegen Bender kriegen wir auch noch."

Die „Beruhigungspille" begann zu wirken. Freundlich wandte sich Walter Lorscheider an Rita. Er lächelte.

„Ganz schön was los hier, was?"

Sie lächelte zurück.

„Ja", brachte sie beinahe schüchtern hervor.

Christine schmunzelte. Der Staatsanwalt konnte sehr beeindruckend auftreten. So mancher Kriminelle war bereits vor ihm eingeknickt und hatte sich, unter überaus überzeugend in Aussicht gestellten Haftstrafen, zur Mitarbeit bewegen lassen.

„Ich warte hier auf den Kollegen Welfen", ordnete Hauptkommissar Kluge an. „Ihr fahrt bitte in das Untersuchungsgefängnis und vernehmt Doktor Brosian."

Offensichtlich zufriedengestellt verließ Staatsanwalt Lorscheider das Büro. Es ging voran und das gefiel ihm.

Christine und Rita quälten Bärenhunger und Durst. Aber mehr als ein Stopp an einem Drive-In Schalter eines

Burgerladens war nicht drin. Sie aßen hastig und fuhren weiter.

Der Empfang in der JVA Trier war frostig. Alexander Brosian wartete bereits seit einer Stunde mit seinem Anwalt in einem der Sprechzimmer. Kommissarin Bernard ließ die beiden in einen der Vernehmungsräume bitten. Mit der Aufzeichnung der Vernehmung erklärte sich der Rechtsanwalt einverstanden.

„Beginn der Vernehmung von Alexander Brosian zum Tatvorwurf der Verdeckung einer Straftat. Anwesend RA Mildenberger, Kommissarin Christine Bernard und Rita Lange. Es ist 16:09 Uhr."

„In welcher Funktion nimmt Frau Lange an dieser Befragung teil?", fragte Thomas Mildenberger.

„Sie ist Praktikantin und ..."

„Dann bitte ich darum, dass sie den Raum verlässt", unterbrach der Rechtsanwalt Kommissarin Bernard forsch.

Rita erhob sich zögernd. Christine nickte und wartete, bis sie die Tür hinter sich geschlossen hatte.

Dann fragte sie nach dem vollständigen Namen von Alexander Brosian, ließ sich seine Adresse bestätigen und erkundigte sich nach seinem Arbeitgeber und nach seinem Fachgebiet.

Der Arzt gab bereitwillig Auskunft.

„Herr Brosian. Nach Aussage eines Zeugen haben Sie vergangenen Donnerstag Rolf Bender dabei geholfen, die Leiche des tödlich verletzten Horst Ahlers zu beseitigen."

Der Rechtsanwalt beugte sich vor.

„Dazu verweigert mein Mandant die Aussage."

„Aha, dahin geht die Reise", sah Christine die Vorgehensweise des Anwalts voraus. „Inanspruchnahme des Rechts auf Aussageverweigerung."

Thomas Mildenberger hatte seinen Mandanten gebrieft. Natürlich wusste er, dass das Strafmaß für geständige Angeklagte in Deutschland paradoxerweise im Durchschnitt höher ausfiel als für solche, bei denen die Polizei dem Gericht die Beweise vorlegen musste. Die Absicht des Rechtsanwalts war ein Handel mit der Staatsanwaltschaft und seine Taktik die Verweigerung der Aussage, bis der Deal perfekt war. Das Angebot an die Staatsanwaltschaft war vermutlich die Nennung der Namen der Mittäter durch Alexander Brosian und die Aufdeckung der Strukturen der geheimen Organisation.

Christine formulierte dennoch ihre nächste Frage.

„Herr Brosian. Sie haben in den frühen Morgenstunden des gleichen Tages Lina Ahlers im Auftrag der Staatsanwaltschaft auf Spuren von Geschlechtsverkehr und Gewaltanwendung untersucht?"

Der Gynäkologe antwortete: „Ja."

„Aufgrund einer Zeugenaussage müssen wir davon ausgehen, dass Ihr Befund fehlerhaft ist."

Der Rechtsanwalt beugte sich erneut vor.

„Dazu verweigert mein Mandant die Aussage."

„Aufgrund der gleichen Zeugenaussage werfen wir Ihnen gemeinschaftliche Misshandlung und Vergewaltigung in mehreren Fällen vor oder zumindest eine Beteiligung an der Verdeckung dieser Straftaten. Möchten Sie dazu etwas sagen?"

Erneut beugte sich Thomas Mildenberger vor.

„Dazu verweigert mein Mandant die Aussage."

„Wo waren Sie am Donnerstagabend zwischen 22:00 und 00:00 Uhr?"

„Dazu verweigert mein Mandant die Aussage."

„Sie sind Studienkollegen, nicht wahr?"

„Richtet sich diese Frage an mich oder an Herrn Brosian?"

„Vergessen Sie es."

Jetzt war es Christine, die sich vorbeugte.

„Ende der Vernehmung von Alexander Brosian."

Kommissarin Bernard erhob sich.

„Sie hören von uns."

Thomas Mildenberger lächelte. Der Doktor nicht. Er schien bereits zu ahnen, dass er auch nach Abschluss eines Deals mit der Staatsanwaltschaft eine Haftstrafe verbüßen würde. Er sah nicht danach aus, als wäre er ein abgebrühter Krimineller. Der schlanke Mann mit dem kurz geschnittenen schwarzen Haar und den hellen blauen Augen wirkte kränklich. Die Inhaftierung setzte ihm ganz offensichtlich jetzt schon zu.

Kommissarin Bernard und der Rechtsanwalt verließen den Vernehmungsraum. Ein Justizvollzugsbeamter führte Alexander Brosian in seine Zelle.

Thomas Mildenberger lächelte bemüht und reichte die Hand zum Abschied.

„Frau Kommissarin. Hat mich gefreut."

Dann stolzierte er mit erhobenem Haupt davon.

„Was für ein Arschloch", hörte Christine Rita hinter sich murmeln.

„Er nutzt nur die Möglichkeiten, die die Strafprozessordnung seinem Angeklagten bietet."

Sie fuhren zurück in die Kriminaldirektion.

Christine zeigte Rita am Computer, wie ein Vernehmungsprotokoll und der Bericht für die Staatsanwaltschaft und Torsten Kluge verfasst wurden.

Gegen 19:00 Uhr verließen sie das Büro und nahmen die Treppe.

„Warum wohnst du mit Torben eigentlich nicht zusammen? Seid ihr euch nicht sicher?"

„Wir haben eine Stadtwohnung und ein Haus auf dem Land. Das bietet uns viele Vorteile. Unter der Woche sind wir nach der Arbeit schnell bei mir und unsere Freizeit verbringen wir gerne in der Abgeschiedenheit. Warum sollten wir das aufgeben?"

Rita schwieg. Vor dem Eingang zur Kriminaldirektion blieben sie neben dem Motorrad stehen. Rita setzte ihren Helm auf.

„Wenn du magst, schenke ich dir meine alte Vespa. Rollerfahren ist fast wie Motorradfahren."

Christine wusste nicht, was sie dazu sagen sollte. Ritas Angebot war großzügig, aber sie fuhr lieber Auto. Direkt ablehnen wollte sie aber auch nicht. Sie spürte, dass ihre Praktikantin sich immer noch Hoffnungen machte und Christine wollte sie nicht mit einer sofortigen Zurückweisung kränken.

Rita schwang sich auf die Honda, trat den Seitenständer weg und startete den Motor. Blubbernd sprang der Zweizylinder an. Dann legte sie mit einem deutlichen Klacken den ersten Gang ein.

„Überleg es dir", rief sie und ließ die Kupplung kommen. Rita brauste davon. Christine sah ihr nach, während sie über den heißen Asphalt auf den Mégane zulief.

Der Kühlschrank in ihrer Wohnung gähnte sie an. Er enthielt nichts, worauf sie Appetit hatte. Verlockend haftete das bunte Faltblatt der Pizzeria ihres Vertrauens an der Tür. Sie zog die Speisenkarte unter dem Magneten hervor und las die verheißungsvollen Zeilen. Dann griff sie zum Telefon und rief Melissa an.

„Hast du Lust auf Pasta und ein Glas Rotwein?"

Ihre Freundin ließ sich nicht zweimal bitten. Sie begegnete dem Boten des Restaurants vor dem Hauseingang, bezahlte die Rechnung und brachte die beiden Kartons mit herauf.

„19,90 Euro. Ich war doch eingeladen, oder?"

Kommissarin Bernard gab ihr einen Zwanzig-Euro-Schein.

Sie aßen in der Küche. Der 2016er Valpolicella war zu warm. Christine entnahm dem Kühlschrank eine Flasche Mineralwasser.

„Siehst müde aus", stellte Melissa zwischen zwei Gabeln Tortellini fest.

„War spät gestern."

„Dienst?"

Christine schüttelte ihren Kopf und schluckte.

„Ich war mit Rita unterwegs."

Melissa nahm einen Schluck Wein.

„Rita ist cool."

Christine nickte und schob sich die letzte Gabel Pasta mit einer schwarzen Olive darauf in den Mund.

Melissa setzte das Glas ab.

„Du solltest auf Torben aufpassen", scherzte sie.

„Rita interessiert sich nicht für Männer."

„Ach, ja? Woher weißt du das? Habt ihr etwa …?"

„Beinahe."

„Echt? Nee, ne."

„Wir hatten einen wunderbaren Tag zusammen. Das Motorradfahren, die Sonne, der Strand, die ausgelassene Stimmung am Abend. Das Wasser hatte mich beim Schwimmen abgekühlt, Rita offenbar nicht."

„Jetzt hast du mir etwas voraus."

„Ist ja nichts passiert. Nur ein Kuss. Ich kenne meine sexuelle Orientierung. Ich fühlte mich zu ihr hingezogen, aber mein Kopf blieb auf Distanz. Ich war nur für einen Moment etwas verwirrt und habe deswegen schon ein schlechtes Gewissen Torben gegenüber."

Melissa winkte ab.

„Selbst wenn. Einen Fehltritt müsste man dir erstmal nachweisen. Bis dahin: In dubio pro reo. Außerdem, wenn jemand keine Gelegenheit hat, ist es einfach, treu zu sein. Wer weiß, was Torben in Paris treibt."

Plötzlich war Christine beunruhigt. Musste sie sich Sorgen machen? Hatte Torben in der Stadt der Liebe

Gelegenheiten und nutzte sie? Oder widerstand er dem besonderen Charme französischer Frauen?

Melissa bemerkte Christines Stimmungswandel sofort.

„Hey, war ein Scherz."

Christine sagte nichts. Melissa wechselte das Thema.

„Und wie macht sich Rita als Polizistin?"

„Ich hätte sie gerne im Team. Aber es gibt derzeit keine Planstelle für sie."

Frettchen-Jagd

Ein heftiges Gewitter weckte Kommissarin Bernard am Morgen. Starkregen prasselte auf die Stadt nieder. Blitze zuckten, Donner grollte. Kalte, feuchte Luft wehte durch das gekippt stehende Fenster in ihr Schlafzimmer. Sie schaute auf ihren Radiowecker. Zehn Minuten vor der Zeit zum Aufstehen. Sie griff nach ihrem Mobiltelefon und schrieb Torben eine Nachricht.

„Guten Morgen, mein Schatz. Ich liebe dich."

Sie hatte beschlossen, ihm und den französischen Frauen zu vertrauen. Sie war keine siebzehn mehr, sondern eine rational denkende erwachsene Frau. Wenn es also zu einem Treuebruch zwischen ihr und Torben kommen sollte, war es eben so. Sie würde damit umgehen können.

Melissa hatte am Abend versucht, sie abzulenken. Ihr war nicht entgangen, dass Christine sich darüber Gedanken machte, wie es um Torbens Treue bestellt war.

„Das ist das Problem mit der Liebe. Man muss vertrauen", hatte sie zum Abschied gesagt.

Sie schälte sich aus ihrer warmen Bettdecke, duschte heiß und begnügte sich mit Kaffee und Toast zum Frühstück.

Der Berufsverkehr quälte sich durch die Straßen, Passanten versuchten, unter dem Regen hindurchzulaufen.

Es konnte nur misslingen. Kaum ein fröhliches Gesicht war zu entdecken unter all den Menschen, die vor Kommissarin Bernards Renault die Straßenseite wechselten. Die Ampel sprang auf Grün. Sie gab Gas. Die Wischblätter schoben und zogen rubbelnd die Windschutzschreibe frei.

Die Kriminaldirektion lag trüb im Morgengrau. Christine steuerte ihren Wagen auf den letzten freien Parkplatz und beeilte sich, in das Gebäude zu kommen. Ritas Motorrad stand nicht an seinem gewohnten Platz. Vielleicht hatte sie wegen des Regens den Bus genommen.

Auf der Etage, auf der ihr Büro lag, herrschte Hochbetrieb. Viele der Beamten, die von einem Raum in den anderen wechselten und ihr dabei auf dem Gang begegneten, kannte sie nicht.

Plötzlich stand Hauptkommissar Andersson vom LKA in Mainz vor ihr.

„Matheo? Was machen Sie denn hier?"

„Guten Morgen, Frau Bernard. Freut mich auch, Sie zu sehen", scherzte der LKA-Ermittler.

„Entschuldigung. Ich bin nur so überrascht, Sie hier anzutreffen."

„Kollege Welfen möchte mit Ihnen sprechen. Er erwartet Sie im kleinen Besprechungsraum eine Etage höher."

Matheo Andersson eilte davon. Christine warf einen Blick in ihr Büro. Niemand da. Sie drehte sich herum und stürmte das Treppenhaus hinauf in die obere Etage.

Die Tür des Besprechungsraums war geschlossen. Sie lauschte kurz, dann klopfte sie an und drückte die Klinke hinunter.

„Kommen Sie herein", rief Richard Welfen.

Höflich begrüßte der hagere Mann die Kommissarin und bot ihr an, sich zu setzen. Erst dann nahm er selbst wieder Platz.

„Frau Bernard, die Zeit drängt, deshalb komme ich gleich zur Sache. In welchem Verhältnis standen Sie zu Oberkommissar Rolf Bender?"

Christine überlegte kurz.

„In keinem. Er verteilte die Ermittlungsakten und arbeitete uns hin und wieder zu. Dabei sind wir uns manchmal begegnet."

„Sie hatten keine privaten Kontakte?"

„Nein."

„Ich ernenne Sie hiermit zur Sonderermittlerin im Fall Bender. Sie arbeiten mit Hauptkommissar Luc Nilles zusammen. Sie sind die einzigen beiden Beamten, auf die ich in dieser besonderen Lage zurückgreifen kann. Meine Kollegen aus der Abteilung ‚Interne Ermittlungen' sind derzeit nicht abkömmlich. Sie und Kollege Nilles leiten Ihre Ermittlungsergebnisse unverzüglich an mich weiter. Ich habe Ihnen hier meine Kontaktdaten notiert. Bitte nehmen Sie dieses Blatt an sich."

Richard Welfen schob einen bedruckten DIN-A4-Bogen über den Tisch.

Kommissarin Bernard griff danach.

„Was ist mit meinen Kollegen aus dem K1?"

„Die bilden zusammen mit Hauptkommissar Andersson vom LKA in Mainz die Sonderkommission ‚Lina'. Ich habe den Fall ‚Bender' von den Ermittlungen im Fall Ahlers abgetrennt. Staatsanwalt Lorscheider ist über diese Vorgehensweise bereits informiert."

Richard Welfen erhob sich und reichte seine Hand zum Abschied.

„Man hat mir von Ihnen berichtet. Was ich gehört habe, gefällt mir. Bitte enttäuschen Sie mich nicht."

Kaum zehn Minuten nachdem sie den Raum betreten hatte, befand sich Christine auch schon wieder auf dem Gang.

Die „Interne" begann, den Laden aufzuräumen. Richard Welfen verlor keine Zeit.

„Guten Morgen."

Kommissarin Bernard blickte auf.

„Luc."

„Hat das Frettchen dich auch überredet?"

„Das musste es gar nicht. Ich will selber so schnell wie möglich wissen, was Bender mit dem Schänderring zu tun hatte. Aber wieso haben sie dich vom ‚Betrug' weggeholt?"

„Personalmangel. Ich wollte mit eurem Mord und Totschlag nichts mehr zu tun haben und nun sitze ich mitten drin."

„Das tut mir leid."

Luc winkte ab.

„Ich gehe eine rauchen."

„Wieso wir beide?", rief Christine Luc nach.

„Wir sind noch nicht so lange in dem Laden hier. Vielleicht deshalb", antwortete er, drückte auf die Ruftaste und wartete auf den Aufzug.

„Frettchen", dachte Kommissarin Bernard. So hatte Luc Richard Welfen genannt und diese Beschreibung traf durchaus zu. Nicht nur wegen der äußeren Erscheinung des hageren Mannes mit dem alles prüfenden Blick aus stahlblauen Augen. Frettchen galten als listige Jäger und das traf auch auf den grauen Beamten von der höchsten Landespolizeibehörde aus Mainz zu.

Sie eilte durch das Treppenhaus bis in ihr Büro. Torsten Kluge saß an seinem Schreibtisch.

„Morgen. Wo ist Kollegin Lange?"

Christine zuckte mit den Schultern.

„Keine Ahnung. War sie heute noch nicht hier?"

„Nein."

Sie warf einen Blick auf den Zettel, den ihr Richard Welfen überreicht hatte. Ein dutzend Telefonnummern waren darauf aufgeführt. In Fettschrift, nach Erreichbarkeit absteigend sortiert. Eine E-Mail-Adresse. Sie nahm die beiden ersten Telefonnummern in das Adressbuch ihres Mobiltelefons auf. Das Blatt faltete sie und stopfte es in die Hosentasche.

Torsten Kluge räusperte sich.

„Der Anwalt von Alexander Brosian verhandelt seit einer halben Stunde mit der Staatsanwaltschaft."

„Das habe ich mir schon gedacht. Nach seinem Auftritt gestern."

„Und wir haben einen Leichenfund. Jörg und Tanja sind vor Ort."

„Ich dachte, ihr seid die neue Soko."

„Hängt wohl mit dem Fall Ahlers zusammen. Andersson hat die beiden dahin geschickt."

„Wohin?“

„Mattheiser Wald.“

Christine dachte augenblicklich an ihre Verfolgungsjagd mit Rita im Gewittersturmregen und lächelte in sich hinein.

Das Telefon auf Hauptkommissar Kluges Schreibtisch klingelte. Schwungvoll riss er den Hörer an sein Ohr und lauschte dem Anrufer.

Plötzlich war all sein Schwung verschwunden. Er verharrte in der letzten Körperhaltung und hörte aufmerksam zu, was man ihm zu sagen hatte. Sein Gesicht wirkte auf einmal grau, die Bewegungen angestrengt.

„Ich sag's ihr“, vernahm Christine das Murmeln ihres Kollegen und spürte eine Welle des Unbehagens über sich hinwegrollen. Eine dunkle Vorahnung schlich sich an sie heran und schien darauf zu warten, bestätigt zu werden.

Torsten Kluge legte auf und sprach nur ein Wort.

„Rita.“

Weiter kam er nicht. Dann schaute er aus dem Fenster und schluckte trocken.

„Rita, was?“

Christines Stimme zitterte. Sie wartete auf eine Antwort, so schrecklich sie auch sein würde.

Der Hauptkommissar des K1 war noch dabei, sich zu sammeln.

„Was ist mit Rita?“, wiederholte sie ihre Frage, vor deren Antwort sie sich fürchtete.

„Wir fahren hin“, kündigte Torsten Kluge tonlos an und erhob sich.

Christine spürte, wie die Welle des Unbehagens sie mitriss.

„Ist Rita die neue Leiche?“, fragte sie und konnte ihre Tränen nicht mehr zurückhalten.

Torsten nickte.

„Lass uns fahren.“

Die Geduld, die es Christine abverlangte, vor dem Aufzug darauf zu warten, dass diese verdammten Türen endlich aufgingen, war übermenschlich.

Aber sie hoffte, dass etwas von Torstens stoischer Ruhe auf sie übergehen würde. Er blieb bei sich, professionell, doch sie war außer sich. Noch wirkte sie abstrakt, die Möglichkeit, dass Rita tot sei, aber schon bald sollte sie zur Gewissheit werden. Und was diese Erkenntnis dann mit ihr machen und was sie danach tun würde, darauf fand sie keine Antwort.

Ihr Telefon meldete einen Anruf. Sie nahm ihn nicht an.

Sie stiegen in den dunkelgrauen Dienstwagen. Torsten Kluge fuhr los, mit Blaulicht und Sondersignal. Christine zog den Gurt stramm.

Die Wege waren matschig. Der Wald atmete Wasser aus. In nebligen Schwaden zog es über die Wiesen und Felder. Sie sah die ersten Fahrzeuge. Der Bus der Spurensicherung. Der BMW von Jörg. Ein Rettungswagen. Ein Leichenwagen.

Der Fundort war abgesperrt. Torsten hielt den Wagen an. Sie sprang heraus und lief los. Dorthin, wo sich Männer in weißen Anzügen versammelt hatten. Durchweichter

Waldboden spritzte unter ihren leichten Sportschuhen hoch an ihre Hosenbeine.

Jörg Rottmann sah sie kommen.

„Ne, ne, ne, ne“, begann er und breitete die Arme aus.

Sie täuschte an, sich hineinfallen zu lassen. Dann wich sie ihm aus und schlüpfte unter seinen Armen hindurch. Sie riss das Absperrband hoch und rannte weiter.

„Christine! Nicht!“, hörte sie Jörg hinter sich rufen.

Die Unerträglichkeit des Seins

Keiner der Anwesenden hätte sie stoppen können. Das wussten alle und so ließen sie ihr diesen privaten Moment und unterbrachen ihre Arbeit. Jeder blieb einfach für einen Augenblick dort stehen, wo er sich befand. Und Kommissarin Bernard schaute auf den am Boden liegenden Leichnam hinab. Dann sank sie auf ihre Knie. Sofort sickerte Wasser in ihre Hose. Sie spürte es nicht.

Ritas Augen waren noch geöffnet. Sie starrten leer in die Kronen der umstehenden Buchen. Dohlen klackerten darin. Ihr Körper war unbekleidet. Ihre Jeans und ihre Unterwäsche lagen nicht weit von ihr entfernt. Ihre Bluse zerrissen etwas abseits. Ihre Haut war nass und mit welkem Laub und Waldboden verschmutzt. Kleine Insekten hatten bereits ihre Arbeit begonnen und den Leichnam besiedelt. Wenn man sie lassen würde, würden sie ihrer natürlichen Aufgabe folgen und ihn zersetzen. Asche zu Asche, Staub zu Staub. Rita würde ein Teil dieses Waldes werden.

Aber noch war sie da. Rita, oder das, was von ihr übrig geblieben war.

Ihr Haar wirkte struppig. Blut klebte unter ihren Fingernägeln. Sie muss sich heftig gewehrt haben. Der geschundene Leib erzählte eine Geschichte.

„Wurde sie …?“, wimmerte Christine.

Sie bekam keine Antwort. Ihre Kollegen hüllten sich in betretenes Schweigen.

Sie strich eine Haarsträhne aus dem fahlen Gesicht. Günther würde es ihr verzeihen. Der Leiter der Spurensicherung stand kaum drei Meter von ihr entfernt und ließ sie gewähren.

Ihr Blick fiel auf Ritas Brust. Das Tattoo. Darunter zwei hässliche Löcher, schmutzig schwarz umrandet, von vereinzelten Pulvereinsprengungen umgeben. Christine streckte ihre Hand danach aus.

Der Mörder hatte ihr aus geringer Distanz direkt in ihr gutes Herz geschossen. Der blasse Körper war durch die Ausschüsse im Rücken ausgeblutet.

„So, jetzt ist aber Schluss!"

Zwei Hände packten sie und kräftige Arme zogen sie auf die Beine.

„Wir gehen!", kommandierte Jörg Rottmann.

Sie spürte seinen Atem in ihrem Nacken und sie konnte ihren Blick nicht von Rita losreißen.

Jörg stellte Christine hinter dem Flatterband ab. Sie sah Ritas Honda. Die Maschine lag neben dem Waldweg auf dem Boden und roch nach ausgelaufenem Benzin.

„Was ist hier verdammt noch mal passiert?", schnaufte Kommissarin Bernard wütend.

„Viel wissen wir noch nicht. Jogger haben das Motorrad entdeckt und die Leiche gefunden. Es gibt Reifenspuren von einem PKW und Fußspuren."

Hauptkommissar Rottmann deutete in Richtung des Waldrandes.

„Das Motorrad kam von dort."

Dann zeigte er auf eine matschige Reifenspur, die bis zu der havarierten Honda führte.

„Irgendwo zwischen hier und da, wo die Maschine jetzt liegt, muss Rita einen Schlag bekommen haben, hat die Kontrolle über die Maschine verloren und ist gestürzt. Das Visier des Helms ist zersplittert. Wir haben Holzfasern daran gefunden. Hagemanns Leute haben mehrere dicke Äste sichergestellt, die hier herumgelegen haben. Vielleicht ist einer dieser Knüppel die Tatwaffe und wir finden Spuren daran, die uns zum Täter führen."

Christine begann wieder zu weinen. Jörg legte seinen Arm um sie. Sie genoss seine Zuwendung.

Torsten Kluge sprach mit Polizeihauptmeister Günther Hagemann von der Spurensicherung. Tanja Rieger sperrte einen weiteren Bereich ab, in dem Ritas Schuhe gefunden worden waren. Hauptkommissar Rottmann telefonierte mit Matheo Andersson.

Christine saß bei offener Tür auf dem Beifahrersitz des Dienstwagens und zog ihr Smartphone aus der Hosentasche.

„Ein entgangener Anruf: Torben" stand auf dem Display.

Jörg Rottmann trat an den Audi heran.

„Andersson ist auf dem Weg hierher."

„Ich werde herausbekommen, was hier passiert ist und wer das getan hat. Und wenn es das Letzte ist, was ich mache", presste sie hervor.

„Du weißt, dass das nicht erlaubt ist. Ihr standet in persönlicher Beziehung zueinander."

„Wer hat die Macht, so etwas zu tun? Menschen zu entführen, zu vergewaltigen und zu töten? Und wer zur Hölle hat die Macht, sie daran zu hindern?"

Jörg Rottmann wusste natürlich, dass sie nur die Scherben zusammenkehren konnten. Die Polizei vermochte Täter nach der Tat zu ermitteln und festzunehmen. Aber verhindern konnte sie solche Verbrechen nicht.

„Die ewige Schwäche der Prävention", murmelte er, als wäre er soeben von einem Polizeiseminar zurückgekehrt. Und der tägliche Kampf gegen die Symptome, ohne die Ursachen zu beheben, ließ ihn metaphorisch werden.

„Wir haben keine Zeit, den Zaun zu reparieren, wir müssen ja jeden Tag die Hühner einfangen", schickte er resigniert hinterher.

Christines Mobiltelefon meldete einen Anruf. Richard Welfen. „Verdammt", fluchte sie und nahm das Gespräch an.

„Wo sind Sie?", gab er sich ahnungslos, obwohl er natürlich voraussah, wo sie sich befand.

Sie blieb vage.

„An einem Tatort. Ein neuer Leichenfund."

„Rita Lange?"

„Äh, ja", druckste sie herum.

„Was tun Sie dort?"

„Ich bin mit Hauptkommissar Kluge hier."

„Ich habe nicht nach Ihrer Begleitung gefragt, sondern danach, was Sie dort machen."

Kommissarin Bernard wusste nicht, was sie sagen sollte. Sie sollte nicht hier sein. Fieberhaft suchte sie nach einer rettenden Antwort.

„Sie wissen, dass Sie dort nicht ermitteln dürfen. Kollege Nilles wird Sie abholen."

„Ja, okay."

„Sie werden mich doch nicht enttäuschen?"

„Nein. Ich warte auf den Kollegen Nilles."

Lucs dunkelgrüner Citroën schaukelte auf den Waldrand zu. Sie ging ihm entgegen. Barmherzig nahmen die weichen Sitze sie auf. Der alte Freund sagte kein Wort und wendete den großen Wagen.

Die Stadt zog an ihrem Fenster vorbei, doch sie sah es nicht. Sie sah nur Rita, wie sie in dem Wald lag. Immer wieder schob sich dasselbe Bild vor ihr geistiges Auge. Der entkleidete Körper, der leere Blick in den Augen, das nasse Haar, die blassen Lippen und die beiden verschorften Einschusslöcher.

Wenn ein Mensch stirbt, verlässt viel mehr als nur dieses eine Lebewesen unsere Welt. Mit ihm verschwinden sein Wissen, die Erfahrungen, die Pläne für die Zukunft, die Träume, Hoffnungen und all das, was er noch hätte tun und erleben können. Und ebenso das, was all die Menschen, die ihn kannten, mit ihm noch planten oder hätten erleben wollen. Verbindungen werden unterbrochen, Lücken entstehen, die das Leben erneut zu füllen beginnt.

Kommissarin Bernard erinnerte sich plötzlich an Rosalia. Das Eisrosenkind. Und sie erinnerte sich an ein vertrauliches

Gespräch mit Doktor Vogler im Gerichtsmedizinischen Institut, während der Pathologe die Leiche des Mädchens obduzierte. Christine hielt sich damals etwas abseits, sie wollte nicht jeden Schnitt sehen, den der Gerichtsmediziner an dem kleinen Körper ausführte. Sie fürchtete, diese Bilder nicht mehr aus dem Kopf zu bekommen.

„Sie haben so viele Menschen aufgeschnitten", stellte sie fest und fragte den erfahrenen Mediziner: „Wo befindet sich unsere Seele? Im Herzen? Im Gehirn? Im Bauch?"

Doktor Vogler zuckte mit den Schultern.

„Mir ist nie etwas aufgefallen."

„Das ist schade."

„Was haben Sie denn erwartet? So ein kleines leuchtendes Ding?"

„Ich weiß es nicht, irgendwas, was uns Hoffnung geben könnte."

Der Arzt entnahm dem Torso ein Organ und legte es in einer Nierenschale ab. Dann unterbrach er seine Arbeit.

„Die Seele ist kein Ding. Sie ist Energie. Und die geht niemals verloren. Sie wandelt nur ihre Form. Aus Bewegungsenergie wird beim Bremsen Wärme, aus Solarenergie wird Strom und aus uns wird irgendetwas anderes. Wir existieren ewig. Tröstet Sie das?"

„Glauben Sie das wirklich?"

„Ja." Doktor Vogler betrachtete den geöffneten Körper auf dem Seziertisch. „Vielleicht ist die entwichene Energie dieses jungen Lebens hier der nächste Windhauch, der uns streift."

Vor dem Haus, in dem sich Kommissarin Bernards Wohnung befand, stoppte Luc Nilles den Wagen und schaltete den Motor ab. Überrascht sah sie ihn an.

Er richtete seinen Blick auf ihre Hose.

„Siehst aus wie ein Trüffelschweinchen. Willst du dich nicht umziehen?"

Luc folgte ihr in die Wohnung. Sie zog sich um und hörte ihn in der Küche hantieren. Dann erschien sie im Türrahmen.

„Was tust du da?"

„Nach was sieht es denn aus?"

„Du kochst Kaffee? Wir müssen in die Krim…"

„Wir kommen jetzt erst mal runter. Schau dich nur an. Hochroter Kopf, zerzaustes Haar. Fahrige Bewegungen. Du stehst völlig neben dir. So kann ich dich nicht gebrauchen."

Sie ging ins Bad. Der Spiegel bestätigte Lucs Beschreibung.

Sie wusch sich das Gesicht. Das kalte Wasser auf der Haut tat ihr gut. Sie kämmte sich ihr langes dunkles Haar und band es zusammen. Sie sah sich in die geröteten Augen. Ein Kloß bildete sich in ihrem Hals. Sie weinte.

Kaffeeduft lockte sie in die Küche. Luc lehnte am offenen Fenster und rauchte. Sie schätzte den Geruch nicht in ihrer Wohnung. Diesmal ließ sie es zu.

Sie legte ihre kalten Finger um den Becher mit dem heißen Kaffee und nippte daran. Ihre Hände zitterten leicht.

Luc konnte ihr nicht helfen. Sie musste selbst damit klarkommen. Sich aufrichten. Sich zusammenreißen und dann wieder den ersten Schritt tun. Und dann den nächsten, das Leben ging weiter. Es wartete auf niemanden.

Wenn es wirklich darauf ankam, war man allein. In den entscheidenden Momenten seines Daseins konnte einem keiner helfen.

Christine trank Schluck für Schluck ihren Kaffee und kämpfte gegen eine aufsteigende Übelkeit an. Luc, ihr Mentor während ihrer Ausbildung in der Kriminalinspektion Wittlich, der alte Freund ihrer Familie, wartete am Fenster und schaute auf die Straße hinunter. Hin und wieder zog er an seiner Zigarette und stieß den Rauch aus. Genauso hatte er oft an Mamas Küchenfenster gestanden und sie hatte sich immer furchtbar darüber aufgeregt. Und was tat er?

Er nahm Mama dann in den Arm, küsste sie auf die Stirn und murmelte: „Ach, Madeleine. Es gibt so viel Tragischeres auf dieser Welt als Zigarettenrauch in den Räumen."

Dann trank er einen Schluck Rotwein und lachte zusammen mit Papa, und Mama wusch am nächsten Tag ihre Gardinen.

Kommissarin Bernard stellte ihren leeren Becher auf den Tisch. Luc schloss das Fenster. Sie verließen die Wohnung.

Er unterbrach die Fahrt in die Kriminaldirektion an einem türkischen Gemüsestand. Er kaufte eine Hand Bananen. Eine aß er gleich selbst und reichte Christine die restlichen.

„Hier, das Einzige, was in deiner Verfassung drin bleibt. Versuche es erst mal mit einer halben."

Sie riss eine Frucht ab und brach die Schale auf.

Ihr Telefon meldete einen Anruf. Sie nahm das Gespräch an. Torben war bester Laune.

„Guten Morgen, mein Schatz."

„Es ist beinahe Mittag", brachte sie mühsam hervor.

„Hier in Paris ticken die Uhren anders. Du solltest nachkommen. Die Stadt ist wunderbar."

Während Christine überlegte, was sie ihm sagen wollte, bemerkte er ihr Zögern.

„Geht es dir gut? Ist alles in Ordnung? Wo bist du?"

„Im Auto. Auf dem Weg zur Dienststelle."

„Ist etwas passiert?"

„Rita wurde ermordet."

„Die Praktikantin, von der du mir erzählt hast? Wie ist das passiert?"

„Das wissen wir noch nicht. Hier geht gerade alles drunter und drüber. Die ‚Interne' ermittelt, eine Soko wurde gegründet, meine Kollegin ist tot. Alles ein bisschen viel im Moment."

Christines Stimme erstickte an einem Kloß im Hals.

„Ich komme sofort nach Hause."

Sie beendete das Gespräch.

Kommissarin Bernard hielt noch immer eine halbe Banane in der Hand, als sie die Kriminaldirektion betraten. Luc behielt recht. Mehr als eine halbe Frucht würde in ihrer Trauer um Rita einen Würgereiz bei ihr auslösen.

Die Büros waren leer. Die Ermittlungen in den Fällen Bender, Ahlers und neuerdings Rita Lange liefen auf Hochtouren. Luc griff zum Telefon. Er rief Richard Welfen an.

Der Hauptkommissar erkundigte sich nach dem Befinden der jungen Kommissarin.

Luc streifte Christine mit einem schnellen Blick.

„Den Umständen entsprechend. Sie ist dienstfähig. Wir fahren jetzt zu Benders Frau und sprechen mit ihr und der Tochter."

Richard Welfen gab Luc offenbar Anweisungen.

„Ich passe auf sie auf", hörte die Kommissarin Luc antworten. Dann beendete er das Gespräch.

„Wir fahren nach Bad Kreuznach."

Die übrige Bananenhälfte fand ihren Platz in der Mittelkonsole von Lucs Citroën. Der Sechszylinder summte, der Fahrtwind rauschte leise, die Klimaanlage des XM sorgte für angenehme Temperaturen. Christine schaute aus dem Fenster. Weinberge und erntereife Felder zogen vorbei. Über allem lag ein blau-weißer Himmel. Reisewetter.

Luc verließ die Autobahn.

„Wo fährst du hin?", fragte sie überrascht.

„13 Kilometer weniger Strecke bei gleicher Fahrzeit und dazu noch landschaftlich reizvoller. Wir machen die Dienstreise heute zu einem kleinen Ausflug über Land. Entspann dich."

Sie griff nach der Banane und knabberte daran, während sie aus dem Fenster schaute. Ihre Gedanken befreiten sich von ihrem Fokus auf das schreckliche Verbrechen an Rita.

„Nach Hause", hatte Torben gesagt. Er kam nach Hause. Das fühlte sich warm an.

„Zu Hause ist da, wo der Schlüssel passt", hatte Rita erklärt. Für Rita mochte das ausreichend gewesen sein, für Christine jedoch war es mehr. Es war der Ort, an den sie sich wünschte, wenn sie Schutz und Geborgenheit suchte.

Sie ließen die Höhen des Hunsrücks hinter sich und folgten dem Lauf der Nahe. Idar-Oberstein zog am Fenster vorbei. Die Naheüberbauung, der Altenbergtunnel. Verlassene Kasernen der US-Armee.

Luc lenkte den XM von der Bundesstraße herunter auf den Parkplatz eines Schnellrestaurants. Er stieg aus. Mit zwei Bechern Kaffee kam er wieder.

„Du verwöhnst mich."

Luc zeigte mit seinem Zeigefinger nach oben.

„Das muss ich, sie beobachten uns."

Christine verstand nicht.

„Ich bin nicht scharf darauf, dass Madeleine mir nachts erscheint. Sie hat dich mir damals anvertraut, als du unbedingt zur Polizei wolltest. Ich sollte ihr versprechen, dass dir nichts passiert."

An einem anderen Tag hätte sie gelacht. Aber ihr Lachen blieb irgendwo stecken.

„Mutter wird dir schon nicht erscheinen. Ich glaube nicht an übernatürliche Phänomene."

„Das Problem mit dem Glauben ist ja, dass niemand etwas weiß. Die Sichtweise eines Menschen ist höchst individuell. Hast du Schopenhauer gelesen? ‚Die Welt als Wille und Vorstellung'? Wie können Menschen nur behaupten, dass es etwas gibt oder eben nicht? Wir wissen gar nichts.

Niemand von uns weiß auch nur irgendwas. Wusstest du, dass Fische und Bäume im Ultraschallbereich schreien, wenn du ihnen Leid zufügst?"

„Ich wusste gar nicht, dass du religiös bist."

„Ich? Ne, bestimmt nicht. Ich hasse es, wenn einer dem anderen den Schädel einschlägt, weil beide glauben zu wissen, was irgendein Gott wollen könnte. Ich würde Religion verbieten lassen."

Der Wagen trug sie sanft an Kirn vorbei und immer weiter. Der Fluss lag rechts von ihnen. Sie folgten seinem Ufer. Die Wasseroberfläche glitzerte in der Sonne. Felsen ragten schroff und steil in den Himmel. Dann luden salzige Salinen zum Verweilen ein.

Christine dachte darüber nach, was Luc gesagt hatte.

„Mama hat mir gegenüber nie erwähnt, dass sie dieses Versprechen eingefordert hatte. Was hast du ihr geantwortet?"

„Ich habe ihr versichert, dass dir nichts passieren wird."

„Sehr gewagt, das muss ich schon sagen."

„Die Menschen wollen nichts mehr dem Zufall überlassen. Sie wollen Garantien. Selbst auf das Glück im Spiel wollen sie sich nicht mehr verlassen. Im Fußball haben sie jetzt sogar den Videobeweis."

Luc parkte am Straßenrand.

„Wir sind da."

Das Haus von Rolf Benders Ex-Frau lag hinter einem meterhohen schmiedeeisernen Zaun an einer viel befahrenen

Hauptverkehrsstraße in der Innenstadt von Bad Kreuznach. Sie stiegen aus dem Wagen.

Misstrauisch ließ Kommissarin Bernard ihren Blick über die geparkten Autos in der Nähe streifen und hielt Ausschau nach einem grünen 75er Ford Taunus.

Zwei lackierte, schmiedeeiserne Torflügel standen weit offen. Sie betraten das Anwesen über eine gewissenhaft gekehrte Auffahrt. Die Doppelgarage und der gepflasterte Weg zum Haus lagen im Schatten gewaltiger blauer Edeltannen.

Die weiße Villa aus der Gründerzeit befand sich in einem ausgezeichneten Zustand. Nicht minder das gepflegte Grundstück. Magnolienbäume standen auf dem kurz gemähten Rasen des Vorgartens, blühender Blauregen rankte sich an der Fassade empor. Eine freundliche Frau mit roten Wangen öffnete ihnen die Tür.

„Wollen Sie zu mir?"

Alles an ihr wirkte elegant. Auch die mit Rüschen besetzte Retro-Schürze, die sie sich zum Wischen des Marmorbodens umgebunden hatte.

Luc zeigte ihr seinen Dienstausweis.

„Das ist meine Kollegin Kommissarin Bernard. Wir wollen zu Frau Katharina Bender."

„Das bin ich." Die Gesichtszüge der feinen Frau verdunkelten sich. „Folgen Sie mir bitte."

Der gebohnerte Parkettboden knarzte, als sie den Salon betraten. Die Mittagssonne flutete den Raum durch deckenhohe Fenster. Bodenlange Gardinen blähten sich sanft im

Luftzug einer gekippten Terrassentür. Verkehrslärm drang gedämpft bis zu ihnen vor. Katharina Bender bat darum, Platz zu nehmen. Ehrwürdig nahmen die Jugendstilmöbel die beiden Beamten auf. Frau Bender wartete höflich darauf, was die zwei Polizisten zu sagen hatten.

Christine sah sich in dem Raum um.

„Frau Bender ...", hörte sie Luc fragen. „Wissen Sie, wo sich Ihr geschiedener Mann aufhält?"

„Nein."

„Wann hatten Sie das letzte Mal Kontakt mit ihm?"

„An unserem Scheidungstermin im Gerichtssaal."

„Das ist lange her."

„23 Jahre."

„Können Sie uns einen Hinweis geben, wo wir Rolf Bender finden könnten?"

„Nein. Ist er in Schwierigkeiten?"

„Was veranlasst Sie zu dieser Annahme?"

„Rolf Benders gestörte Persönlichkeit veranlasst mich dazu. Deswegen habe ich ihn mit meinem Kind seinerzeit verlassen. Ich denke nicht, dass er sich seither geändert hat."

„Was meinen Sie damit?"

„Rolf hat einen schwierigen Charakter. Von seinen Eltern wenig geliebt, kaum Freunde, Minderwertigkeitskomplexe gepaart mit Machtfantasien."

„Sie scheinen sich auszukennen."

„Ich zitiere das Gutachten des Psychologen, den meine Anwältin damals beauftragt hatte."

„Was stand weiter in dem Gutachten?"

„Das war es im Wesentlichen. Ich kann noch ausschweifende sexuelle Bedürfnisse und Ichbezogenheit hinzufügen."

„Wie darf ich mir das vorstellen?"

„Rolf war ein gnadenloser Egoist. Ich habe mich und meine Tochter vor diesem krankhaft eifersüchtigen und rücksichtslosen Egomanen in Sicherheit gebracht und Elisabeth seinem Zugriff entzogen."

„Was meinen Sie mit ‚Zugriff'?"

„Das möchte ich hier nicht weiter ausführen. Sie wissen, was ich meine. Ich habe verhindert, dass er sich irgendwann an ihr vergehen konnte."

„Ihre Beschreibung widerspricht dem Eindruck, den er bei seiner Dienststelle hinterlassen hat. Laut den Kollegen, die ihn kannten, und den Einträgen in seiner Personalakte blieb er unauffällig, war fleißig und gewissenhaft. Seine Vorgesetzten schätzten ihn."

„Rolf wusste seine dunkle Seite stets zu verbergen. Glauben Sie mir, anderenfalls hätte ich ihn niemals geheiratet."

„Können Sie mir mehr darüber erzählen?"

„Nein, ich will mit diesem ganzen Schmutz nichts zu tun haben."

„Welchen Schmutz meinen Sie?"

„Weshalb sind Sie denn hier? Ich nehme an, nicht ohne Grund. Sie werden noch mehr entdecken und einen Menschen finden, den Sie sich so kaum vorstellen können."

„Was meinen Sie damit?"

„Grausam und unerbittlich. In Rolfs Leben existiert keine Liebe. Jedenfalls nicht zu lebenden Wesen."

„Lebt Ihre Tochter auch in diesem Haus?"

„Ja."

„Wir möchten mit ihr sprechen."

„Sie kennt ihren Vater nicht. Aber ich kann Sie wohl kaum daran hindern, sie zu befragen."

„Nein, das können Sie nicht. Wann können wir Ihre Tochter antreffen?"

„Sie ist in ihrer Wohnung. Sie muss um 14:00 Uhr wieder an ihren Arbeitsplatz zurückkehren. Ich bitte Sie, das zu respektieren."

„Dann sollten wir uns beeilen."

Katharina Bender erhob sich.

„Bitte, folgen Sie mir."

Die schlanke Frau mit dem dauergewellten dunklen Haar stieg in tadelloser Haltung vor ihnen die Marmorstufen einer Bogentreppe hinauf.

„Gehört dieses Haus Ihnen?"

„Trägt diese Frage zu Ihren Ermittlungen bei?"

„Nein."

Katharina Bender hatte ihr Missfallen ausgedrückt, antwortete aber trotzdem. So sah es ihre Erziehung vor.

„Mein Vater war ein angesehener Notar. Ich habe das Haus von ihm geerbt. Die Instandhaltung verschlingt Unsummen. Ich gehe arbeiten und putze selbst, wie Sie gesehen haben. Beantwortet das Ihre Frage?"

Christine schmunzelte. Katharina Bender und Luc Nilles gingen sehr vorsichtig miteinander um und vermieden jedes Missverständnis. Sie entstammten ganz offensichtlich verschiedenen Welten.

Rolf Benders Ex-Frau blieb vor einer weißen Tür mit Dekorglas stehen und drückte auf einen Klingelknopf aus Messing. Elisabeth Bender öffnete. Ihre Mutter stellte die beiden Beamtem vor und zog sich zurück.

Elisabeth bestätigte im Wesentlichen die Aussage ihrer Mutter. Sie räumte allerdings ein, von ihrem Vater nur erzählt bekommen zu haben.

„Ich war damals noch ein Kleinkind. Ich kenne meinen Vater nicht."

„Hatten Sie nie das Bedürfnis, ihn kennenzulernen?"

„Nach dem, was meine Mutter über ihn erzählt hat, nein."

„Sie haben ein gutes Verhältnis zueinander? Sie und Ihre Mutter?"

Elisabeth Bender bestätigte Lucs Eindruck und beantwortete höflich seine Fragen. Dann unterbrach sie das Gespräch.

„Meine Mittagspause ist vorbei. Ich muss zurück in mein Büro."

„Wo arbeiten Sie?"

„Ich bin Verwaltungsangestellte für Wasserwirtschaft bei der Kreisverwaltung."

„Sind Sie verheiratet?"

„Noch nicht, aber bald. Wir heiraten im Herbst."

Sie verabschiedeten sich von Elisabeth und Katharina Bender. Sie begegneten der vornehmen Frau noch einmal in der Eingangshalle. Sie trug einen Putzeimer und einen Bodenwischer davon. Sie hinterließen ihr eine Visitenkarte.

Kommissarin Bernard ließ sich in den Beifahrersitz des Citroëns fallen. Dann öffnete sie das Seitenfenster. Der Innenraum hatte sich stark aufgeheizt.

„Wie elegant diese Frau ihre Putzarbeit verrichtet hat. Tja, Geld hat man nicht durchs Ausgeben, sondern durchs Behalten."

Luc startete den Motor. Sofort sprang die automatische Klimaanlage an und blies ihnen rauschend kalte Luft entgegen.

„,Die meisten Menschen verstehen nicht, welch große Einnahmequelle in der Sparsamkeit liegt.' *Marcus Tullius Cicero, 106-43 v.Chr.*"

Christine zeigte sich beeindruckt.

„Tut mir leid, dass ich dich die ganze Arbeit habe machen lassen."

„Morgen bist du dran."

Die Karosserie der französischen Limousine schwebte wieder über den Asphalt. Das hydraulische Fahrwerk und der lange Radstand bügelten die Straßen glatt und bewahrten seine Passagiere vor jeder noch so kleinen Unebenheit.

Christine dachte an Rita und wie sehr ihr diese Strecke gefallen hätte. Sie war mit dem Motorrad so gerne über Land gefahren.

„Es tut verflucht weh", schluchzte sie plötzlich.

Luc schwieg, schob eine CD in den Spieler und ließ einfach nur Zeit vergehen.

Nach einer halben Stunde sagte er: „Das ist die Unerträglichkeit des Seins. Manchmal. Nicht immer."

Und dann tat er weiter das, was getan werden musste. Auf den Verkehr um sie herum achten, auf seine Kollegin aufpassen, das Auto fahren, über den Fall nachdenken, weiterleben.

Bei Veitsrodt hielt er plötzlich an.

„Ich muss eine rauchen."

Christine blieb im Wagen sitzen und beobachtete ihren Freund und Kollegen. Luc schien es nicht eilig zu haben. Schließlich stieg sie aus und stellte sich neben ihn. Beide schauten über die Wiesen und Wälder in der Nachmittagssonne.

„Warum hast du eigentlich nie geheiratet? Ihr hättet euch irgendwo ein Haus gekauft und Kinder bekommen."

„Weil ich nie eine Frau getroffen habe, die kifft, Pink Floyd liebt und das Meer und den Wald und Bordeaux."

Christine stieg ein süßlicher Duft in die Nase.

„Sag mal, das ist doch ..."

Luc deutete subtil auf seine Dienstwaffe.

„Wenn du mich verrätst, muss ich dich leider erschießen."

Seine Kollegin schüttelte ihren Kopf.

„Vielleicht ist es besser so, wie es ist. Ich kann mir dich auch schlecht für eine längere Zeit an einem Ort vorstellen. Deine Vorfahren waren bestimmt Nomaden."

Luc schnippte den Rest des Joints davon.

„Ich bin ein Reisender. Vielleicht ein moderner Nomade. Mit Jagen und Sammeln hab ich es nicht so. Und richtig sesshaft werde ich wohl auch nicht mehr. Immer wenn ich verweile, bemerke ich den Dreck um mich herum. Schau dir nur an, worin wir gerade wieder wühlen."

„Das klingt traurig. Du hältst nicht viel von den meisten Menschen, oder?“

„Sieh dich doch um. Wir zerstören unseren Lebensraum und schaffen es seit tausenden Jahren nicht, friedlich miteinander zu leben. Am Ende wird der Mensch verschwinden und nicht mehr gewesen sein als ein Furz im Universum. Und das ist nicht traurig, sondern beruhigend. Wer weiß, was er sonst noch alles anrichten würde.“

„Die Menschen könnten noch lernen. Von Menschen wie dir zum Beispiel.“

Luc vollführte eine wegwerfende Handbewegung.

„Es gab bereits genügend andere, die das versucht haben. Die Menschen sind Meister im Ignorieren, Wegducken und Schönreden. Macht es richtig oder falsch oder macht euch weiter etwas vor. Mir egal. Ich glaube ohnehin nicht, dass diese Welt noch zu retten ist.“

Sie setzten ihre Fahrt fort.

Christine dachte darüber nach, was Luc gesagt hatte. Seine trüben Gedanken bedrückten sie. Ihr Vater hatte in seinen letzten Lebensjahren ähnlich gesprochen. War Resignation am Ende die Folge von Erfahrungen und gesammeltem Wissen im Laufe eines langen Lebens? Wie schaffte Luc es dann, sich jeden Tag dazu aufzuraffen, seinen Job zu machen? Oder spielte er bereits mit der Überlegung, weiterzuziehen, die Kriminaldirektion zu verlassen? Erneut für ein paar Monate irgendwohin zu verschwinden und irgendwann mit einer Flasche Rotwein wieder vor der Tür zu stehen. Vom Weltschmerz geheilt, vorübergehend.

Sie warf einen Blick auf das Profil ihres Kollegen. Etwas zu lang geschnittenes Haar, graue Bartstoppeln, verschlissene Jeans.

So sehen Aussteiger aus, Vagabunden, aber kein Kommissar, hatte Mama ihn manchmal getadelt.

Christine lächelte das erste Mal an diesem Tag.

Luc bemerkte es.

„Was ist?“

Sie wandte ihren Blick ab und schaute aus dem Fenster.

Am späten Nachmittag erreichten sie die Kriminaldirektion.

Der prüfenden Betrachtung des Kollegen hielt sie stand. Torsten Kluge schien zufrieden zu sein mit dem, was er sah, und widmete sich wieder seinem Computerbildschirm.

Christine weckte ihren PC, füllte eine leere Plastikflasche mit Wasser und goss es über die trockene Erde des Büro-Benjaminis.

Sie las ihre E-Mails. Der Kalender erinnerte sie an ihren Termin zum Schießtraining an diesem Abend. Sie dachte an Rita, der sie angeboten hatte, sie dorthin zu begleiten.

Auf der Fahrt nach Wittlich zum Schieß- und Einsatzzentrum der Polizei hörte sie Radio zur Ablenkung. Sie wollte nicht an Rita denken. Als ein trauriges Lied gespielt wurde, weinte sie.

Kommissarin Bernard hatte sich an ihre neue Dienstwaffe mittlerweile gewöhnt. Freunde waren sie immer noch nicht. Aber ihre Schießergebnisse waren besser geworden, nur an diesem Abend fielen sie miserabel aus. Sie verzieh es sich.

Auf der Rückfahrt nach Trier ließ sie das Radio ausgeschaltet. Sie stellte ihren Wagen auf dem beinahe leeren Parkplatz vor der Kriminaldirektion ab und stieg die Stufen im Treppenhaus im Halbdunkel hinauf. Der Schein der Flurbeleuchtungen fiel durch die Glastüren. Das reichte ihr.

In ihrem Büro schaltete sie das Licht an. Flackernd nahmen die Leuchtstoffröhren an der Decke ihre Arbeit auf.

Sie setzte sich an ihren PC und rief den Ermittlungsbericht von Rita Lange auf. Sie atmete noch einmal tief ein und wieder aus und begann zu lesen.

Der Tod trat zwischen 00:30 und 2:00 Uhr durch zwei Schüsse in die Brust aus unmittelbarer Nähe ein. Kaliber 9 x 19 Millimeter. Beide Projektile konnten sichergestellt werden. Ein abschließendes Ergebnis der kriminaltechnischen Untersuchung liegt noch nicht vor.

Am Körper der Toten befanden sich Hämatome und Abschürfungen an Füßen und Handgelenken und an den Innenseiten der Oberschenkel. Eine Platzwunde am Hinterkopf durch Gewalteinwirkung mit einem stumpfen Gegenstand. Starke Abschürfungen der Haut auf dem Rücken durch einen spitzen Gegenstand auf dem Waldboden (Stein). Blut und Gewebereste unter den Fingernägeln. Ergebnisse des DNA-Abgleichs lagen noch nicht vor. Aufgrund des vorherrschenden Wetters (Starkregen) konnten keine weiteren DNA-Spuren sichergestellt werden. Deutliche Spuren von wiederholten intensiven sexuellen Akten (mehrfache Penetration) an allen Körperöffnungen.

Die Spurensicherung hat trotz des Regenwetters in der Nacht und in den frühen Morgenstunden Reifenabdruckspuren im Waldboden ausgießen können. Das Profil wurde durch einen Vergleich mit der INPOL-Datenbank einem Dutzend PKW-Fahrzeugtypen zugeordnet. Die Produktion der betreffenden Fahrzeuge wurde vor mehr als zwanzig Jahren eingestellt. Aufgrund eines Anfangsverdachts wurde die private Garage von KK Rolf Bender kriminaltechnisch untersucht. Reifenabdruckspuren im Staub und Einfärbungen auf dem Boden waren mit den sichergestellten Profilabdrücken identisch. Zwei Ersatzreifen mit dem gleichen Laufflächenprofil wurden sichergestellt. Vorliegende Indizien lassen Kriminalkommissar Rolf Bender dringend tatverdächtig erscheinen. Aufgrund von Fußspuren am Tatort von mindestens zwei verschiedenen Personen wurde die Fahndung nach einem bisher unbekannten Mittäter ausgeweitet.

Christines Blick wanderte vom Bildschirm zum Fenster und von dort in den Nachthimmel hinaus. Sie ließ sich gegen die Lehne des Bürostuhls zurückfallen. Für sie gab es nur eine Erklärung der Geschehnisse in der Nacht, in der Rita starb. Die junge Praktikantin musste auf ihrem Weg irgendwohin den auffälligen Wagen von Rolf Bender entdeckt haben. Aus falsch verstandenem Diensteifer, Empörung oder jugendlichem Leichtsinn war sie ihm hinterhergefahren. Dabei hatte sie ihre Eigensicherung völlig außer Acht gelassen und keine Verstärkung angefordert. Vermutlich konnte sie ihr Telefon während der Verfolgung von Bender auf dem Motorrad nicht bedienen.

Er und sein Mittäter haben bemerkt, dass sie verfolgt wurden, und haben Rita in den Wald gelockt. Dort haben sie auf sie gewartet und sie angegriffen. Sie stürzte mit ihrem Motorrad. Es hätte Ritas Charakter entsprochen, dass sie sich heftig gewehrt und vielleicht sogar Tatvorwürfe gegen Rolf Bender im Fall Lina Ahlers ausgesprochen hat, aber sie war ihren Angreifern offensichtlich körperlich unterlegen. Sie haben sie überwältigt, ausgezogen, vergewaltigt und sie anschließend erschossen. Die sichergestellten Projektile passten zu der Munition, die auch in den Dienstwaffen der Polizei in Rheinland-Pfalz verwendet wurde. Rolf Bender war also mit großer Wahrscheinlichkeit Ritas Mörder.

Christine erhob sich. Sie löschte das Licht und verließ das Büro. Sie nahm wieder die Treppe.

Ihr weißer Renault glänzte im Laternenschein. Er trug sie anschließend leise durch die Stadt. Straßenbeleuchtung und Leuchtreklamen reflektierten auf Lack und Scheiben und wanderten in Intervallen über sie hinweg.

Nach Hause wollte sie nicht. Sie fuhr ziellos umher. Ihr Herz war erfüllt von Schmerz. In ihrem Kopf breitete sich ein dumpfer Druck aus. Leer gedacht.

Was wäre gewesen, wenn …? Hatte sie sich etwas vorzuwerfen? Gab es etwas, was sie hätte tun können, um diese Katastrophe zu verhindern? Ihr Mégane lenkte sie beinahe heimlich auf eine Straße. Sie führte durch den nächtlichen Wald in ein schlafendes Dorf. Dort wohnte Torben. Dort stand sein Haus.

Die Nachtluft auf dem Grundstück war erfüllt von dem Duft von Blüten, über deren Bestimmung sie jetzt nicht nachdenken wollte. Grillen zirpten im seit Wochen nicht mehr gemähten Gras.

Sie betrat das dunkle Haus, ohne Licht zu machen. Der Mond warf seinen fahlen Schein durch die Fenster. Sie legte sich auf Torbens Bettseite und ließ ihre Schuhe auf den Boden poltern. Ihr fehlte die Kraft, sich auszuziehen und ins Bad zu gehen. Sie schloss ihre Augen. Der Kissenbezug duftete nach ihm.

Im Untergrund

Die Morgensonne wanderte über sie hinweg. Als sie ihr Gesicht erreichte, war es 6:20 Uhr. Christine stand auf und ging ins Bad. Danach kochte sie Tee und suchte sich in Torbens Küche ein karges Frühstück zusammen. Es blieb drin. Sie hatte ihre Bananen in Lucs Citroën vergessen.

Sie verließ das Haus und fuhr in die Kriminaldirektion.

Das dumpfe Gefühl der Ohnmacht, Verbrechen nicht verhindern zu können, sondern nur an ihrer Aufklärung mitzuwirken und dabei zu helfen, die Täter ihrer Strafe zuzuführen, wich dem dringenden Bedürfnis nach einer befriedigenden Festnahme oder zumindest einem deutlichen Ermittlungserfolg. Sie wollte etwas tun. Natürlich wusste sie, mit einem solchen Drang professionell umzugehen und ihm nicht leichtfertig nachzugeben. Denn auf diese Weise entstanden gerne Ermittlungsfehler und nicht gerichtsverwertbare Aussagen. Im schlimmsten Fall musste deswegen das Verfahren gegen einen Beschuldigten eingestellt werden.

Sie erinnerte sich plötzlich an einen gemeinsamen Abend mit Jörg und Melissa. Torben hatte von Forseti aus dem Geschlecht der Asen gesprochen. Forseti war in der nordischen Mythologie der Gott für Recht und Gesetz.

An diesem Morgen hatte Forseti wohl ein Einsehen und leistete der Gerechtigkeit Vorschub. Einer seiner Helfer war Jörg Rottmann. Christine begegnete ihm auf dem Gang vor ihrem Büro.

„Siehst schlimm aus. Nicht geschlafen?"

„Danke. Wie immer charmant."

Der große, kräftige Mann ignorierte die Befindlichkeiten seiner Kollegin an diesem Morgen.

„Großeinsatz", verkündete er voller Vorfreude. Er liebte solche Einsätze. Laut, aufregend, spannende Verhaftungen. Dafür war er zur Polizei gegangen. Karin Vollmer hatte das früh erkannt. Die Polizeipsychologin warnte seither vor dem Übereifer des Hauptkommissars.

Der Raum, in dem die überraschend angesetzte Dienstbesprechung stattfinden sollte, war übervoll. Viele Kollegen fanden keinen Sitzplatz. Es musste etwas Außergewöhnliches passiert sein. Schon die Anwesenheit von Kriminaldirektor Josef Weinig, Staatsanwalt Walter Lorscheider, Hauptkommissar Richard Welfen von der internen Ermittlung und Hauptkommissar Matheo Andersson vom LKA deuteten darauf hin. Zusätzlich waren Beamte des Spezialeinsatzkommandos anwesend. Das war unüblich. SEK-Kollegen nahmen an den gewöhnlichen Dienstbesprechungen nicht teil.

Staatsanwalt Lorscheider bat um Ruhe.

„Gestern Abend …", begann er. „Ruhe bitte! Gestern Abend hat Doktor Alexander Brosian auf Anraten seines Anwalts ein umfassendes Geständnis abgelegt und seine uneingeschränkte Zusammenarbeit bei den Ermittlungen in den Fällen Rita Lange, Horst Ahlers und Lina Ahlers zugesagt."

Christine hörte gespannt zu.

„Lina Ahlers wurde Opfer eines bandenmäßig organisierten Netzwerks von Straftätern zur Befriedigung der sexuellen Fantasien der Mitglieder. Es kam dort regelmäßig zu nicht einvernehmlichem Geschlechtsverkehr unter Einsatz von verabreichten Drogen, Nötigung und Gewalt zum Nachteil der gegen ihren Willen festgehaltenen Personen. Die meist weiblichen Opfer wurden entführt, teilweise sediert und für mehrere Tage bis Wochen zur Verfügung gehalten. Nach der Freilassung wurden sie massiv unter Druck gesetzt und mit dem eigenen Tod oder dem von Familienmitgliedern bedroht. Aus Scham und Angst wurde der mehrfache und wiederholte Missbrauch bisher nicht zur Anzeige gebracht. Erschwerend kam hinzu, dass die Täter maskiert waren und den Opfern deren Identität nicht bekannt war."

Walter Lorscheider unterbrach seinen Bericht und schaute in die Runde.

„Gibt es bis hierher Fragen?"

Er wartete einige Sekunden.

„Im Fall Horst Ahlers gab es mehrere Festnahmen. Zwei Mitarbeiter der Gebäudereinigungsfirma Rückert haben gestanden, die Wohnung von Horst Ahlers auf Anweisung ihres Vorgesetzten gereinigt zu haben. Sie entfernten Blut vom Bodenbelag und beseitigten einen Teppich, um Spuren zu vernichten, was ihnen aber nur unvollständig gelungen ist.

Alexander Brosius und Rolf Bender haben die Leiche von Horst Ahlers in den Kofferraum eines Fahrzeugs verbracht, es in Brand gesetzt und dann in einem abgelegenen

Seitenarm der Mosel auf der Höhe des Trierer Hafens versenkt. Taucher der Feuerwehr sind im Einsatz. Die Suche nach dem Wrack gestaltet sich aufgrund der Strömungsverhältnisse an dieser Stelle allerdings schwierig und dauert derzeit noch an."

Walter Lorscheider schaute in die Runde.

„Gibt es zu diesem Fall noch Fragen?"

Niemand meldete sich.

„Im Fall Rita Lange dauern die Ermittlungen derzeit noch an. Wir fahnden nach Rolf Bender, der dringend tatverdächtig ist, und nach einem bisher unbekannten Mittäter."

Der Staatsanwalt ließ seinen Blick durch den Raum schweifen, aber auch zu diesem Fall hatte keiner der Kollegen eine Frage.

„Gut. Dann übergebe ich an Hauptkommissar Andersson vom Landeskriminalamt."

Matheo Andersson erhob sich und trat vor die Beamten. Auf seinem Stuhl nahm Walter Lorscheider Platz.

„Wir haben die Namen der Mittäter von Alexander Brosian bereits ermittelt. Da sich auch prominente Mitglieder aus Politik und Wirtschaft darunter befinden, hat der Innenminister ab sofort eine vorläufige Nachrichtensperre verhängt, bis alle Tatvorwürfe überprüft wurden. Der Ort, der von der Tätergruppe als geheimer Treffpunkt genutzt wurde, ist uns nun ebenfalls bekannt. Der Einsatz beginnt nach dem Ende dieser Dienstbesprechung. Das SEK wird uns vor Ort unterstützen. Die Einsatzkräfte werden die dort angetroffenen Straftäter festnehmen. Die anwesenden Opfer werden vom medizinischen Dienst versorgt. Notärzte und Sanitäter nehmen an dem Einsatz teil. Die psychologische Betreuung findet durch Frau Vollmer statt. Alle teilnehmenden Beamten erhalten ihre Anweisungen vor Ort von ihren jeweiligen Vorgesetzten, die durch den Einsatz führen. Eine taktische Einheit der Berufsfeuerwehr steht bereit und wird uns beim Zugang in das Gebäude und bei der Befreiung angetroffener Personen wenn nötig unterstützen. Da Flucht- und Verdunklungsgefahr besteht, wird gleichzeitig eine von mir geführte zweite Einsatzgruppe an den Meldeadressen und an den Arbeitsplätzen der uns bekannten Personen nach Beweismaterial suchen und dieses sicherstellen. Dort angetroffene und uns bekannte Mittäter werden festgenommen. Bis hierhin irgendetwas unklar?"

Hauptkommissar Matheo Andersson beantwortete zwei Fragen und tauschte seinen Platz mit Kriminaldirektor Josef Weinig. Der ergriff sofort das Wort.

„Ich möchte an dieser Stelle die Gelegenheit nutzen und darauf hinweisen, dass Kriminalkommissar Bender nach derzeitigem Ermittlungsstand der einzige Beamte aus unserer Dienststelle war, der dieser kriminellen Vereinigung angehörte und ihr zugearbeitet hat. Trotzdem verweise ich noch einmal darauf, dass ich jederzeit zur Verfügung stehe, falls jemand von Ihnen in Zukunft Zweifel an der Gesetztestreue eines Kollegen hat oder jemand gegen die Polizeidienstvorschrift verstößt. Ich sichere Ihnen hiermit ausdrücklich zu, Ihre Hinweise vertraulich zu behandeln."

Josef Weinig beendete die Dienstbesprechung und eilte davon, bevor das allgemeine Stühlerücken begann. Die anwesenden Beamten erhoben sich, unterhielten sich angeregt und die Geräuschkulisse stieg erheblich an.

Christine war die Dynamik, die Kriminalfälle während der Ermittlungen bisweilen entwickeln konnten, bereits gewohnt, aber die vorliegenden Fälle eröffneten eine ganz neue Dimension.

Plötzlich baute sich Jörg Rottmann vor ihr auf.

„Du bleibst bei mir", kommandierte er und versuchte gar nicht erst, seinen Beschützerinstinkt zu unterdrücken.

Christine warf einen schnellen Blick zu Richard Welfen, der nicht weit von ihr entfernt stand. Er nickte zustimmend.

„Wo ist Luc?", fragte sie und sah sich suchend um.

„Kollege Nilles zog es vor, den sicheren Hafen der Hausdurchsuchung zu wählen, anstatt mit uns die Katakomben zu stürmen. Er hat sich für die zweite Einsatzgruppe gemeldet", stellte Jörg Rottmann nicht ohne Spott fest.

„Katakomben?"

„Lass uns fahren. Ich erzähle es dir unterwegs."

Sie verließen den Besprechungsraum. Plötzlich stand Torben vor Christine.

„Was machst du denn hier?", entfuhr es ihr überrascht.

„Ich habe den Nachtzug genommen", erklärte er und wirkte mit seinem Cello auf dem Rücken und der großen Reisetasche an der Hand wie ein Musikstudent.

SEK-Beamte in martialischem Gewand liefen in schweren Stiefeln über den Gang. Sie sprachen laut miteinander und riefen sich derbe Scherze zu. Dazwischen bewaffnete Kriminalbeamte. Nicht zuletzt natürlich Jörg Rottmann. Und mittendrin ihr Torben. Wie ein Fremdkörper stand der sanfte Mann vor ihr und dieser Anblick erwärmte ihr Herz. Sie umarmte ihn. Die SEK-Männer johlten. Sie küsste ihn und Pfiffe schallten über den Flur.

„Wir haben einen Einsatz."

Er nickte und schaute sich um.

„Aha, so sieht das also dann aus."

„Na ja, nicht immer."

„Wir sehen uns heute Abend bei dir?"

Christine drückte Torben fest an sich.

„Ist alles okay?"

Sie nickte und wischte sich eine Träne fort.

„Ich freue mich nur so sehr, dass du da bist."

Er lächelte, wandte sich ab und wartete auf den Aufzug.

Kommissarin Bernard und Jörg Rottmann nahmen die Treppe.

Der schwarze Dienstwagen brütete in der Sonne. Sie rissen die Türen auf und entließen einen Schwall Hitze. Dann stiegen sie ein.

Der Hauptkommissar startete den Motor des BMWs und folgte den Fahrzeugen des SEKs. Kommissarin Bernard schmunzelte. Jörg war in seinem Element.

Die vorausfahrende Einsatzgruppe sammelte sich an einem vereinbarten Treffpunkt. Letzte Gelegenheit, die

Ausrüstung anzulegen und die Dienstwaffen zu überprüfen. Die Gruppenführer erteilten ihre Instruktionen. Zeit für Jörg Rottmann, die Kollegin einzuweisen. Christine wollte aussteigen, er hielt sie zurück.

„Du weichst mir nicht von der Seite. Das SEK geht rein, wir hinterher. Wir warten auf die Freigaben, dann erst kümmern wir uns um die Festnahmen oder die Versorgung der Mädchen."

Kommissarin Bernard hörte dem erfahrenen Hauptkommissar aufmerksam zu. Dies war die letzte Möglichkeit, sich über den bevorstehenden Einsatz zu informieren oder Fragen zu stellen. Danach musste sie perfekt funktionieren, um nicht das Leben eines Kollegen, ihr eigenes oder das einer der angetroffenen Personen zu gefährden.

„Unser Einsatzort befindet sich unter einem Parkhaus in der Innenstadt. Kellergewölbe und Reste eines Luftschutzbunkers aus dem Zweiten Weltkrieg. Ein schauriger Lost-Place im Untergrund von Trier. Wir müssen davon ausgehen, dass die Umgebung und der Eingang von Kameras überwacht werden. Die werden also wissen, dass wir kommen.

Der Zugang erfolgt über einen Aufzug. Wir haben den Schlüssel von Brosian. Feuerwehrleute mit Bolzenschneidern und Hydraulik-Scheren werden uns folgen, um möglicherweise angekettete Personen zu befreien oder verriegelte Türen zu öffnen."

Jörg hatte an alles gedacht. Kabelbinder für die zu erwartenden Festnahmen, aufmunitionierte Ersatzmagazine und schusssichere Westen befanden sich bereits im Kofferraum.

Christine legte ihre Weste an und drückte die Klettverschlüsse gewissenhaft fest. Dann zog sie ihre Dienstwaffe aus dem Gürtelholster, kontrollierte das Magazin, lud sie durch, sicherte sie und steckte sie zurück.

Der Einsatzleiter des Spezialeinsatzkommandos gab das Zeichen zum Aufbruch. Eine Kolonne schwarzer Wagen folgte seinem Fahrzeug in hohem Tempo mit Blaulicht, aber ohne Sondersignal, durch die Innenstadt. In wenigen Sekunden hatten alle Einsatzkräfte den Sammelpunkt verlassen.

Die Schranke an der Zufahrt des Parkhauses öffnete sich, Kriminalbeamte hatten den Kontrollraum kurz zuvor besetzt.

Der Lindwurm schlängelte sich mit dröhnenden Motoren über die Parkebenen in die unterste Etage. Scheinwerfer wanderten über parkende Autos, Blaulicht zuckte über das Weiß der Wände und Decken. Reifen radierten quietschend über den Boden. Es roch nach Abgasen und Gummiabrieb.

Die Fahrzeuge des SEKs stoppten vor den Aufzugtüren. Vermummte und bewaffnete Beamte sprangen heraus und bezogen links und rechts der Türen Stellung. Einer drückte die Ruftaste für den Aufzug. Sekunden vergingen. Die Türen zogen sich auf. Die Kabine war leer. Sechs Beamte zwängten sich mit ihrer Ausrüstung hinein. Die Türen schlossen sich. Eine zweite Gruppe folgte der ersten, nachdem die Aufzugskabine zurückgekehrt war. Danach folgten Christine und Jörg mit vier Kollegen von der Kriminaldirektion. Jörg drehte den Schlüssel. Die Kabine fuhr hinunter.

Auf der Fahrt nach unten nahmen sie ihre Dienstwaffen zur Hand und bereiteten sich darauf vor, die Kabine zu verlassen. Die Türen öffneten sich wieder.

„Drinbleiben!", brüllte ihnen jemand entgegen. Christine konnte denjenigen nicht sehen. Jörg stand vor ihr und nahm ihr die Sicht. Sie gehorchten dem Befehl. Die Aufzugtüren fuhren wieder zu.

„Achtung! Sprengung!", rief Jörg Rottmann, der mit einem Blick sofort erkannt hatte, worauf sich die SEK-Beamten in dem Raum vor dem Aufzug vorbereitet hatten. Christine hielt sich die Ohren zu. Ein infernalischer Knall schallte durch den Untergrund. Die Aufzugskabine schüttelte sich. Jörg drückte auf den Knopf zum Öffnen der Türen. Beißender Qualm und Staub standen im Raum vor dem Aufzug. Eine Gittertür hing in ihren Angeln. SEK-Beamte stürmten die dahinterliegenden Räume und brüllten Freigaben, Kommandos und Warnungen durcheinander.

„Sicher!", rief jemand.

„Zwei Personen!", hörte Christine einen anderen Beamten rufen.

„Waffe!" war das letzte Wort, das sie vernahm, bevor sich Schüsse lösten und der Schalldruck ihr in den Ohren schmerzte.

Es roch nach Schießpulver, Feuchtigkeit und Keller. Ein seltsam grünes Licht beleuchtete einen Gang und die dahinterliegenden Räume. Putz blätterte von den Wänden. In einem Raum brannte eine rote Lampe. Sie sah Holzverschläge mit Tischen darin, die an einer Durchreiche endeten. Auf einem Tisch lag eine junge Frau. Nackt. Ihre

Beine in eindeutiger Haltung gespreizt. Sie war festgebunden. Davor kauerte ein Mann mit einer Spiderman-Maske über dem Kopf und mit freiem Unterkörper. Ein SEK-Beamter drückte ihn mit vorgehaltener Waffe zu Boden, ein weiterer fesselte seine Hände mit Kabelbindern.

Kommissarin Bernard blickte in den nächsten Raum, eine Art Büro. Auf einem Tisch standen eine Kasse und ein tragbarer Computer. Ein tätowierter Mann im Unterhemd, gefesselt, mit blutender Schulter, wurde von einem SEK-Kollegen auf dem Boden gehalten.

Es fielen keine Schüsse mehr. Es wurden nur noch Personen in Räumen gemeldet und „Sicher"-Kommandos gerufen.

Der Einsatzleiter des SEKs lief gelassen auf Christine und Jörg Rottmann zu.

„Kaum Widerstand. Nur zwei Aufpasser mit mehr Muskeln als Hirn. Wir schicken euch jetzt die Sanis runter", verkündete er und griff zu einem Funkgerät.

Sie steckten ihre Waffen weg. Kommissarin Bernard atmete einmal tief durch. Ein großer Teil ihrer Anspannung fiel von ihr ab. Jörg wirkte enttäuscht. Ihm war der Zugriff offenbar zu wenig spektakulär verlaufen. Christine hingegen zeigte sich erleichtert. Die Kollegen vom Spezialeinsatzkommando hatten schnell und konsequent gehandelt. Professionell. Und ihre Freude darüber ließ sie beinahe vergessen, wie ernst dieser Einsatz zu nehmen war.

Kaum vorstellbar, welchen Qualen die entführten und gefangenen Frauen in den Kellerräumen ausgesetzt gewesen waren. Tische mit daran befestigten Gurten und Räume mit Einrichtungen, die keinen Zweifel an ihrer Verwendung aufkommen ließen, zeugten davon. In einem stand sogar ein Käfig. Hier unter der Stadt wurden Menschen gegen ihren Willen zur Verfügung anderer Menschen gehalten, zugeführt und missbraucht.

Die Beamten des SEKs zogen sich zurück. Die Räume füllten sich mit Kriminalbeamten und Kollegen von der Streife. Sanitäter mit einer zusammengeklappten Trage und Ärzte mit Handkoffern entstiegen der Aufzugskabine.

Jörg Rottmann übernahm die Koordination des Einsatzes. Er ordnete an, beantwortete Fragen und hatte dabei immer ein Auge auf Christine. Die durchsuchte einen Raum nach dem anderen und ließ Beweismaterial sicherstellen. Polizeibeamte trugen die Kartons davon.

Das kriminelle Netzwerk war offensichtlich sehr gut organisiert. Tief unter der Erde gab es Duschräume und sanitäre Anlagen. Dahinter befand sich ein Sanitätsraum mit medizinischen Geräten und Besteck, einem gut sortierten Arzneimittelschrank, einer Behandlungsliege, Verbandsmaterial und einem großen Vorrat an Betäubungsmitteln. Daneben ein Vorratsraum gefüllt mit Lebensmitteln, Weinen und Spirituosen, Toilettenartikeln, Handtüchern, Bettwäsche.

In einem angrenzenden Raum standen Betten. Er diente offenbar als Schlafraum und war bis zum Eindringen des SEKs verschlossen gewesen. Ein Arzt behandelte zwei leicht bekleidete junge Frauen. Sie weinten. Zwei Sanitäter führten eine anscheinend unter Drogeneinfluss kreischende

Frau davon. Wahrscheinlich begriff sie noch gar nicht, dass ihre Peinigung zu Ende war.

Dann gab es einen Tumult vor dem Aufzug. Ein festgenommener Mann randalierte und konnte nur mit Mühe von zwei Polizeibeamten dazu gebracht werden, die Aufzugskabine zu betreten. Er verlangte einen Anwalt und behauptete, niemand wüsste, wer er sei, als wenn das angesichts seiner Mitwirkung an diesen unglaublichen Taten überhaupt eine Rolle spielen würde. Kommissarin Bernard schüttelte ihren Kopf und stellte fest, dass sie ihn tatsächlich nicht kannte. Sie interessierte sich nicht für die Lokalprominenz.

Zwei weitere Provinzgrößen wurden halb nackt abgeführt. Christine erkannte den Leiter einer Behörde und schüttelte erneut fassungslos ihren Kopf.

Das Durcheinander lichtete sich und wich einer gespenstischen Stille. Nur unterbrochen von einem weinenden Mädchen, das in dem Schlafraum weiterhin behandelt wurde. Offenbar eine Holländerin. Ihr Klagen wimmerte durch die unterirdischen Räume und Gänge.

Plötzlich erblickte Christine ein bekanntes Gesicht. Karin Vollmer. Die Psychologin steuerte geradewegs auf sie zu.

„Wie geht es dir?"

„Ich weiß es noch nicht. Schau dir das an. Gerade dachte ich doch tatsächlich, dass es Rita besser getroffen hat. Stell dir vor, die hätten sie hier unten eingesperrt und …"

Christine versagte die Stimme. Dann sprach sie weiter.

„Verrückt, so etwas zu denken. Nicht wahr? Ich werde verrückt."

„Du wirst nicht verrückt. Verrückte merken nicht, dass sie verrückt werden. Die glauben, sie sähen endlich klar", beruhigte Karin Vollmer. „Ich muss mich um das Mädchen kümmern."

Die Spurensicherung nahm ihre Arbeit auf. Kollegen von der kriminaltechnischen Abteilung bauten die Kasse und den Computer ab.

Christine folgte einem Geräusch. Zu dem gleichmäßigen Brummen gesellte sich in unregelmäßigen Abständen ein Fauchen und Pfeifen. Dann verstummte es wieder.

Hinter einer Stahltür lüftete sich das Geheimnis. Elektrische Pumpen hielten die tief unter der Erde liegenden Räume offenbar von Kondens- und Grundwasser frei. Im Gegensatz zu den sommerlichen Temperaturen an der Oberfläche wäre es hier unten sonst kalt und nass. Ein Gasbrenner und ein Klimakompressor regelten die Raumluft und ein Frischluftgebläse sorgte für ausreichend Sauerstoff.

Christine erinnerte sich an die Aussage von Lina. Die glaubte, in einem Raumschiff gefangen gewesen zu sein. Die Geräuschkulisse und das unwirklich anmutende Licht trugen bestimmt zu diesem Eindruck bei. Auch wenn es rational betrachtet unsinnig erscheinen mochte, aber unter dem Einfluss von Drogen, dem seelischen Stress und den körperlichen Strapazen, denen die Frauen ausgesetzt waren, war sie ihrem Irrglauben erlegen.

Lina jedenfalls glaubte, wer ihnen das Unfassbare antat, konnte nicht von dieser Welt sein. Menschen würden so etwas Schreckliches nicht tun. Ihre Erlebnisse erschienen ihr so unbegreiflich, dass sie sich die Aliens ausdachte, weil sie all die Grausamkeiten mit ihrem Bild von Menschen nicht vereinbaren konnte. Es war ihr Schutz davor, nicht den Verstand zu verlieren.

Obendrein gehörte ihr eigener Vater zu den Peinigern. Ob Lina das wusste und es verdrängte oder ob sie ahnungslos war, würde sich irgendwann herausstellen.

„Was ist das hier?"

Christine erschrak. Jörg Rottmann stand hinter ihr.

„Äh, ein Maschinenraum zum Abpumpen von Wasser und zur Regelung des Klimas hier unten."

„Wir sind fertig. Im Büro da vorne haben wir einen Computer sichergestellt, mit dem die Frauen im Darknet angeboten wurden. Zugang über einen Tor-Browser, Verschlüsselung, Umleitung über anonyme Server, das volle Programm inklusive internationaler Kontakte. Es wird Monate dauern zu ermitteln, wer alles dieses Netzwerk unterstützt hat. Die technischen Installationen, Wartungen, Lebensmittellieferungen, Transporte und medizinische Behandlung der Mädchen muss ja irgendwer ausgeführt haben. Also haben nicht wenige Menschen davon gewusst. Es gibt eine Datenbank mit den Lebensläufen der Mädchen. Die Oberschicht bediente sich gezielt überwiegend aus der Unterschicht. Das muss seit Jahren gelaufen sein. Unglaublich, dass das so lange funktioniert hat."

„Leute wie Bender werden dafür gesorgt haben, dass Vermisstenanzeigen entweder gar nicht erst gestellt wurden oder sie haben die Ermittlungen behindert."

„Da liegt noch eine Menge Arbeit vor uns."

Von Frauen und Männern

Der Aufzug brachte sie wieder an die Oberfläche. Sie zogen ihre Schutzwesten aus und legten sie zusammen mit den Ersatzmagazinen zurück in den Kofferraum.

Das Spezialeinsatzkommando war bereits abgerückt. Der letzte Rettungswagen verließ das Parkdeck. Kollegen von der Kriminaldirektion Trier verstauten Beweismittel in ihren Fahrzeugen und in dem Kleinbus der Spurensicherung.

Christine und Jörg Rottmann stiegen in den schwarzen BMW und fuhren los.

Auf der Rückfahrt zur Dienststelle erschien ihr das arglose Treiben auf den Straßen der Stadt unwirklich angesichts der unvorstellbaren Ereignisse unter den Füßen all dieser Ahnungslosen.

Auch Jörg hatte sich offenbar Gedanken gemacht. Zumindest deutete sein Fazit des Einsatzes darauf hin.

„Das war es dann mit Knickknack in der Mittagspause unter Aufsicht von ein paar Dumpfbacken, die auch noch brav die Drecksarbeit für die feinen Herren erledigten, falls eines der Mädchen einmal nicht spurte."

Christine schaute aus dem Fenster.

„Wirst du Torben davon erzählen?", erkundigte sich ihr Kollege.

„Wenn er fragt."

„Erzählst du immer alles?"

„Nein. Ich möchte ihn nicht anlügen, aber alles erzählen muss ich ja auch nicht. Grausame Details erspare ich ihm. Er ist klug, er wird sie sich denken können."

Kommissarin Bernard deutete mit ihrem Kinn auf die dahineilenden Menschen auf der Straße.

„Die da draußen müssen nicht immer alles wissen. Es würde sie belasten und sie würden ihr Leben für unsicherer halten, als es ist. 99,9% der Menschen auf der Welt sind friedlich, mitfühlend und hilfsbereit. Habe ich gelesen."

„Den Eindruck habe ich aber nicht."

„Weil dein Fokus eben auf Verbrechen liegt. Das ist dein Beruf. Ein Bäcker kann sich auch nur schwer vorstellen, dass es Menschen gibt, die kein Brot essen."

„Und du? Worauf liegt dein Fokus?"

Christine hätte Jörgs Frage ohne zu zögern beantworten können. Doch sie wollte nicht den Anschein erwecken, bereits ausgiebig darüber nachgedacht zu haben. Andererseits verdiente Jörg eine ehrliche Antwort.

„Auf Torben und meinem künftigen Leben mit ihm."

„Werdet ihr Kinder haben?"

Kommissarin Bernard hatte den Eindruck, Jörg suche das vertraute Gespräch. Und dafür konnte es nur einen Grund geben.

„Ich denke schon. Und du und Melissa?"

Jörg Rottmann antwortete nicht sofort. Er wollte offensichtlich nicht, dass Christine erkannte, wie sehr ihn das Thema beschäftigte.

„Wenn es nach Melissa ginge …", begann er. „Aber was ist dann mit meinem Beruf? Sie fürchtet bereits jetzt die

Gefahren, denen ich mich täglich aussetze. Und wenn wir erst Kinder haben ..."

„Zieht doch erst mal zusammen. Macht einen Schritt nach dem anderen."

Jörg schüttelte den Kopf.

„Nein, wir machen es vorerst so wie du und Torben. Jeder behält seine Wohnung."

„Seid ihr euch nicht sicher?"

„Was ist schon sicher?"

„Sicher ist alles, was du dazu machst. Und es ist kein Status, sondern ein Prozess. Ihr müsst jeden Tag daran arbeiten."

Jörg Rottmann schien nachzudenken.

„Würdest du deinen Job aufgeben, bevor du mit Torben eine Familie gründest?"

„Ja."

Christine war sich der Entschlossenheit, die ihre unverzügliche und knappe Antwort ausdrückte, sehr wohl bewusst. Damit stellte sie unmissverständlich klar, wie weit und wie endgültig ihr Entscheidungsprozess bereits fortgeschritten war.

Jörg hatte seinen Weg der Entscheidung noch vor sich, aber es war überdeutlich zu sehen, wie sehr ihn die Suche nach der Antwort auf diese Frage beschäftigte.

In der Kriminaldirektion ließ sie Jörg grübelnd vor dem Aufzug warten und nahm amüsiert die Treppe.

Die zweite Einsatzgruppe hatte ihren Auftrag beendet. 18 Festnahmen und zwei Kleinbusse vollgestopft mit

Kartons, in denen sich Beweismaterial befand, warteten auf die weitere Bearbeitung.

Hauptkommissar Kluge und Luc Nilles diskutierten im Büro miteinander. Tanja Rieger verdrehte die Augen, als Kommissarin Bernard den Raum betrat.

„Die beiden …", bemerkte sie vielsagend.

„Was ist los?"

„Der steife Torsten und der lockere Luc. Akribie trifft auf Entspannung und das *sorgt* für Spannung. Torsten möchte mit der Auswertung der Beweismittel beginnen und Luc will sofort die Beschuldigten vernehmen."

Kommissarin Bernard ergriff Partei für die Vorgehensweise von Hauptkommissar Kluge.

„Ich würde auch erst mal schauen, was wir in der Hand haben, bevor ich mit den Vernehmungen beginne."

Torsten hatte sich offenbar durchgesetzt. Luc schnaufte, griff sich einen der Kartons und wechselte in sein Büro.

„Wie lief euer Einsatz?", erkundigte sich der Hauptkommissar.

Christine berichtete.

Ihr Kollege hörte aufmerksam zu und folgerte: „Wir brauchen endlich den Bender. Nur er kann Aussagen darüber machen, wie das Netzwerk die polizeilichen Ermittlungen in den Entführungsfällen verhindert hat."

Kommissarin Bernard nickte. „Und wie lief es bei euch?"

Hauptkommissar Kluge erhob sich, füllte an der Kaffeemaschine seinen Becher und setzte sich wieder an den Schreibtisch.

„Die waren gewarnt, vermutlich durch Bender. Aber die Aufenthaltsorte konnten wir bis auf einen ermitteln und die Tatverdächtigen festnehmen. Den meisten Menschen fällt es schwer, ihr bürgerliches Leben unvorbereitet hinter sich zu lassen und fortan auf der Flucht zu leben. Dem Durchschnittsbürger erscheint ein Gefängnisaufenthalt als das geringere Übel. Na ja und sie mauern halt. Keiner will was sagen, obwohl wir im Grunde schon alles wissen. Ihre Anwälte empfehlen ihnen zu schweigen. Aber wir werden sie im Verhör knacken. Deswegen will ich vorher die Beweismittel durcharbeiten lassen, damit wir Fakten gewinnen, die wir in den Vernehmungen als Anker verwenden können. Selbst wenn die sich inzwischen abgesprochen haben. Mehr als sieben bis neun Details kann sich ein Verdächtiger nicht merken. Und das auch nur, wenn er sie in der gleichen Reihenfolge aufzählt. Rückwärts abgefragt sind es schon nur noch drei. So filtern wir die Lügen heraus und erhalten ein Gesamtbild und mehr Fakten für die Staatsanwaltschaft zur Erhebung der Anklagen."

Kommissarin Bernard bewunderte ein weiteres Mal die strukturierte und gewissenhafte Arbeitsweise des Vorgesetzten. So sehr sie den langjährigen Freund ihrer Familie auch schätzte, Luc konnte von Torsten noch sehr viel lernen.

„Klingt nach einer Menge Arbeit."

Hauptkommissar Kluge nickte und nippte an seinem Kaffee.

„Deswegen habe ich mir Luc von Richard Welfen ausgeliehen. Du arbeitest am Fall Bender vorerst allein. Sobald du Hilfe brauchst, meldest du dich."

Christines Augenaufschlag reichte ihm als Zustimmung.

„Keine riskanten Alleingänge!", forderte Torsten eindringlich die Bestätigung seiner jungen Kollegin ein. „Wir setzen auf die Fahndung. Irgendwann macht auch Ex-Kriminalkommissar Bender einen Fehler und dann haben wir ihn."

Christine nickte. Ihren Kollegen schien es zu beruhigen.

„Ermitteln, ja. Festnahmen, nein", setzte er trotzdem noch einmal nach. „Haben wir uns da verstanden?"

„Jawohl, Sir", scherzte Kommissarin Bernard. „Ich fordere Verstärkung an, sobald ich den Aufenthaltsort von Rolf Bender kenne. Deswegen würde ich gerne mit Paul Brenner sprechen. Er könnte mein Horchrohr ins Milieu sein und mir verraten, worüber dort geredet wird."

Hauptkommissar Kluge schien zufrieden und entließ seine Kommissarin mit dem Hinweis: „Brenner ist ganz okay, aber er ist nicht unser Freund. Vergiss das nicht."

Ihr Renault begrüßte sie mit mehr als fünfzig Grad Hitze im Innenraum. Sie öffnete die Türen weit und ließ alle Seitenscheiben herunterfahren. Die Klimaanlage einzuschalten, lohnte sich für die kurze Strecke nicht. Sie fuhr sofort los.

Auch das „Chez Paul" brütete in der Mittagshitze. Der weiße Putz gleißte in der Sonne. Alle Rollläden vor den Fenstern des Klubs waren heruntergelassen. Die Tür zur Bar stand weit geöffnet, leise Musik drang auf die Straße hinaus, doch Kommissarin Bernard wählte den Seiteneingang. Ein schwarzer BMW der Baureihe sieben stand tiefergelegt auf breiten Walzen vor dem Garagentor. Die Felgen aus poliertem Aluminium funkelten in der Sonne. Paul Brenners Dienstwagen.

Das letzte Mal war sie mit Jette hier gewesen. Die Oberkommissarin der Sitte pflegte eine geheimnisvolle Beziehung zu dem undurchsichtigen Mann, die über die berufsbedingte Notwendigkeit weit hinaus reichte. Aber das war Henriette Hübners Sache.

Der Klubchef befand sich nicht in seinem Büro. Eine schlanke Schönheit stakte bewundernswert trittsicher auf High-Heels vorbei und lieferte den entscheidenden Hinweis.

„Paul ist oben auf dem Balkon", verriet sie mit rauchiger Stimme und einem osteuropäischen Akzent.

Christine stieg die Stufen hinauf. Dort lagen die Zimmer der Mädchen. An einem Ende des Ganges befand sich eine kleine Küche, daran konnte sie sich noch erinnern. Die Glastür auf der gegenüberliegenden Seite war ihr bei ihrem letzten Besuch entgangen.

Der „Balkon" entpuppte sich als großzügige Terrasse, umgeben von einer gemauerten, mit Terrakottaziegeln gedeckten Brüstung. Auf Deckchairs aus Tropenholz räkelten sich braungebrannte Mädchen mit nicht sehr viel mehr als ein paar Schnürsenkeln bekleidet, die im Grunde gar nichts verdeckten. Zwei mächtige Sonnenschirme und eine ausgefahrene Markise spendeten Schatten, darunter standen zwei Massageliegen. Es duftete nach teurem Öl. Auf einem entfernten Nachbargrundstück knatterte ein Rasenmäher.

Auf einer der beiden Liegen lag Paul Brenner. Schlaff hingen seine Arme links und rechts herab, die Stirn ruhte auf einem Kopfteil mit Öffnung in der Mitte. Eine hochgewachsene Blondine mit beachtlichen Rundungen massierte ihm geübt den Rücken und den Nacken.

„Besuch“, informierte sie ihren Chef leise.

Die ganze Szene hätte gestellt sein können, um das übliche Klischee zu bestätigen. Dem untersetzten Mann mit dem schütteren Haar bereitete es schon immer Vergnügen, beinahe jedes Klischee eines Klubbesitzers zu bedienen.

„Was möchte die Polizei denn an einem so schönen Tag von mir?“, brummte er.

Christine verzichtete darauf, ihren Dienstausweis vorzuzeigen. Man kannte sich, wenn auch nur flüchtig. Außerdem war einem Mann wie Paul Brenner der Personalstamm der ortsansässigen Polizei vermutlich bekannt. Jemand wie er pflegte seine Kontakte zu den Behörden. Für Christines Geschmack reichte dieses Geflecht bereits zu weit.

Die Blondine stellte ihre Bemühungen ein und trocknete ihre Hände an einem flauschigen pinkfarbenen Handtuch ab.

Der Klubchef setzte sich auf die Liege, ließ die Beine baumeln und griff nach einem gereichten Longdrink mit einer grün-gelben Flüssigkeit. Eiswürfel klimperten gegen das Glas.

„Möchten Sie etwas trinken?“, bot er an.

„Nein danke."

„Sie sehen verspannt aus. Eine so schöne Frau wie Sie sollte das nicht sein. Soll Tatjana Sie massieren? Würde Ihnen gut tun."

Kommissarin Bernard ignorierte das Angebot und konzentrierte sich auf ihre Fragen.

„Kennen Sie Rolf Bender?"

„Den Kommissar?"

Christine nickte stumm. Paul Brenner nippte an seinem Getränk.

„Er war ein paarmal hier."

„Beruflich oder privat?"

„Eher privat. Er hatte halt bestimmte Bedürfnisse."

„Was waren das für Bedürfnisse?"

„Schräge. Nur ein Mädchen hat sich mit ihm eingelassen."

„War er allein hier oder in Begleitung?"

„Soweit ich mich erinnern kann, war er allein."

„Wissen Sie, wo wir ihn finden können?"

„Ist er euch denn abhandengekommen?"

„Das wissen Sie doch bestimmt längst."

„Und jetzt suchen Sie Ihren Kollegen bei mir?"

„Könnte doch sein, dass Sie wissen, wo er sich aufhält."

„Falls es Ihnen noch nicht aufgefallen sein sollte: Ich führe meinen Klub so seriös, wie man es in dieser Branche eben tun kann. Mit Mädchenhändlern oder sonstigen Kriminellen habe ich nichts zu schaffen."

Nun, das konnte man glauben oder nicht. Kommissarin Bernard wusste in dem Moment noch nicht, wofür sie sich entscheiden würde. Aber Paul Brenner war über die Fahndung nach Bender offensichtlich gut informiert.

„Sie haben doch gewusst, dass irgendwann einer von uns bei Ihnen auftaucht und Ihnen genau diese Fragen stellt."

Der Klubchef verzog sein Gesicht und bemühte sich, unschuldig dreinzublicken. Christine musste unweigerlich grinsen.

„Dann helfen Sie mir. Was flüstert man sich im Milieu so zu?"

„Nur, wenn Sie mit mir zu Mittag essen."

„Herr Brenner …"

„Paul."

„Wir sind nicht auf einem Basar."

„Ihr von der Polizei seid immer so furchtbar unentspannt."

„Muss wohl am Job liegen."

„Kommen Sie zu mir."

Der Klubchef vollführte zur Untermalung seines Angebots eine ausschweifende Geste. Sein üppiges Brusthaar glänzte ölig.

„Hier sind wir alle entspannt. Den ganzen Tag. Und in der Nacht erst …"

Die beiden Mädchen auf den Deckchairs grinsten breit.

„Sehr verlockend, aber nein danke."

Paul Brenner spielte den Enttäuschten.

„Was ist jetzt mit Rolf Bender?", setzte Kommissarin Bernard nach. „Wo hält er sich derzeit auf?"

„Das kann ich Ihnen nicht sagen. Aber was man so hört, ist er bisher nicht weit gekommen."

Oberflächlich betrachtet war das eine wenig ergiebige Antwort. Aber Paul Brenner vermied es, vor seinen Mädchen Informationen an die Ordnungshüter weiterzugeben, weil er in der Branche dann als „Singvogel" gelten würde. Gleichzeitig wollte er es sich wegen eines Straftäters, den er obendrein nicht besonders schätzte, nicht mit der Polizei verderben. Also verpackte er sein Geschenk in der Gewissheit, dass diese junge Kommissarin schon wissen würde, was sich darin befand.

Der Klubchef setzte seine Sonnenbrille auf und ließ sich weiter den Nacken massieren. Das Gespräch war beendet.

Christine Bernard verließ das „Chez Paul" und bedauerte insgeheim, Paul Brenners Angebot, mit ihm zu Mittag zu essen, abgelehnt zu haben. Ihr Magen knurrte.

Sie stieg in ihren Mégane, startete den Motor und steuerte den Wagen durch den frühen Nachmittagsverkehr. Sie grübelte.

Wenn Rolf Bender „noch nicht weit gekommen war", wie Paul Brenner sich ausgedrückt hatte, bedeutete das, dass er sich vorerst wenig bewegte, um dem Fahndungsdruck zu entgehen. Nach ein paar Tagen ließ die Aufmerksamkeit der Polizei nach. Dann nämlich lagen bereits wieder neue Fahndungen mit neuen Fotos vor, die sich die Beamten einprägen mussten. Außerdem musste Rolf Bender zunächst seinen auffälligen Wagen gegen einen anderen tauschen. Das Risiko, dabei aufzufallen und entdeckt zu werden, sank mit jedem weiteren Tag. Aber wo hielt er sich bis dahin auf?

Wenn Paul Brenner das gewusst hätte, würde sein „Geschenk“ einen Hinweis darauf enthalten. Dieser Hinweis fehlte aber.

Nach Hause konnte Bender noch nicht. Sein Anwesen wurde sporadisch oberserviert. Das Risiko, von einem Nachbarn oder einer vorbeifahrenden Streife bemerkt zu werden, würde er nicht eingehen. Christine ging also vorerst davon aus, dass Bender sich bei einem der noch in Freiheit befindlichen Mittäter versteckte. Vielleicht sogar bei dem Mann, der mitverantwortlich für den Tod von Rita war.

Sie lenkte ihren Wagen in ein Gewerbegebiet und parkte vor Solveigs Bistro.

Deren feindlicher Blick hinderte Christine nicht daran, sich einen Salat im Fladenbrot und eine Flasche Mineralwasser zu bestellen.

Dann verließ sie den Imbiss, stellte sich vor der Schaufensterscheibe unter einen der Sonnenschirme an einen Bistrotisch und aß.

Das kalte Wasser trank sie in kleinen Schlucken und schaute dabei wahllos vorbeifahrenden Autos nach. Sie erinnerte sich an Rita und den letzten gemeinsamen Besuch in Solveigs Imbiss. Sie hatten am gleichen Tisch gestanden.

Solveig stand plötzlich vor ihr mit einem Lappen in der Hand.

Christine wischte sich eine Träne fort. Solveig griff nach dem Papier, in welches das Fladenbrot eingewickelt gewesen war.

„Darf ich das mitnehmen?“

Zwei grüne Augen musterten Kommissarin Bernard. Sie nickte stumm. Der Sommerwind wehte Solveig eine rotblonde Haarsträhne ins Gesicht. Sie begann damit, die Tischplatte abzuwischen, obwohl das überhaupt nicht nötig gewesen wäre. Außerdem hätte sie diese Arbeit leicht ihrer Mitarbeiterin überlassen können. Schweißperlen und Sommersprossen teilten sich den Platz auf ihrem schmalen Nasenrücken. Drinnen, in der Küche des Imbisses, war es noch bedeutend wärmer als hier draußen.

Immer noch feindselig musterte Solveig die Kommissarin.

„Willst du noch was trinken? Ich mache heute früher Schluss.“

„Nein danke. Ich muss jetzt auch weiter.“

Solveig bemerkte Christines niedergedrückte Stimmung und zog sich zurück.

Einer Eingebung folgend durchquerte Kommissarin Bernard die Stadt, um auf die andere Moselseite zu gelangen. Sie fuhr zu Ritas Adresse aus dem Ermittlungsbericht.

Das Haus aus den 30er Jahren hatte schon bessere Tage gesehen. Die meisten Bewohner hatten ihre besten Tage hingegen noch vor sich und freuten sich bestimmt über den günstigen Wohnraum nicht weit vom Zentrum entfernt. In vier von sechs Wohnungen lebten junge Familien mit ihrem Nachwuchs. Die Haustür stand offen. Auf jedem Treppenabsatz parkten Kinderwagen und es lagen Spielzeug und Schuhe herum. Bunte Tonschilder an den

Türen verrieten, in welchen Wohnungen Leon, Susi und Anna anzutreffen waren.

Ritas Wohnung befand sich im Dachgeschoss. Einen Aufzug gab es nicht. Die hölzernen Stufen des Treppenhauses knarrten bei jedem Schritt.

Die Tür war versiegelt. Christine zog ihr Mobiltelefon aus der Hosentasche und ließ das Gerät eine Verbindung aufbauen.

Der Leiter der Spurensicherung nahm das Gespräch an.

„Hallo, Günther. Habt ihr die Wohnung von Rita Lange schon freigegeben?"

Der Polizeihauptmeister überlegte nicht lange.

„Ja, hat sicher wieder jemand vergessen, das Siegel zu entfernen."

Sie beendete das Gespräch, brach das Polizeisiegel, entfernte dessen Reste vom Türrahmen und zerknüllte sie in der Handfläche.

Mit ihrer Kundenkarte eines Drogeriediscounters schob sie die Schlosszunge zurück. Die Tür sprang auf.

Vanilleduft schlug ihr entgegen. Die späte Nachmittagssonne flutete die Zwei-Zimmer-Wohnung durch die Dachfenster. Eine Uhr tickte. Kommissarin Bernard ließ die Reste des Polizeisiegels in der Küche in den Mülleimer fallen. Ein Kaffeebecher mit einem Bodensatz aus dunkelbrauner Flüssigkeit stand auf der Arbeitsfläche. Dazu eine angebissene Scheibe geröstetes Toastbrot und jede Menge Krümel. Ritas Frühstück am letzten Tag ihres Lebens. Der übrige Teil der Wohnung war aufgeräumt. Im Bad stieg

Christine Ritas Parfüm in die Nase. Laura Biagiotti. Eau de Parfum. Der Flakon stand vor dem Spiegel. Fast leer. Daneben eine neue Flasche im hellblauen Karton.

Das Bett im Schlafzimmer war nicht gemacht. Rita hatte es wohl eilig gehabt an ihrem letzten Morgen. Am Kopfende lag ein weißer Heuler aus Plüsch. Über der Kommode hingen Fotos von Robben in einer Aufzuchtstation. Rita liebte offenbar Seehunde.

Auf dem Wohnzimmertisch stapelten sich Papiere. Kommissarin Bernard schaute sie durch. Keines von Belang. Was hatte sie auch erwartet? Etwa einen Hinweis auf Rolf Benders Aufenthaltsort? Das passte schon rein zeitlich nicht. Außerdem hatte Rita mit Bender bis kurz vor ihrem Tod gar nichts zu tun gehabt. Was also tat sie hier in der verlassenen Wohnung?

Sie setzte sich auf die Sofakante. An der Wand gegenüber hing ein Foto von Rita, im Hintergrund stand die Honda. Christine erhob sich, trat an das Bild heran und hängte es ab. Dann nahm sie es aus dem Rahmen. Lange schaute sie in das selbstbewusste Gesicht. Dann weinte sie.

Gerade als sie das Foto in ihre Hosentasche schob, zerriss eine Stimme die Stille.

„Darfst du das überhaupt?“

Solveig stand plötzlich im Türrahmen.

„Nein“, schniefte Christine. „Aber ich hätte es Torben gerne gezeigt.“

„Torben?“

„Mein Lebensgefährte. Er hat sie nicht mehr kennengelernt."

„Dein Lebensgefährte? Bist du hetero?"

„Aber, ja. Was denkst du denn?"

Und dann wurden ihr plötzlich die Zusammenhänge klar.

„Du und Rita?"

Solveig nickte.

„Wir hatten im Moment ein paar Probleme. Und dann taucht sie mit dir in meinem Laden auf. Ich war so unglaublich eifersüchtig auf dich. Am liebsten hätte ich dich mit deiner eigenen Knarre umgelegt."

„Was machst du hier?"

„Das müsste ich dich eigentlich fragen. Die Tür stand offen und außer mir und Rita hat niemand einen Schlüssel zu der Wohnung. Ich wohne nebenan. Als Rita einzog, haben wir uns kennengelernt. ‚Was für ein unverschämtes Glück', dachte ich damals. Aber so ist das mit dem Glück. Es ist unbezahlbar teuer. Und nun verlangt es dazu noch mehr zurück, als es mir gegeben hat."

Christine zog das Foto aus der Hosentasche.

„Behalt es", widersprach Solveig sanft. „Ich habe das Foto gemacht. Das da ist nur ein Computerausdruck."

Kommissarin Bernard schob das Bild zurück und bedankte sich.

„Ich gehe dann mal."

Solveig verstellte ihr den Weg.

„Ich will wissen, wo es passiert ist."

„Ob das eine gute Idee ist?"

„Ist mir scheißegal. Ich kann nachts nicht mehr schlafen, weil ich ständig daran denken muss, und ich weiß nicht mal, wie es dort aussieht, wo es passiert ist. Vielleicht geht es vorbei, wenn ich es gesehen habe."

Psychologische Diagnosen von Laien trafen in der Regel nicht zu. Andererseits sah Solveig nicht danach aus, als würde sie sich ohne weiteres aufhalten lassen. Abgesehen davon wurde bereits in den Medien über den Leichenfund berichtet. Sie könnte also auch einfach den Hinweisen in der Berichterstattung folgen oder in den sozialen Netzwerken suchen. Das hätte nur ein wenig länger gedauert.

Also nickte Christine und Solveig verschwand in ihrer Wohnung gegenüber.

„Ich hole nur schnell was", rief sie.

Sie fuhren in den Trierer Süden und ließen die Häuser am Stadtrand hinter sich. Langsam holperte der weiße Renault über den Feldweg hinweg auf den Waldrand zu. Die Räder wirbelten graugelben Staub auf. Er legte sich auf die Heckscheibe, bevor die Wolke von einem kaum spürbaren heißen Wind davongetragen wurde.

Das Blätterdach der hohen Buchen spendete Schatten und senkte die Temperatur der Luft darunter auf ein erträgliches Maß.

Ein Blumenmeer überraschte die beiden Frauen. Immer wieder erstaunlich, wie viele fremde Menschen an einem schrecklichen Verbrechen Anteil nahmen. Zwei Grablichter brannten. Das war nicht erlaubt, es bestand

Waldbrandgefahr aufgrund der Sommerhitze. Solveig zündete ebenfalls eine dieser Kerzen im roten Plastikbecher an und stellte sie vor sich auf dem Boden ab. Dann hakte sie sich bei Christine unter und weinte. Die ließ sie gewähren. Auch sie konnte ihre Tränen nicht zurückhalten. Sie war froh darüber, dass Solveig keine Einzelheiten zur Tat von ihr verlangte.

Sie setzten sich in den Wagen und ließen die Seitenfenster herunter. Der laue Wind strich durch das Fahrzeuginnere.

„Mit Rita habe ich mir sehr große Hoffnungen gemacht", begann Solveig und lachte. Doch es brach sofort wieder in sich zusammen. „Sie war so schön. Sie war das Bild und ich der Nagel. Wenn etwas kaputt war, musste ich es reparieren. Behördengänge und Schriftverkehr waren auch nicht ihr Ding. Sie war ungeduldig und oft unverschämt. Aber jeder schaute nur auf das schöne Bild, wenn wir abends ausgingen. Aber was ist schon ein Bild ohne Nagel?"

Christine wusste, es handelte sich um eine rein rhetorische Frage.

„Es befindet sich im freien Fall", gab sich Solveig selbst die Antwort. „Lass uns hier abhauen aus diesem Scheißwald."

Kommissarin Bernard setzte Solveig zu Hause ab und fuhr zur Kriminaldirektion. Ihr Mobiltelefon meldete einen Anruf. Sie nahm das Gespräch über die Freisprechanlage an.

„Hallo, Luc."

„Wo bist du?“

„Auf dem Weg zur Dienststelle.“

„Benders Auto wurde gefunden.“

„Wo?“

„In einem Gewerbegebiet in Kenn. In der Nähe vom Betonwerk. Kollegen von der Streife sind bereits vor Ort.“

„Ich bin in der Nähe. Ich fahre hin.“

Das war eine Lüge und sie wartete auch nicht darauf, dass Luc irgendwelche Einwände vorbringen konnte. Sie setzte das Blaulicht auf das Dach und raste los.

Hoffentlich hatten sie Glück und Bender und sein Kumpan befanden sich noch in der Nähe. Die Mörder von Rita. Womöglich hielten sie sich in Benders Haus auf oder waren auf dem Weg dorthin.

Um vom Gewerbegebiet bis zu seinem Grundstück zu gelangen, musste ein ordentlicher Fußmarsch bewältigt werden. Vielleicht hatten sie aber auch bereits den Rückweg angetreten und liefen gleich den Kollegen von der Streife in die Arme. Hoffentlich passten die gut auf. Bender war bewaffnet und würde wahrscheinlich versuchen, sich der Festnahme zu entziehen. Eine Menge Unwägbarkeiten und deswegen gab Christine noch einmal Gas, um zügiger voranzukommen. Sie fluchte und drängelte wild hupend einen Kleintransporter im Kreisverkehr auf die Nebenspur. Die Reifen warnten sie mit lautem Quietschen auf dem heißen Asphalt, während sie die Autobahnauffahrt viel zu schnell nahm. Sie ignorierte es und stand mit dem rechten Fuß schon wieder auf dem Gaspedal. Der Motor brüllte.

Sie lenkte den Mégane sofort auf die linke Spur und schaltete das Fernlicht ein. Das Blaulicht zuckte auf dem Dach. So raste sie dahin, vorbei an Familienvans, Wohnmobilen und Kombis mit Fahrradträgern am Heck. Es war Urlaubszeit.

Christine eröffnete auf der linken Seite der zweispurigen Fahrbahn eine dritte Spur. Mit der einen Wagenhälfte auf dem Grünstreifen, nur wenige Millimeter von der Mittelleitplanke entfernt, stellte sie unmissverständlich klar, dass sie vorbei wollte. Jetzt! Sofort! Der rote Kleinwagen machte endlich Platz.

Der überhängende Ast eines Busches der Fahrstreifenbegrünung knallte gegen ihren Außenspiegel. Staub und Dreck wurden von den Rädern des dahinrasenden Mégane weggeschleudert. Sie lenkte den Wagen vom Bankett zurück auf die Fahrbahn. Mit annähernd Höchstgeschwindigkeit näherte sie sich der Abfahrt Kenn. Sie wechselte über alle Fahrspuren von links nach ganz rechts. Wildes Hupen anderer Verkehrsteilnehmer ignorierte sie. Im letzten Moment nahm sie den Fuß vom Gas und trampelte auf das Bremspedal. So hatte sie es gelernt, im Fahrsicherheitstraining, wenn man schnell vorankommen musste.

Die Reifen jaulten über den rauen Asphalt. Sie nahm einem Linienbus die Vorfahrt und bremste einen Betonmischer aus. Dann lenkte sie in das Gewerbegebiet ein und nahm das Blaulicht vom Dach. Wenn Bender bisher nicht mitbekommen hatte, dass er entdeckt worden war, sollte das auch so bleiben.

Der Polizeiwagen stand wie auf einem Präsentierteller direkt vor dem Ford des Ex-Kommissars. Christine fluchte.

Eine Beamtin notierte sich etwas auf einem Block, ihr Kollege telefonierte.

Kommissarin Bernard bremste scharf und stoppte kaum zwei Handbreit vor dem Heck des Streifenwagens. Der Polizeibeamte nahm das Telefon von seinem Ohr.

„Sie sind in diese Richtung geflüchtet."

Mit einer Hand deutete er auf ein entfernt liegendes Einkaufszentrum. Ein dunkelgrauer Audi raste heran. Das ABS stoppte den schweren Wagen mit stotternden Rädern. Christine erkannte Torsten Kluge und Luc Nilles hinter der Windschutzscheibe.

„Echt-Kauf. Einkaufszentrum", brüllte sie, rammte den Rückwärtsgang rein und setzte ihren Renault mit jaulendem Getriebe zurück. Die anschließende Fluchtwende gelang ihr nur unvollständig. Das würde sie noch einmal üben müssen. Ein Vorderrad rumpelte über den Bordstein, sie gab wieder Gas.

Auf das Blaulicht musste sie jetzt verzichten, das Einkaufszentrum lag ohnehin nicht weit entfernt und sie brauchte beide Hände am Steuer. Sie hatte große Mühe damit, einen Zusammenstoß zu verhindern. Mit brüllendem Motor und zu kleinem Gang schoss ihr Wagen über die Kreuzung. Sie hatte keine Zeit zum Hochschalten. Zu sehr war sie mit dem Drehen des Lenkrads von einer Richtung in die entgegengesetzte beschäftigt, um ein Ausbrechen des Renaults zu vermeiden. Dann polterte der Mégane über die Bremsschwelle vor dem Parkplatz des

Einkaufszentrums. Einmal noch gab sie Gas, dann riss sie den Handbremshebel hoch, stellte ihren Fuß auf das Bremspedal und ließ den Motor einfach absterben. Abschnallen und aus dem Auto springen war beinahe eine Bewegung. Sie rannte sofort los. Kunden schauten ihr kopfschüttelnd hinterher.

Im Eingangsbereich des Gebäudes entschied sie sich gegen die Elektroabteilung und für den Lebensmittelmarkt. Sie folgte ihrer Intuition. Mehr hatte sie in diesem Moment nicht.

Ihr Blick schweifte über die wartenden Kunden in den Schlangen vor den Kassen. Bender war nicht dabei.

Sie eilte durch das Drehkreuz. Vor Anstrengung pochte ihr Herz von innen gegen ihren Brustkorb. Die Aufregung erhöhte ihre Atemfrequenz.

Hochkonzentriert lief sie an den Enden der Gänge vorbei und warf einen Blick zwischen die Regalreihen.

Getränke, Nährmittel, Backwaren, Konserven, Drogerieartikel. Eine Mutter mit nörgelndem Kind hoch oben im Einkaufswagen. Ein zweites zog gerade eine Packung Toilettenpapier aus dem Regal. Die Mama genervt. „Nicht, Denis."

Zögerliche Rentner, die mithilfe ihrer Lesebrillen die Zutatenlisten der Produkte studierten, bevor sie sie in den Wagen legten.

Zwei Jugendliche ohne Einkaufswagen mit Cola und Chips auf dem Arm. Dann sah sie Bender beim Alkohol.

„Hätte ich auch gleich drauf kommen können", dachte sie.

Kommissarin Bernard trat einen Schritt zurück und tastete nach ihrer Waffe im Gürtelholster. Doch Rolf Bender hatte diese Bewegung aus dem Augenwinkel bereits wahrgenommen. Er rief einem hageren Mann in Jeans und schwarzer Lederweste etwas zu und war kurz darauf aus Christines Blickfeld verschwunden. Der Mann flüchtete weiter in den Supermarkt hinein. Die entgegengesetzte Richtung zu den Kassen wäre seine Rettung gewesen. Vielleicht, denn plötzlich hörte Kommissarin Bernard Torsten Kluges Stimme.

„Halt! Stehenbleiben! Polizei!"

Sehen konnte sie ihren Kollegen nicht und sie vermutete, dass die gerufenen Kommandos Rolf Bender gegolten hatten.

Sie verfolgte den Jeans-Typen. Im Gang zwischen Tütensuppen und asiatischem Convenience Food entdeckte sie ihn wieder. Als er sie sah, rannte er los, aber die Sohlen seiner schicken Cowboystiefel waren glatt und boten auf dem Fliesenboden kaum Halt. Während er zügig um die Ecke rennen wollte, rutsche er aus und schlug hin. Dabei stieß er sich den Kopf am Sockel des Kühlregals für Milchprodukte. Christine war in vier Sätzen bei ihm, riss ihre Dienstwaffe aus dem Holster und legte auf ihn an.

Endlich konnte sie das Schwein stellen, das Rita umgebracht hatte. Und in dem Moment hätte sie sich selbst tausend Eide geschworen, dass er es gewesen war, der geschossen hatte. Dieser drahtige Cowboy vor ihr auf den Bodenfliesen.

„Liegen bleiben!", brüllte sie. „Polizei! Auf den Bauch! Hände auf den Rücken! Gesicht nach unten!"

Während der Mann am Boden benommen ihre Befehle ausführte, verlor sie die Geduld. Sie stellte ihren Fuß auf seinen Nacken und drückte den Oberkörper auf die Fliesen. Der Mann stöhnte. Sie legte ihre ganze Abscheu gegen diesen Menschen und ihre quälende Trauer um den Tod von Rita in ihre Verhaftung.

„Hände auf den Rücken!", brüllte sie erneut.

Der Cowboy gehorchte mühsam. Sie ließ sich auf die Knie fallen und drückte den Mann mit einem Knie weiter nieder. Der schnaufte unter ihrem Gewicht.

„Sie tun mir weh."

„Halt's Maul", hörte sie sich antworten und erschrak über sich selbst und die alles andere als vorschriftsmäßige Festnahme. Sie steckte ihre Waffe weg, zog ihre Handschellen hervor und ließ sie an seinen Handgelenken stramm einrasten. Der Cowboy verzog vor Schmerz das Gesicht.

Plötzlich stand Luc neben ihr.

„Beruhige dich, Christine", ermahnte er sie.

Sie griff in den Kragen des Mannes und riss ihn mit all ihrer Kraft auf die Beine.

„Christine!", hörte sie Luc hinter sich erneut.

Dann schubste sie den Cowboy vor sich her, so heftig, dass er beinahe wieder gestürzt wäre.

Dann wurde es Luc zu viel und er drängte sie beiseite.

„Nun ist aber Schluss!"

Luc Nilles führte den Mann ab. Erst jetzt nahm Christine all die Menschen um sich herum wahr. Sie blickte in dutzende

Gesichter. Kunden des Supermarktes hatten sich näher herangewagt, nachdem dem Cowboy Handschellen angelegt worden waren. Eine dicht gedrängte Traube hatte sich gebildet.

„Bruno?“, rief eine Frau Luc und seinem Gefangenen hinterher.

„Kennen Sie den Mann?“, fragte Christine.

„Das ist der Bruno. Bruno Gerling.“

Kommissarin Bernard zückte ihre kleinen Block und notierte sich den Namen. Wo der Cowboy wohnte, wusste die Frau angeblich nicht oder sie wollte es vor den anderen Kunden im Laden nicht zugeben. Wer weiß, was Bruno angestellt hatte und womit sie dann in Verbindung gebracht wurde? Am Ende hatte man nur Scherereien.

Christine gab sich zufrieden. An einer der Kassen quetschte sie sich mit vorgehaltenem Dienstausweis an einer Durchgangssperre vorbei.

Auf dem Parkplatz draußen vor dem Einkaufszentrum begegnete ihr Hauptkommissar Kluge. Er war gerannt. Das sah man dem langen Mann an. Hochroter Kopf. Schweißnasses Gesicht, handtellergroße Flecken auf dem Hemd unter den Achseln.

„Bender ist über die Fahrbahnen der Autobahn gelaufen und dann in den Moselauen verschwunden. Auf den Feldern steht übermannshoch Schilf. Ich habe einen Hubschrauber angefordert. Die Kollegen von der Streife durchkämmen das Gelände. Aber ich glaube, Bender ist weg. Der hat sich den Fluchtweg offenbar zurechtgelegt.“

„Mist!“, fluchte Christine.

„Du sagst es“, nickte Torsten Kluge und sah herunter auf seine verstaubten Schuhspitzen.

„Alles furztrocken da drüben“, kommentierte er die verschmutzten Slipper und schaute noch einmal auf die andere Seite der Autobahn.

„Benders Kumpel heißt Bruno Gerling. Adresse habe ich keine.“

„Lasse ich ermitteln und schicke dann eine Streife dorthin. Vielleicht taucht Bender da früher oder später auf.“

Christine nickte und suchte ihren Wagen.

Der Renault stand mit offener Fahrertür dort, wo sie ihn verlassen hatte. Sie ließ sich in den Sitz fallen und schaute in den Spiegel. Auch ihr Gesicht war gerötet, ihre Haut schweißnass, ihr Haar ungeordnet. Sie nahm es hin, zog die Tür zu, trat das Kupplungspedal durch und drückte den Startknopf. Nach zwei Umdrehungen des Anlassers sprang der Motor an. Ohne Eile legte sie den Gang ein, fuhr an und lenkte den Wagen auf die Autobahn. Über die Felder rechts der Fahrbahn wehten Staubwolken. Streifenwagen schaukelten über landwirtschaftliche Versorgungswege. Ein Polizeihubschrauber näherte sich und begann damit, seine Kreise zu ziehen.

Die Jagd auf Bender war noch nicht zu Ende, entschied Christine. Torsten hatte zu früh aufgegeben. Sie gab Gas und lenkte ihren Renault auf die nächste Ausfahrt.

Sie verließ die Autobahn und überquerte die Fahrbahnen über eine schmale Brücke, um in die Moselauen zu gelangen.

Der Hubschrauber stand am Himmel und drehte seine Nase mal in die eine, dann wieder in die andere Richtung. Die Kollegen hatten etwas entdeckt. Kommissarin Bernard trieb den Mégane über die unbefestigten Wege der Kenner Flur auf das Moselufer zu. Rolf Benders letzte Bewegungsrichtung war Südwesten. Und dort befand sie sich jetzt. Sie stoppte den Renault und stieg aus dem Wagen.

Dieser Teil der Moselauen wurde landwirtschaftlich genutzt. Mais und Schilf standen übermannshoch. Dazwischen Getreidefelder, Wiesen und Weingärten mit Reben am Draht in endlosen Reihen. Die Traubenlese würde bald beginnen. Süß und saftig glänzten die Beeren in der Sonne.

Sie zog ihre Dienstwaffe aus dem Gürtelholster, lud sie durch und rannte los. Die Rotorblätter des Hubschraubers knatterten und warfen mit Windböen um sich. In diesem Sturm flog alles auf und davon, was nicht angewachsen war. Christine schlug eine Haarsträhne ins Gesicht. Staub und Dreck wirbelten um sie herum. Der Pilot ließ den Helikopter steigen, damit es unter ihm ruhiger wurde.

Kommissarin Bernard schaute nach oben. Ein Besatzungsmitglied der Maschine deutete auf eine Stelle am Boden. Sie folgte seinem Hinweis.

Sie fand mehrere Kleidungsstücke und die Fetzen eines Plastiksacks aus einer Altkleidersammlung. Vom Helikopter aus hatte der Fund wahrscheinlich Ähnlichkeit mit Teilen eines menschlichen Körpers gehabt. Illegal entsorgter Abfall in den Flussauen war ein Problem. Vielleicht handelte es sich aber auch um Treibgut aus der Mosel. Wie dem auch sei, es war nicht Bender und auch keine zerstückelte Leiche. Sie lief weiter nach Nordosten auf die Kollegen von der Streife zu. Möglicherweise trieben die ihr Rolf Bender direkt in die Arme.

Kommissarin Bernard durchquerte ein Maisfeld. Immer wieder blieb sie stehen und lauschte. Sehen konnte sie nichts. Die Pflanzen standen dicht und überragten sie. Von oben brannte die Sonne auf sie herab. Sie ging weiter. Ihre Handflächen schwitzten, sie nahm die Waffe in die andere Hand und wischte sich den Schweiß an ihrem Hosenbein ab.

Plötzlich stob etwas Schwarzes durch das Grünzeug vor ihr davon und quiekte laut. Christine blieb vor Schreck beinahe das Herz stehen. Ein Wildschwein.

Sie hatte das Maisfeld durchquert und stand auf einem staubigen Weg, kaum eine Fahrspur breit. Nach rechts führte er zur Autobahn zurück. Auf der linken Seite endete er am Flussufer. Vor ihr befand sich ein Feld mit mehr als zwei Meter hohem Schilf. Dicht gedrängt erhoben sich die Halme. Darin jemanden zu finden, war vom Boden aus beinahe unmöglich. Sie verließ sich auf die Kollegen im Hubschrauber und entschied sich für das Moselufer. Rolf Bender könnte versuchen, das offene Gelände zu verlassen, und hoffen, über einen Uferweg schneller voranzukommen. Die Anpflanzung dort bestand überwiegend aus Büschen und Bäumen und bot Sichtschutz vor dem Helikopter.

Christine lief los.

Die Bepflanzung links und rechts des ehemaligen Treidelpfades stand dichter, als sie erwartet hatte. Der Uferstreifen bis hin zum Wasser war breit. Allerlei Treibgut und zusammengeschobene Baumstämme, Äste, Gras und sonstige Pflanzenreste boten dutzende Versteckmöglichkeiten. Hinter jedem Haufen Schwemmgut konnte Rolf Bender plötzlich auftauchen.

Zwischen dem üppigen Grün wehte kein Wind. Die Hitze staute sich und trieb Christine den Schweiß noch schneller aus den Poren als auf dem freien Feld. Sie band sich die langen Haare zu einem Zopf zusammen und wischte sich mit dem Unterarm die Stirn trocken. Dann durchstreifte sie weiter aufmerksam das unübersichtliche Gelände.

Wasservögel flatterten vor ihr auf und retteten sich auf die Mosel. Ein Schwanenpaar beäugte sie misstrauisch. Kormorane saßen über ihr auf kahlen Ästen und trockneten ihr Gefieder. Mücken setzten sich auf ihre Haut und saugten ihr Blut, alle anderen Insekten labten sich an ihrem salzigen Schweiß. Sie erschlug die lästigen Sauger und verscheuchte Fliegen und Gewittertierchen. Dann trat sie in eine aufgeweichte Stelle am Boden und ihr Schuh versank im Morast. Christine fluchte leise und schob sich weiter voran durch das Dickicht.

Dann hatte sie das Flussufer erreicht. Sie spürte die Kühle des dahinfließenden Stroms. Sie blieb stehen und gönnte sich wenige Sekunden zum Verschnaufen. Diese Flusslandschaft erinnerte sie an die Everglades-Sümpfe im amerikanischen Süden. Fehlte nur noch der Anblick von

Flamingos oder Alligatoren, die sich von einer Sandbank ins Wasser gleiten ließen oder mit geöffneten Mäulern in der Sonne dösten. Dann drehte sie sich um und durchkämmte weiter den Dschungel aus Gräsern, Schilf, Erlen und Pappeln und kämpfte sich durch ein Gestrüpp aus Brennnesseln, Disteln und Brombeeren. Unzählige andere üppig wuchernde Pflanzen entzogen sich ihrer Kenntnis. Die Fruchtkörper von Kletten klammerten sich an ihre Hosenbeine, die Reste von Spinnweben gesellten sich dazu.

Eine Schlange ringelte sich vor ihren Füßen davon. Eine harmlose Natter? Eine giftige Kreuzotter? Christine kannte sich mit Reptilien nicht aus.

Sie kämpfte sich weiter voran, erreichte den Asphalt eines Uferwegs und schaute ihm nach. Von der anderen Seite näherte sich eine Familie auf Fahrrädern. Sie stoppte die Eltern und hielt ihnen ihren Dienstausweis entgegen.

Kommissarin Bernard erkundigte sich, ob den beiden ein Mann aufgefallen sei, und beschrieb das Äußere von Rolf Bender. Doch er war den Radfahrern nicht begegnet. Nur den kreisenden Hubschrauber und die Polizisten in den Uniformen hatten sie gesehen. Christine ließ die zwei weiterfahren und ermahnte sie zur Vorsicht. Falls sie Rolf Bender begegneten, sollten sie entschlossen vorbeifahren und auch ihre Kinder davon abhalten, sich auf einen Kontakt mit ihm einzulassen. Beunruhigt setzten die beiden ihren Weg fort. Aber das konnte Kommissarin Bernard ihnen nicht ersparen. Ohne Warnung wollte sie diese Familie nicht einfach weiterfahren lassen.

Christine suchte weiter. Sie schwitzte in ihre Kleidung hinein. Sie fluchte und erschlug und verscheuchte kleine Insekten von ihrem Körper und aus ihrem Gesicht. Längst hatten ihr tief hängende Äste Kratzer auf der Haut beigebracht, sich in ihr Haar geschoben und Pflanzenteile darin zurückgelassen. Dornen durchstachen ihre Haut und hinterließen winzige blutende Wunden. Eine riesige Libelle taumelte knisternd heran und wäre beinahe mit ihr zusammen gestoßen.

Ein trockenes Blatt war ihr zwischen Nacken und dem Kragen ihrer Bluse unter die Kleidung gefallen. Es kitzelte sie am Rücken. Sie versuchte, es zu entfernen. Doch es zerbrach. Nun kitzelten sie dutzende kleine Stücke und rieselten langsam in ihren Hosenbund.

Sie zog sich an dem Ast einer Erle aus einem Graben und fuhr sich anschließend mit der Hand durch das Gesicht. Schwarzer Abrieb der Baumrinde an ihren Händen vermischte sich mit dem Schweiß auf ihrer Haut. Sie erinnerte sich an eine Zeit in ihrer Kindheit, als sie mit ein paar Jungs losgezogen und abends schmutzig und durchgeschwitzt nach Hause zurückgekehrt war. Mama schlug dann die Hände über dem Kopf zusammen, zog ihr die Kleider aus, ließ sie mit spitzen Fingern in den Wäschekorb fallen und schickte ihre Tochter in eine Wanne mit heißem Wasser und viel Seife.

Christine blieb stehen und schaute sich um. Sie hatte die Autobahn beinahe wieder erreicht. Irgendwo links von ihr musste ihr Wagen sein. Den Hubschrauber hatte sie seit einer Weile nicht mehr gehört. Er hatte abgedreht, bevor ihm der Treibstoff ausgegangen war. Ob die Kollegen von der Streife sich noch an der Suche beteiligten? Sie konnte es nicht sagen. Überhaupt erschien ihr das Unterfangen mittlerweile aussichtslos. Das Gelände war riesig und unübersichtlich und sie waren zu wenige. An diesem Abend würde sie Ritas zweiten Mörder nicht fangen. Diese Erkenntnis und tausend Möglichkeiten, sich zu verstecken, standen gegen den heißen Wunsch und das Gefühl, es der jungen Praktikantin schuldig zu sein.

Nur mit Mühe konnte Kommissarin Bernard akzeptieren, von dem flüchtigen Rolf Bender ablassen zu müssen. An diesem Abend musste sie loslassen, aber sie würde nicht aufgeben.

Sie steckte ihre Waffe in ihr Gürtelholster und suchte ihren Wagen.

Christine ließ sich in den Fahrersitz fallen und bedauerte, nichts zu trinken dabei zu haben. Erschöpft zog sie die Fahrertür zu, startete den Motor und fuhr zur Kriminaldirektion.

Sie hatte einen der Mörder von Rita gestellt und verhaftet. „Und den anderen bekomme ich auch noch", dachte sie und es erschien ihr wie ein Versprechen. Ein Schwur vor sich selbst und vor Rita und allen Menschen, die um die patente und liebenswerte Praktikantin der Trierer Polizei trauerten.

Der Backsteinbau an der Kürenzer Straße glühte mit der frühen Abendsonne um die Wette. Die Luft auf dem

Bahnhofsvorplatz waberte schwül und wartete auf ein Gewitter. Doch aus den dünnen Wolken am Himmel würde sich keines lösen. Der Stadt stand wieder einmal eine tropische Nacht mit Temperaturen nicht unter 20 Grad bevor.

Kommissarin Bernard lenkte den Renault auf einen Stellplatz und überquerte den Parkplatz der Kriminaldirektion.

Luc hatte Bruno Gerling vielleicht schon in das Untersuchungsgefängnis gebracht und wartete dort auf Torsten Kluge. Vielleicht durfte sie die Vernehmung führen. Sie nahm die Treppe und lief hinauf in ihr Büro. Dort griff sie nach dem Hörer des Telefons auf dem Schreibtisch.

Kollege Nilles nahm das Gespräch nicht an. Sie tippte Hauptkommissar Kluges Nummer. Er meldete sich aus seinem Dienstwagen.

„Nein, mache ich selber", lehnte er ihren Wunsch nach der Vernehmung von Bruno Gerling ab.

Sie erhob einen Einwand, er wies ihn zurück.

„Du machst jetzt Feierabend, wir sehen uns morgen."

Christine folgte der Dienstanweisung. Widerwillig kontrollierte sie schnell ihre E-Mails. Aber auf Schreibkram hatte sie dann auch keine Lust. Sie hätte sich ohnehin nicht konzentrieren können. Sie verließ das Büro und stieg die Stufen im Treppenhaus hinab. Torben wartete auf sie und das erfüllte sie plötzlich mit einer großen Vorfreude.

Sie fuhr nach Hause. Die Sonne stand tief wie in einem amerikanischen Kitschfilm orangerot am Horizont. Die Stadt roch nach Abgasen, heißem Asphalt und Sommer.

Der Durchzug entriss ihr beinahe die Wohnungstür, nachdem sie aufgeschlossen hatte. Das Radio im Wohnzimmer dudelte Sommerhits. Torben hatte die Fenster und die Balkontür geöffnet. Sie fand ihn in der Küche. Er zauberte Canapés aus dem, was er in ihrem Kühlschrank gefunden hatte.

„Gehst du gar nicht mehr einkaufen?“, beschwerte er sich über das magere Angebot.

„Wozu gibt es Pizzadienste?“, erwiderte sie patzig.

„Sei nicht so frech!“, drohte er.

„Sonst was?“

Sie küssten sich leidenschaftlich.

„Ich stinke. Ich gehe duschen.“

Torben belegte weiter Weißbrotscheiben.

„Dachte schon, das sei der Käse“, rief er ihr nach.

Christine zog sich im Schlafzimmer aus und lief an der Küchentür vorbei ins Bad.

„Vorsicht!“, drohte sie scherzhaft. Dann stieg sie unter die Dusche und wusch sich den Schweiß und Staub des Tages von der Haut.

Torbens Canapés schmeckten köstlich, aber ihr Appetit reichte nur für zwei davon, belegt mit dünnen Scheiben Kräutersalami und Käse. Mehr Gefallen fand sie an dem gut gekühlten Württemberger Schwarzriesling. Der leichte Rotwein erfrischte sie, aber der Alkohol stieg ihr bereits nach dem ersten Glas in den Kopf. Sie goss sich trotzdem nach.

Torben beobachtete sie dabei.

„Was hast du da?“

Er deutete auf ein Blatt Papier, welches umgedreht vor ihrem Teller auf dem Tisch lag. Sie griff danach, drehte es herum und sah es sich an.

„Sie war ein guter Mensch. Es ist meiner Erfahrung nach schwer, so jemanden zu finden.“

Dann reichte sie das Bild über den Tisch. Torben sah es sich an und bemerkte Christines gedrückte Stimmung.

„Wer ist das?“

„Das war Rita. Meine Praktikantin. Sie wurde vergewaltigt und ermordet und ich fühle mich verantwortlich, für das, was passiert ist.“

„Bist du das denn?“

Sie schüttelte ihren Kopf und schluckte trocken.

„Aber mein Gewissen quält mich trotzdem.“

„Das tut mir leid. Erzähl mir, was passiert ist.“

Sie erzählte ihm von Rita. Dabei lachte sie sogar und scherzte, aber am Ende lösten sich wieder Tränen.

Torben gönnte ihr eine Pause und räumte das Geschirr vom Tisch. Christine trank noch ein Glas von dem Schwarzriesling. Den Rest aus der Flasche goss sie in sein Glas.

„Ich stehe derzeit irgendwie neben mir. Ich war heute in Ritas Wohnung, obwohl ich überhaupt nicht wusste, was ich da soll.“

„So wie ich das sehe, hast du dir nichts vorzuwerfen. Rita hat einen großen Fehler gemacht. Für solche Situationen habt ihr sicher klare Dienstanweisungen.“

„Ja, die gibt es.“

„Und, hältst du dich immer daran?“

„Ich gebe mir Mühe."

Torbens Gesichtsausdruck ließ ahnen, dass er daran zweifelte. Er beugte sich zu ihr hinunter, nahm sie in den Arm und strich ihr durch das Haar.

In dieser Nacht lagen sie sich lange in den Armen. Beide hatten sich für den Abend seiner Rückkehr mehr vorgenommen, aber sie war nicht in der Stimmung und er nahm darauf Rücksicht. So war es nur die Temperatur der tropischen Nacht, die sie schwitzen ließ. Sie erwachten früh am Morgen nach einem leichten und unruhigen Schlaf.

Nach dem gemeinsamen Frühstück fuhr Christine in die Kriminaldirektion.

Asche zu Asche

Sie war die Erste im Büro. Sie setzte sich sogleich an ihren Schreibtisch und rief auf ihrem Computer ein Vernehmungsprotokoll auf.

Torsten und Luc hatten noch am Abend Bruno Gerling vernommen. Er besaß eine Ausbildung als Automechaniker und gab an, ein „Schrauberkollege" von Rolf Bender zu sein. Die beiden hatten sich über ihre gemeinsame Leidenschaft für Autos aus den 1970er Jahren kennengelernt.

Seine Beteiligung an Ritas Vergewaltigung hatte er zugegeben. Mit dem Mord an ihr wollte er jedoch nichts tun gehabt haben. Er sei angeblich selbst überrascht und erschrocken darüber gewesen, als die Schüsse fielen. Rolf Bender habe Rita im Dunkeln erschossen. Er habe zu diesem Zeitpunkt bereits im Auto gesessen und eine Zigarette geraucht. Bender sei noch einmal zur der Stelle im Wald gegangen, an der sie die junge Frau zurückgelassen hatten.

Christine atmete flach und las weiter die unglaublichen Zeilen. Das Bild der geschändeten und verschmutzten Leiche von Rita tauchte vor ihrem geistigen Auge auf und sie erinnerte sich an deren starren Blick und das feuchte Haar.

Gerling sagte weiterhin aus, außer dem Mündungsfeuer nichts von dem Mord gesehen zu haben und auch nicht anderweitig daran beteiligt gewesen zu sein. Nach seiner Weigerung, Rolf Bender beim Entsorgen der Leiche zu helfen, gab dieser sein Vorhaben auf. Sie führten keine Taschenlampe mit und das schwache Mondlicht in der Nacht reichte nicht aus, um Spuren am Tatort zuverlässig zu beseitigen. Es war ohnehin alles verloren, hat Bender zu ihm gesagt. Was er damit meinte, wollte Gerling nicht gewusst haben.

Bruno Gerling gehörte nach eigener Aussage auch nicht dem Mädchenhändlerring oder dem Netzwerk der Vergewaltiger an. Davon erfuhr er erst durch die Fragen der Kriminalbeamten im Laufe seiner Vernehmung. Die Person auf dem Motorrad war ihm bis zur Tatnacht unbekannt. Rolf Bender bemerkte sie im Rückspiegel und erkannte sie. Er erklärte ihm gegenüber, die Frau zu kennen, die ihnen offenbar hinterherfuhr. Sie hatte ihm seit Tagen nachgestellt und war auch sexuellen Handlungen mit mehreren Teilnehmern nicht abgeneigt gewesen. Sie fuhren in den Wald und warteten darauf, dass Rita ihnen dorthin folgte. Dass Benders Behauptung nicht stimmen konnte, wurde Bruno Gerling erst bewusst, als Bender die Frau mit einem Knüppel vom Motorrad geschlagen hatte. Trotzdem gaben beide ihren sexuellen Trieben nach und bedrängten sie gemeinschaftlich, zogen sie aus und vergingen sich nacheinander an ihr, während der andere sie festhielt. Die junge Frau hatte sich heftig gewehrt und laut geschrien, war den zwei Männern physisch jedoch unterlegen. Der Tatort lag derart abgelegen, dass niemand die Schreie hörte. So konnten sie den Wald unentdeckt wieder verlassen.

Bender hatte dann erklärt, dass er nicht mehr in sein Haus zurückkehren konnte. Gerling gewährte ihm daraufhin Unterschlupf in seiner Wohnung.

Kommissarin Bernards Zeigefinger schwebte zitternd über dem kleinen Scrollrad in der Mitte ihrer Computermaus. Doch es gab nichts mehr zu lesen. Das Protokoll war zu Ende.

Ihr Blick wanderte vom Bildschirm zum Fenster und dort hindurch bis auf die Dächer der Stadt. Die Morgensonne spiegelte sich auf den Dachpfannen der Giebel.

Christine atmete mehrmals tief ein und wieder aus. Dann erhob sie sich und verließ das Büro. Ihr Weg durch das Treppenhaus führte sie hinauf in die Kantine. Ein starker Kaffee war es, der sie lockte, wenn auch aus einem Automaten. Doch sie traf zunächst auf einen starken Mann.

„Morgen, siehst blass aus. Alles okay mit dir?", polterte Jörg Rottmann.

Sie nickte und ließ sich nach einer wortlosen Verständigung von Jörg einen Becher Kaffee reichen, den er gerade für sich selbst aus dem Automaten gezogen hatte. Sie setzte sich halb auf eine Tischkante und begann, in das heiße Getränk zu pusten. Jörg wartete, bis sich der nächste Becher gefüllt hatte, und stellte sich vor sie.

„Rita wird heute beigesetzt."

„Davon weiß ich ja gar nichts."

„Jetzt weißt du es. Die Eltern haben auf Einäscherung und die Bestattung auf einem Friedhof in ihrem Heimatort bestanden."

„Wer hat sie über den Tod ihrer Tochter informiert?"

„Tanja."

„Die Arme."

Jörg Rottmann nickte und nippte an seinem Kaffee.

„Hab' von deiner Festnahme im Echt-Kauf gehört. Gefällt mir. Solchen Kerlen kann man ruhig mal ordentlich in den Hintern treten."

Christine schwieg.

„Jetzt fehlt uns nur noch Bender."

„Wie weit seid ihr im Fall Ahlers?"

Hauptkommissar Rottmann schnaufte belustigt.

„Brüderchen und Schwesterlein beschuldigen sich weiterhin jeweils selbst und schweigen zu allem anderen. Wir können derzeit keinem von beiden den Mord an Horst Ahlers nachweisen."

Jörg Rottmann nippte an seinem Kaffeebecher.

„Aufgrund der Aussage von Alexander Brosian konnten wir einen international organisierten Mädchenhändlerring aufdecken. Die Mitglieder stammen aus den unterschiedlichsten Berufsgruppen, inklusive der Lokalprominenz. Ärzte zur medizinischen Versorgung und für Abtreibungen, Rechtsanwälte zur Verteidigung von Mitgliedern und Einschüchterung von Zeugen, Beamte zur Strafvereitelung oder zur Einstellung von Verfahren. Die hatten Verbindungsleute bei Dienstleistern, Verwaltungen, der Polizei und bei Versorgern wie Stromkonzernen und Telekommunikationsgesellschaften. Die haben sogar einen Handwerkerdienst für Reparaturen bis hin zu größeren Baumaßnahmen an ihren Gebäuden oder Anlagen betrieben. Facility-Management in der Unterwelt. Unglaublich."

„Und bei all dem hat Bender mitgemacht? Und neben so einem arbeitet man jahrelang?"

Jörg Rottmann zuckte mit den Schultern.

„Gegen ihn liegt mittlerweile ein internationaler Haftbefehl vor, mehr können wir im Moment nicht machen. Mit seiner Familie hat er sich überworfen, Freunde hatte er kaum und die, die er hatte, sitzen ein. Es gibt also keinen Hinwendungsort, an dem wir ihn noch suchen könnten."

„Der hat gewartet, bis der Fahndungsdruck nachlässt, und taucht jetzt irgendwo auf dem Balkan unter."

Hauptkommissar Rottmann versuchte, seiner Kollegin Hoffnung zu geben.

„Rechtshilfeersuchen an Tschechien, Rumänien, Albanien, Bulgarien und Slowenien wurden gestellt. Wir haben Namen, Adressen und Personenbeschreibungen von dem Doktor erhalten. Die Staatsanwaltschaft hat ihm die Aufnahme ins Zeugenschutzprogramm angeboten und auf meinem Schreibtisch stapeln sich die Akten."

Jörg Rottmann versuchte sich an einem Hundeblick.

Christine schmunzelte amüsiert. Akten waren überhaupt nicht Jörgs Ding. Verfolgungsjagden fand er cool und Großeinsätze, am liebsten im Rotlichtmilieu.

Sie verließen die Kantine und jeder begab sich auf den Weg in sein Büro. Auf dem Gang begegnete Kommissarin Bernard dem Leiter der Spurensicherung. Günther Hagemann erinnerte seine Kollegin ebenfalls an Ritas Beerdigung und bedauerte, nun eine andere Praktikantin von seiner Arbeit überzeugen zu müssen.

„Rita wollte zur Spurensicherung? Ich dachte, zur Bundespolizei."

„Sie hat es auf jeden Fall in Erwägung gezogen und sich von mir sehr interessiert den Umgang mit Spurenträgern erklären lassen. Vielleicht hoffte sie aber auch nur auf eine frei werdende Planstelle in eurem Kommissariat. Sie hätte wohl gerne mit dir zusammen gearbeitet."

Christine nickte traurig.

Dann warf sie einen Blick auf ihre Armbanduhr. Noch zwei Stunden bis zur Beerdigung von Rita.

Als sie ihr Büro betrat, saß Torsten Kluge an seinem Schreibtisch und telefonierte. Er sprach Englisch. Angestrengt versuchte er, einen Polizeibeamten der Tschechischen Republik zu einer Hausdurchsuchung bei einem Verdächtigen zu überreden. Vergeblich suchte er nach der entscheidenden Vokabel.

„Search warrant?", schlug Christine vor.

„You must apply a search warrant!", wiederholte Torsten Kluge sein Anliegen lautstark. Und das lag nicht etwa an einer schlechten Telefonverbindung, sondern an seiner schwindenden Geduld mit dem sperrigen Kollegen aus Prag.

Der Hauptkommissar deckte den Hörer mit einer Hand ab.

„Die scheinen kein großes Interesse an Ermittlungen zu haben."

Dann lauschte er weiter den vorgetragenen Einwänden des tschechischen Polizeibeamten und wiederholte sein Ersuchen.

Christine rief Torben an. Er sagte zu, sie zur Beisetzung zu begleiten.

Sie setzte sich an ihren Schreibtisch und begann damit, ihren Bericht über die Festnahme von Bruno Gerling in den Computer zu tippen. Sie warf einen traurigen Blick auf den zweiten Stuhl, der verlassen neben ihr stand. Darauf hatte Rita gesessen und aufmerksam verfolgt, wie Einsatzberichte und Protokolle verfasst wurden.

Eine Stunde später verließ Kommissarin Bernard die Kriminaldirektion und fuhr nach Hause. Sie wechselte ihre Hose und die Bluse dem Anlass entsprechend und trat komplett schwarz gekleidet vor Torben. Er hatte sich aus seinem Reisegepäck bedient und sich für einen dunklen Anzug und ein weißes Hemd entschieden.

Die Parkmöglichkeiten in unmittelbarer Nähe der Kirche waren erschöpft. Christine suchte eine Lücke zwei Straßen weiter und trat mit Torben den Rückweg zu Fuß an.

Die Kirche in dem kleinen Ort im Hunsrück war überfüllt und auf Bestattungen mit einer derart großen Aufmerksamkeit nicht eingerichtet. Sie blieben in der Nähe des Eingangs stehen.

Der Organist spielte ein langsames Stück, das letzte Gemurmel verstummte, die Eingangstüren wurden geschlossen. Dann sprach der Pastor.

Ritas Asche stand in einer kupferfarbenen Urne vor einem Blumenmeer.

Christine spürte wieder einen Kloß im Hals und versuchte, ihn hinunterzuschlucken. Torben griff nach ihrer Hand. Sie ließ ihren Blick über die anwesenden Trauergäste schweifen, um sich abzulenken und so ihre Tränen zurückzuhalten.

Sie entdeckte Tanja Rieger, die weinte. Ausgerechnet ihr war es überlassen worden, Ritas Eltern die Todesnachricht zu überbringen. Der Polizeimeisterin ging diese Aufgabe immer sehr nahe.

In der Reihe vor Tanja saßen der Polizeipräsident und ein Staatssekretär vom Innenministerium. Daneben Staatsanwalt Walter Lorscheider und Kriminaldirektor Josef Weinig. Auf den Bänken dahinter einige Kollegen von der Streife in Uniform. Günther Hagemann war da, Beamte von der Spurensicherung und der Kriminaltechnik, sie hatten Ritas Motorrad untersucht. Neben Richard Welfen saßen Matheo Andersson, Jörg Rottmann, Torsten Kluge, Karin Vollmer und Henriette Hübner.

Auf einer Empore sang nun ein Chor. Dann wurden die Türen weit geöffnet. Der Organist spielte wieder. Ritas Urne wurde hinausgetragen.

Der Zug der Trauergäste folgte ihr auf den kleinen Friedhof. An der Mauer im Schatten einer Linde befand sich ihre Grabstätte. In der Krone des Baumes summten Bienen und Hummeln auf der Suche nach süßem Nektar. Christine hakte sich bei Torben unter. Langsam schritten sie der Menge hinterher. Der Bürgermeister des Ortes und

Freund der Familie hielt die Grabrede. Die Urne wurde abgesenkt. Sand und Wurfblüten standen bereit. Wer Rita persönlich gekannt hatte, blieb einige Sekunden vor ihrem Grab stehen und nahm still Abschied von ihr.

Ritas Eltern nahmen Beileidsbekundungen entgegen. Die Mutter tupfte sich immer wieder die Tränen aus dem Gesicht.

Unter Christines Arm schob sich plötzlich eine Hand. Solveig hakte sich bei ihr unter. Zu dritt liefen sie nebeneinander her und standen bald vor Ritas Eltern und weiteren Mitgliedern ihrer Familie. Ein wenig beschämt stellte Christine plötzlich fest, wie wenig sie über ihre Praktikantin wusste. Nun war es zu spät, etwas daran zu ändern. Die Lebenden verdienten unsere Aufmerksamkeit, ihnen sollte unser Interesse gelten, nicht erst den Toten. Sie riss sich zusammen und reichte Ritas Mutter ihre Hand, dann dem Vater und sie drückte beiden ihr Beileid aus.

Die Trauerfeier fand im Gemeindehaus statt. Ein Catering-Service servierte Kaffee und Kuchen und belegte Brote. Kommissarin Bernard hatte keinen Appetit. Sie trank eine Tasse schwarzen Kaffee. Die ganze Szenerie deprimierte sie.

Solveig saß ihr gegenüber und unterhielt sich mit Torben. Christine beteiligte sich nicht an dem Gespräch. Sie beobachtete die anderen Gäste.

„Die Musik war schön“, hörte sie Solveig sagen.

„Adagio g-Moll von Tomaso Giovanni Albinoni“, erklärte Torben fachkundig.

Solveig zeigte sich beeindruckt.

Nach einer Stunde begann sich die Trauergesellschaft aufzulösen. Der Staatssekretär des Innenministeriums war der Erste, der sich verabschiedete. Staatsanwalt Lorscheider und Kriminaldirektor Weinig folgten ihm. Lücken bildeten sich in den Stuhlreihen an den Tischen. Die Angestellten vom Catering räumten das Geschirr ab. Solveig wechselte an den Tisch der Familie und nahm dort auf einem frei gewordenen Stuhl Platz.

Kommissarin Bernard erhob sich.

„Ich möchte noch einmal an das Grab."

Torben begleitete sie.

Ein Berg von Kränzen bedeckte die Grabstelle. Christine las die Zeilen auf den Schleifen und kämpfte mit den Tränen. Torben stand neben ihr.

„Wie schnell das gehen kann, in der nächsten Sekunde ist dein Leben vorbei", sinnierte er.

Kommissarin Bernard dachte an ihren Vater, der die Sparsamkeit ihrer Mutter oft bremsen musste.

„Madeleine", sagte er dann liebevoll zu ihr, nahm sie in den Arm und küsste ihr Haar. „Die Kunst des Lebens ist es, jeden Tag so zu leben, als wäre es der letzte, und dabei nicht zu vergessen, dass es auch anders kommen könnte."

Sie verließen den Friedhof und schlenderten durch den Ort zu ihrem Wagen. Sie begegneten Jette. Die Oberkommissarin der Sitte war auf der Suche nach ihrem Auto.

„Diese partielle Demenz nervt mich", fluchte sie und besah sich das hübsche Paar.

„Freut mich, Sie mal kennenzulernen", sprach sie weiter und reichte Torben ihre Hand mit schwarz lackierten Fingernägeln.

Dann bemerkte sie Christines gerötete Augen.

„Nimmt dich ganz schön mit."

Christine nickte stumm.

„Ja, schade um das junge Ding. Die war total verknallt in dich und wollte unbedingt ins K1."

Sie gingen weiter.

Jette erinnerte sich wieder daran, wo sie ihren Wagen abgestellt hatte, und verabschiedete sich. Torben nahm Christine an die Hand und sie setzten ihren Weg fort.

„Verknallt in dich", zitierte er Jette. „Sollte ich etwas wissen?"

„Nein. Ich liebe dich und mehr gibt es nicht zu erzählen."

Sie brachte Torben nach Hause in sein Dorf und fuhr nach Trier zurück. In ihrer Wohnung wechselte sie die Kleidung. Dann fuhr sie zur Kriminaldirektion. Dort wartete auch auf sie ein großer Stapel Akten. Hauptkommissar Richard Welfen hatte ihn zusammentragen lassen.

Kommissarin Bernard begegnete dem hageren Mann auf dem Flur. Er schob einen Etagenwagen übervoll mit Ermittlungsakten in sein Büro.

„Ihre Kollegin, Frau Rieger, war so freundlich und hat uns die Akten der Fälle bereitgestellt, bei denen der Kollege Bender Einfluss auf die Ermittlungen hatte."

„Uns", hatte er gesagt. Christine ahnte Fürchterliches.

„Wir müssen sie alle durchsehen und Verbindungen zu anderen Kollegen überprüfen. Dabei könnte es sich um Mittäter handeln."

Richard Welfen schob den Etagenwagen bis vor seinen Schreibtisch. In einem rechten Winkel war ein Tisch daran gestellt.

Der Hauptkommissar deutete mit einer einladenden Geste darauf.

„Bitte, nehmen Sie Platz. Möchten Sie etwas trinken?"

Christine stöhnte innerlich und fürchtete, Richard Welfen könnte es bemerken. Fürsorglich bot er ihr einen Becher Kaffee aus einer Thermoskanne an. Sie nickte ergeben und nahm den ersten Ordner vom Stapel.

Die Ermittlungsakten waren absteigend nach Datum geordnet. Die jüngsten Fälle lagen also oben. Christine klappte den Pappdeckel auf.

Einbruchdiebstahl in einen Elektrofachmarkt. Die Namen der ermittelnden Beamten vor Ort waren aufgeführt. Sachbearbeiter KK Rolf Bender. Täter wurden ermittelt und festgenommen. Fall abgeschlossen.

Christine klappte die Akte zu, griff nach der nächsten und warf dabei einen schnellen Blick zu Richard Welfen. Er hatte sich gleich mehrere Fälle gegriffen und auf seinem Tisch abgelegt. Konzentriert studierte er deren Inhalt. Dazu hatte er sich eine schmale Lesebrille aufgesetzt.

Die Stunden vergingen. Akte für Akte wanderte über die zwei Schreibtische. Mord. Totschlag. Schwere

Körperverletzung. Einbruch. Diebstahl. Raub. Gewalt gegen Frauen. Polizeialltag. Kriminalkommissar Bender arbeitete im Innendienst verschiedenen Kommissariaten zu. Die meisten Fälle wurden abgeschlossen. Eingestellte Verfahren oder zurückgezogene Anzeigen bildeten einen Extrastapel, der später einer zweiten Prüfung unterzogen werden sollte. 314 Ermittlungen in fünf Jahren, an denen Rolf Bender verfahrensrelevant beteiligt war. Innerhalb dieser fünf Jahre hatte die Trierer Zelle des Mädchenhändlerrings bestanden.

Christines Magen knurrte.

„Ich hole mir etwas zu essen. Möchten Sie auch etwas?"

Richard Welfen schaute auf und lächelte milde.

„Nein danke."

Das Käsebrötchen aus dem Automaten in der Kantine war kalt, zäh und weich, der Salat welk. Kommissarin Bernard schlug hungrig ihre Zähne in den Klumpen und zog kräftig daran.

Richard Welfen warf ihr über den Rand seiner Lesebrille hinweg einen mitleidigen Blick zu und griff nach der nächsten Akte.

Christine kaute angestrengt und spülte mit einer Flasche Mineralwasser nach. Das zähe Weißbrot lag ihr wie ein Stein im Magen. Demütig schlug sie eine neue Akte auf. Körperverletzung mit Todesfolge zum Nachteil einer alleinstehenden Rentnerin.

Zäh wie das Brötchen schlich der Nachmittag an Kommissarin Bernard vorbei. Der Zeiger auf ihrer Armbanduhr rückte von einem hoffnungsvollen Blick zum nächsten gerade so weit vor, dass man es überhaupt wahrnehmen konnte.

Sie dehnte ihre Nackenmuskeln und drückte den Rücken durch, bevor sie nach einer weiteren Akte griff.

„Kennen Sie ein hübsches Restaurant in der Stadt? Ich lade Sie dorthin ein, wenn Sie mögen."

Christine war derart überrascht von Richard Welfens Angebot, dass sie vergaß zu antworten.

Der Hauptkommissar sah sie auffordernd an.

„Haben Sie gehört, was ich gesagt habe?"

„Äh, ja. Natürlich. Klar", stammelte sie.

„Das freut mich", verstand Richard Welfen seine Kollegin absichtlich falsch und legte sogleich die Uhrzeit fest.

„20.00 Uhr?", fragte er und Christine erkannte, dass diese Frage nicht etwa als Option zu deuten war.

„Ja", kam es etwas spitz aus ihrem Mund. Sie räusperte sich. „Passt mir gut. Prima."

Sie lächelte unsicher, platzierte eine Akte auf dem Stapel „geprüft" und zog eine neue auf ihren Tisch. Dann warf sie einen heimlichen Blick auf ihre Armbanduhr. Noch wenig mehr als zwei Stunden bis 20.00 Uhr.

Hätte ihre Uhr einen Sekundenzeiger besessen, hätte sie feststellen können, dass dieser in genau dem Moment auf die 12 vorgerückt wäre, als Richard Welfen Punkt 20.00 Uhr die Arbeit unterbrach und sich erhob.

Christine schaute ihn erwartungsvoll an.

„Wir wollten etwas essen", erinnerte er sie unnötigerweise an ihre Abmachung. Stattdessen hätte sie einen Hinweis erwartet, dass sein Aufstehen vom Stuhl als Startsignal zu verstehen war.

„Ja, dann. Gehen wir“, druckste sie. „Was ist mit dem Rest?“

Kommissarin Bernard deutete auf den Stapel Akten auf dem Etagenwagen. Etwa dreißig waren verblieben.

Richard Welfen winkte ab.

„Machen wir morgen“, stellte er in Aussicht und hatte offenbar die Absicht, es als verlockendes Angebot darzubieten. Es misslang.

Der Dienstwagen des Hauptkommissars der Abteilung für interne Ermittlungen war bereits ein älteres Modell, ausgemustert aus dem Fuhrpark des Innenministeriums. Die Modellbezeichnung am Heck war entfernt worden. Aber der silberne Mercedes der E-Klasse sah aus wie neu. Außen wie innen.

Richard Welfen hielt seiner jungen Kommissarin die Beifahrertür auf. Sie stieg ein und bedankte sich. Wie ein ausgebildeter Butler drückte er die Tür gekonnt ins Schloss. Niemals hätte er sie banal zugeworfen.

Während der seltsame Mann den Wagen umrundete, warf Christine einen schnellen Blick zwischen ihren Beinen hindurch auf den Wagenboden vor sich. Ihre Füße standen auf einem makellos gereinigten Passformteppich aus Hoch-Velour. Gekettelt. Taubenblau. Harmonisch abgestimmt zu den Ton in Ton gehaltenen Polstern des Innenraums. Nur die Kopfstützen der Sitze vorn und hinten wurden mit einem weißen Überzug geschützt.

„Gepflegt“ wäre eine geradezu beleidigende Beschreibung für den exzellenten Zustand des Wagens gewesen.

Passend dazu zeigte sich Richard Welfens Fahrstil. Kein Ruckeln, seidenweiche Gangwechsel, keine Lastwechselreaktionen, keine Belästigung durch Bremsmanöver oder Beschleunigung. Ein Meister schien am Werk. Sogar den Fliehkräften konnte er seine Begabung entgegensetzen. Christine wies ihm den Weg.

Beinahe lautlos rollte der schwere Wagen durch den Feierabendverkehr. Die automatische Klimaanlage regelte die Temperatur des Innenraums innerhalb eines kaum wahrnehmbaren Zeitraums energisch rauschend auf ein angenehmes Maß herunter und verrichtete ihren Dienst danach geräuschlos. Der Achtzylinder säuselte. Seine Passagiere schwiegen. Christine erlaubte sich einen Moment matter Gedankenlosigkeit.

Das Restaurant bot deutsche Küche in gepflegten Räumlichkeiten. Mittleres Preisniveau.

Kommissarin Bernards Wahl begründete sich in der offensichtlich bescheidenen Sparsamkeit ihres Begleiters. Er schaute sich kurz um und wirkte zufrieden.

Galant blieb er stehen, zog einen Stuhl vom Tisch ab und schob ihn derart gekonnt zurück, dass er genau in dem Moment in der gewünschten Position stand, in dem Christine ihn mit ihrem Gewicht belastete. Sie bedankte sich höflich.

„Das macht der nicht zum ersten Mal“, urteilte sie insgeheim und griff nach der gereichten Speisenkarte. Der Kellner fragte nach den Getränken und entfernte sich.

Sie hätte einen Bären verspeisen können, beschränkte sich aber auf ein paniertes Schnitzel „Wiener Art". Richard Welfen entschied sich trotz der Sommerhitze für ein herbstliches Gericht. Mit offensichtlichem Hochgenuss verspeiste er ein Hirschgulasch mit Klößen und Rotkohl. Mit der Serviette tupfte er sich kleine Schweißperlen von der Stirn. Beide tranken Wasser.

Seit Richard Welfen sie zum Abendessen eingeladen hatte, hegte sie den Verdacht, dass er damit eine verdeckte Absicht verfolgte. Nun wurde ihre Vermutung bestätigt.

„Frau Bernard ...", begann er, nachdem er höflich darauf gewartet hatte, dass auch seine Tischdame mit dem Essen fertig war.

„Wie Sie ja wissen, leite ich eine Abteilung für interne Ermittlungen im Landeskriminalamt in Mainz. Wie alle Dienststellen leiden auch wir unter einem von der Politik zu verantwortenden Personalmangel. Sollten Sie also einmal den Wunsch nach einer neuen Herausforderung verspüren, würde ich mich freuen, wenn Sie sich vertrauensvoll an mich wenden. Ich arbeite sehr gerne mit Ihnen zusammen. Sie handeln klug, arbeiten gewissenhaft, konzentriert und diszipliniert. Die Fehler, die Sie bisher gemacht haben, schreibe ich Ihrer Jugend zu, aber die vergeht."

Richard Welfen hätte sich selbst ohrfeigen können. Einer jungen Frau ihre vergängliche Jugend in Aussicht zu stellen war nicht sonderlich galant. Welch eine dumme Ungeschicklichkeit.

Christine amüsierte sich derweil über das gestelzt vorgetragene Stellenangebot und genoss die Verlegenheit, in die sich der Hauptkommissar manövriert hatte. Dort aber wollte der nicht lange verharren und fuhr fort.

„Sie brauchen sich nicht sofort zu entscheiden“, fügte er vorauseilend hinzu. „Lassen Sie sich Zeit und denken Sie darüber nach. Besprechen Sie mein Angebot mit Ihrem Partner oder Ihrer Familie, bevor Sie eine Entscheidung treffen.“

„Der überlässt nichts dem Zufall“, stellte Kommissarin Bernard anerkennend fest.

Bevor Richard Welfen eine umgehende Absage riskierte, gewährte er Bedenkzeit. Wohl wissend, dass Menschen unter Zeitdruck ein befreiendes „Nein“ einem verpflichtenden „Ja“ üblicherweise vorziehen.

Von Recht und Ordnung

Der konservative Hauptkommissar aus dem LKA hätte ihren Eltern gut gefallen, unterstellte Christine. Zwar etwas steif, aber dafür gut erzogen und zuvorkommend. Alte Schule. All das in einem positiven Sinne. Selten geworden.

Er bezahlte die Rechnung und ließ sich einen Bewirtungsbeleg ausstellen. Natürlich würde er ihn gewissenhaft seiner Spesenabrechnung hinzufügen.

Sie unterhielten sich auf der Rückfahrt über die Baukunst der Römer, die in der Stadt unübersehbar präsent war. Richard Welfen bewunderte die soliden Bauwerke und ließ sich sogar zu einer leidenschaftlichen Feststellung hinreißen, während sie die Römerbrücke überquerten.

„Seit Jahrhunderten steht die nun hier und wir reißen unsere maroden Betonbrücken alle paar Jahrzehnte ab. Da läuft doch was schief", klagte er an.

„Weil wir die Römer nicht mehr fragen können, wie sie es gemacht haben", versuchte Christine sich an einem Scherz und Richard Welfen nickte verhalten amüsiert.

Sie erreichten die Kriminaldirektion. Er geleitete seine Kollegin bis zu ihrem Wagen und wartete, bis sie den Parkplatz sicher verlassen hatte. Sie schaute in den Rückspiegel. Dann stieg er in den Mercedes.

Der Abend in der Gesellschaft dieses eigenwilligen Mannes beschäftigte sie. Christine ließ die Seitenfenster herunterfahren und genoss den lauen Fahrtwind. Er spielte mit ihren Haaren.

Auf die Bewohner Triers wartete wieder eine tropische Nacht. Die Terrassen der Restaurants waren voll besetzt. Stimmengewirr und Lachen in buntem Licht. Es duftete nach Pizza und gebratenem Fleisch. Ein beinahe mediterranes Treiben in der ältesten Stadt Deutschlands.

Kommissarin Bernard spielte mit dem Gedanken an einen Wechsel ins Landeskriminalamt. Abteilung „Interne Ermittlungen".

Was würde Torben dazu sagen?

Es würde ihm gefallen, urteilte sie. Sie brauchte keine Schwerverbrecher mehr zu jagen und nicht mehr unter Lebensgefahr zu ermitteln. Sie konnte dazu beitragen, „den Laden sauber zu halten".

Sie steuerte ihren Renault auf die Autobahn und fuhr Richtung Luxemburg.

Sie tankte steuerbegünstigt im Nachbarland voll, kaufte sich im Supermarkt Kaffee und kehrte nach Deutschland zurück.

Ihre Gedanken und die warme Nacht hielten sie wach. Das hätte Rita gefallen. Sie hätte vielleicht draußen gesessen, Freunde getroffen oder wäre mit der Kollegin umhergefahren und hätte sich Hoffnungen gemacht.

Christines Sympathie für einen Wechsel ins LKA hätte Rita stattdessen bitter enttäuscht. Aber so war das Leben. Man konnte nichts festhalten. Alles befand sich im Fluss.

Sie dachte an Bender, dieses Schwein, und änderte ihre Fahrtrichtung.

Kenn lag im Halbschlaf. Die Autobahn rauschte in der Ferne, die Hitze der Nacht dämpfte jede Aktivität. Hier und da sah man Licht hinter den Häusern. Menschen auf Terrassen, im Garten, unter Markisen und Sonnenschirmen. Ein kühles Bier, ein spätes Abendessen. Grillgeruch hing in der Luft. Stimmen, vereinzeltes Lachen. Wer nicht früh aufstehen musste, blieb wach. Nur nicht ins Bett gehen und dort schlaflos liegen und in die Laken schwitzen.

Sie ließ den Mégane im großen Gang langsam durch den Ort rollen. Leise, so unauffällig wie möglich. Bevor sie in die Straße einbog, in der Rolf Benders Haus stand, schaltete sie die Scheinwerfer aus und lenkte den Renault in eine freie Parklücke. Der Mond schob sich über die Weinberge und tauchte die Umgebung in einen hellgrauen Schein.

Christine wartete eine Stunde. Worauf, wusste sie nicht. Eine Observierung von Benders Anwesen konnte aufgrund von Personalmangel nicht angeordnet werden. Stattdessen sollten die Kollegen von der Streife die Straße in ihre übliche Runde mit aufnehmen und ab und zu einen Blick auf das Gebäude werfen. Aber was würden sie dabei sehen? Bender etwa? Womöglich bei offenem Fenster im Schein seiner Wohnzimmerlampe vor dem Fernseher?

Der Mann war Polizist. Der kannte sich aus. Der war längst auf dem Weg sonst wohin. Der lief einem nicht wie der Durchschnittsdepp in die Arme und ließ sich festnehmen.

Christine gähnte. Eine Stunde noch, legte sie sich auf und rutschte etwas tiefer in den Fahrersitz. Sie verschränkte die Arme vor der Brust und wäre beinahe eingeschlafen.

Doch dann rollte ein Streifenwagen die Straße entlang und stoppte vor Benders Haus. Der Fahrer leuchtete mit der Taschenlampe über das Grundstück. Dann fuhren die Kollegen weiter.

„Toll, Jungs“, spottete Kommissarin Bernard. „Das hat es jetzt gebracht. Wie wäre es mal mit aussteigen?“

Der Streifenwagen rollte auf sie zu. Das Licht seiner Scheinwerfer erhellte zusätzlich zur Fahrbahn auch die Innenräume der auf der Straße abgestellten Autos. In einem der parkenden Wagen vor ihr auf der anderen Straßenseite saß ein Mann. Elektrisiert richtete Christine sich auf. Der Mann war ihr bisher nicht aufgefallen. Er musste mindestens so lange in seinem Fahrzeug dort sitzen wie sie selbst. Andernfalls hätte sie ihn bemerken müssen.

Die Rücklichter des Streifenwagens verschwanden im Außenspiegel. Kommissarin Bernard tastete nach ihrer Waffe. Dann deaktivierte sie die Innenbeleuchtung am Dachhimmel und zog an dem Entriegelungshebel der Tür. Sie drückte sie einen schmalen Spaltbreit auf, zwängte sich hindurch, ohne den Mann aus den Augen zu lassen, und drückte die Tür wieder ins Schloss.

Den toten Winkel der Außenspiegel nutzend schlich sie geduckt bis an das Heck des Wagens. Ein roter Ford Fiesta. Älteres Baujahr. Uralt und verrostet. Sie zog ihre Dienstwaffe aus dem Holster.

Mit zwei schnellen Schritten stand sie an der Beifahrertür und riss am Griff. Die Tür schwang mit knackendem

Fangband auf. Die Innenbeleuchtung sprang an. Der erschrockene Mann starrte in die Mündung ihrer Waffe.

„Polizei. Was machen Sie hier?"

„Ich stalke meine Ex", stammelte der Mann und hielt unaufgefordert seine Hände hoch.

Es roch nach Bier und muffigen Polstern im Auto. Stockflecken auf dem Stoff und ein Schwall Benzindämpfe ließen ahnen, wie wenig entfernt der Schrotthaufen vom Autoverwerter war. Bender hätte sich ein besseres Fahrzeug besorgt und ganz nebenbei war dieser Mann nicht Bender. Er machte auch keinen gefährlichen Eindruck und fliehen wollte er offenbar auch nicht. Aber die vergilbte Innenraumleuchte an der Stirnseite des Fords wirkte im Dunkel der Nacht auf Kommissarin Bernard wie eine Festbeleuchtung. Wenn sie dort noch länger verharren würde, wäre ihr Aufmerksamkeit gewiss. Genau die brauchte sie jetzt aber gar nicht und deshalb stieg sie ein und warf die Tür zu. Das Licht dimmte nicht vornehm herunter, es erlosch einfach augenblicklich, als hätte es sich gestört gefühlt, und wäre froh, nicht mehr zu Diensten stehen zu müssen.

„Willst'e 'n Bier?", fragte der Mann vorsichtig.

„Sie haben gehört, dass ich Polizistin bin, oder?"

„Ich fahr' ja nicht."

„Aber ich werde gleich noch fahren."

„Ich bin der Rainer."

Rainer griff hinter seinen Sitz und kramte eine Dose dänisches Bier hervor. Es zischte. Sprühnebel benetzte die

Frontscheibe. Dann roch es noch stärker nach Bier. Er trank durstig in großen Schlucken. Das warme Bier gluckerte in der Dose.

„Können Sie sich ausweisen?"

Rainer nickte zuversichtlich, setzte die Bierdose ab, klemmte sie zwischen Instrumententräger und Windschutzscheibe und zog eine zerfledderte Geldbörse aus seiner Gesäßtasche.

Der Personalausweis war in einem vergleichbaren Zustand und abgelaufen. Das Foto veraltet.

„Ein Jugendbildnis?", kommentierte sie das verblichene Bild.

„Hab' keine Kohle für einen Neuen", bedauerte er.

Christine schüttelte ihren Kopf. Insgeheim erheiterte sie dieses Häufchen Elend.

„Wo wohnt Ihre Ex-Frau?"

Rainer deutete mit dem Kinn auf ein Haus schräg gegenüber und rülpste. Im Obergeschoss brannte Licht.

„Das Schlafzimmer", erklärte er niedergeschlagen.

„Woher wissen Sie das?"

„War mein Haus."

„Was ist passiert?"

„Musst du doch wissen. Hausfriedensbruch. Randale. Ich bin bei euch aktenkundig."

„Ich bin bei der Mordkommission."

„Dann bist du zu früh."

Der deprimierte Mann deutete Christines fragenden Blick im Halbdunkel zwischen zwei Straßenlaternen.

„Noch habe ich sie nicht umgebracht."

Kommissarin Bernard amüsierte die Situation. Außerdem waren ein Mann und eine Frau in einem Auto weniger auffällig als ein Mann und eine Frau in zwei Autos.

Falls Rolf Bender unerwarteterweise doch auftauchen sollte, würde er wohl kaum Verdacht schöpfen, wenn er den vergammelten Fiesta überhaupt eines Blickes würdigte. Dienstfahrzeuge der Zivilfahndung befanden sich in der Regel in einem besseren Zustand.

„Ich heiße Christine. Dann lass mal hören, was du angestellt hast."

Rainer gönnte sich noch einen kräftigen Schluck aus der Dose. Das dünne Weißblech knisterte und knackte. Dann rülpste er noch einmal und entschuldigte sich sogleich dafür.

„Er besitzt zwar keine Manieren mehr, aber er kann sich wenigstens noch daran erinnern", stellte Christine insgeheim belustigt fest.

„Ich sitze jeden Abend hier. Hab ja Zeit. Mich braucht niemand mehr. Wenn es dunkel wird, stelle ich mich mit meinem Wagen hier hin. Ich will nicht, dass sie mich sehen. Sybille ist wieder verheiratet. Erstaunlich, wie schnell die umschalten konnte, nachdem meine Firma pleite war. Kohle weg, Frau weg."

„Ist bei der Nächsten bestimmt anders", tröstete Christine und war sich plötzlich selbst nicht mehr ganz sicher, ob ihre Vorhersage zutreffen würde.

„Na ja, jedenfalls war da auch gleich ein neuer Mann und während ich mich mit der Abwicklung der Firma beschäftigte, flog Sybille in den Süden mit ihm. Strandurlaub. Jeden Abend poppen. Essen gehen. Was man so macht."

Rainer verfiel in einen melancholischen Singsang.

„Dann kamen meine Scheidung und Sozialhilfe und kurz darauf Sybilles Hochzeit."

Er führte das dänische Dosenbier an seinen Mund, trank und stieß auf.

„Und warum bist du bei uns aktenkundig?", fragte Christine. „Was hast du angestellt? Stalking? Oder hast du ihr etwas getan?"

„Ne, ne. Ich liebe Sybille ja immer noch. Ich würde ihr nie etwas antun. Ich hatte im Jobcenter eine Meinungsverschiedenheit."

„Du hast randaliert? Oder schlimmer?"

Christine konnte sich den traurigen Mann als Gewalttäter nicht gut vorstellen.

„Ich habe beim Schreibtischaufräumen geholfen", druckste er.

Kommissarin Bernard hielt sich den Handrücken vor den Mund und schaute aus dem Seitenfenster. Rainer bemerkte ihr unterdrücktes Lachen.

„Die zocken mich da ab", jammerte er. „Ich zahle jeden Monat fünfzig Euro Strom voraus. Von meinem Geld. Die beteiligen sich nicht an meinen Stromkosten. Wenn ich aber am Jahresende von meinen bezahlten zwölfmal fünfzig Euro einhundert Euro erstattet bekomme, weil der liebe Rainer so sparsam war ..."

„Wohl eher, weil der Rainer bei Dunkelheit vor dem Haus seiner Ex-Frau im Auto sitzt und sich von Dosenbier ernährt, anstatt im Lichte seiner Küche etwas zu kochen und vor dem Fernseher zu essen", korrigierte Christine.

„... oder so", bestätigte er und prostete ihr mit der Bierdose zu. „Jedenfalls wird mir die Rückerstattung meiner eigenen Vorauszahlung als Einkommen angerechnet und von meinen Leistungen abgezogen. Wie krank ist das denn? Geht's noch?"

„Und darüber hast du mit deiner Sachbearbeiterin diskutiert?"

„War eher ein kurzes Gespräch", stellte Rainer kleinlaut fest. „Jeden Tag werden Millionenbeträge an Steuern hinterzogen und Konzerne verschieben Milliarden Euro in Steueroasen. Die Regierung rettet gierige Banken und die Abgeordneten genehmigen sich selbst alle paar Monate einen ordentlichen Schluck aus der Steuerpulle. Trotzdem hat dieser Staat für alles und jeden in der Welt Kohle in Milliardenhöhe, aber ich, der dieses unerschöpfliche Füllhorn jahrzehntelang üppig mitfinanziert hat, soll auf meine Erstattung verzichten? Never!"

Das Sozialgesetzbuch war nicht Christines Fachgebiet, aber die von Rainer geschilderte Situation empfand sie als ungerecht.

Er trank die Dose Bier leer, zerknüllte sie und warf sie hinter den Beifahrersitz.

„Da die Leeren, da die Vollen", erklärte er. „Ordnung muss sein", fügte er hinzu und grabschte nach einer weiteren Bierdose.

„Meinst du nicht, du hast genug?"

„Oh ja. Ich habe schon lange von allem genug. Diese ganze Scheißgesellschaft kann mich mal."

„Du solltest weniger trinken. Du hast Humor, das mögen Frauen. Ein bisschen weniger Sarkasmus und Selbstmitleid und es klappt bestimmt. Da draußen laufen zehntausende Singles herum. Und hässlich bist du auch nicht."

„Wird das ein Antrag?"

Rainer zog die nächste Dose auf.

„Nein, ich bin vergeben."

„Schade, Prost."

In Sybilles Schlafzimmer ging das Licht aus. Rainer seufzte sehnsuchtsvoll.

„Was machst du eigentlich hier mitten in der Nacht?"

„Ich fahre jetzt nach Hause. War 'ne blöde Idee."

„Ich fand's cool. Was immer du auch meinst."

„Ich observiere das Haus dort."

Rainer deutete mit der Bierdose auf Rolf Benders Grundstück.

„Rolf pennt schon seit zwei Stunden."

„Was?"

„Rolf Bender. Das ist sein Haus."

„Ja, das weiß ich. Wir suchen ihn. Der Fahndungsaufruf wurde veröffentlicht. Du weißt nichts davon?"

„Nö. Was hat er denn ausgefressen? Im Jobcenter randaliert?", ulkte Rainer und sein Lachen war ein Gemisch aus lustigen Schnarch- und Schnappgeräuschen.

„Zeitung? Radio? Nicht so dein Ding?"

„Ich sitz lieber im Auto", legte er nach.

„Hast du ihn gesehen?“

„Nö.“

„Wieso sollte er dann im Haus sein?“

„Weil das Licht an- und wieder ausgegangen ist. Knapp zwei Stunden, bevor du bei mir eingestiegen bist.“

„In dem Haus hat Licht gebrannt?“

„Nur kurz. An und wieder aus.“

„Wo?“

„Unten links.“

Christine erinnerte sich daran, dass sich dort die Küche befand. Vielleicht hatte sich Rolf Bender tatsächlich im Haus aufgehalten. Womöglich hatte er etwas gesucht und in der Dunkelheit für einen kurzen Moment Licht gebraucht. Bei den unregelmäßigen Intervallen, in denen ab und zu ein Streifenwagen am Haus vorbeifuhr, blieb das für ihn ohne großes Risiko. Jetzt war er natürlich längst weg. Wenn er es denn gewesen war. Vielleicht war es auch jemand anderes gewesen, der in seinem Auftrag handelte. Verdammt.

Kommissarin Bernard tastete nach ihrem Mobiltelefon. Doch das hing an der Windschutzscheibe in ihrem Wagen in einer Halterung und war mit der Freisprechanlage verbunden.

„Mist, besitzt du ein Handy?“

Rainer zog ein abgegriffenes Tastentelefon aus der Hosentasche.

Sie überlegte kurz. Es war beinahe ein Uhr morgens. Einen großen Alarm auszulösen, hielt sie für unnötig. Rolf Bender oder wer auch immer war längst über alle Berge.

Aber er bewegte sich wahrscheinlich noch im Großraum Trier. Die Einsatzzentrale könnte die Aufmerksamkeit der Kollegen von der Streife erhöhen und ihr zur Unterstützung einen Wagen schicken. Vielleicht waren Bender oder der Unbekannte zu Fuß unterwegs und noch nicht weit gekommen.

„Ruf die 110 an. Sag, du glaubst, dass Bender in seinem Haus war und sie einen Streifenwagen schicken sollen. Mein Name ist Bernard. Kommissarin Christine Bernard."

Sie stieg aus dem Wagen und schloss sofort die Tür. Die träge Lampe am verschimmelten Dachhimmel des Fords glomm kurz und beleuchtete Rainers fahles Gesicht. Er schaute ihr nach. Sie erinnerte ihn mit einer Geste daran, den aufgetragenen Anruf zu tätigen. Dann tastete sie nach ihrem Dienstausweis, der ihr meistens Respekt und beinahe überall Zutritt verschaffte. Auch diesmal diente er als Türöffner. Sie führte die Plastikkarte zwischen Türblatt und Rahmen ab Höhe des Knaufs abwärts am Schließzylinder vorbei. Die dadurch zurückgeschobene Schlosszunge entriegelte die Haustür. Sie stieß sie auf und tastete nach einem Lichtschalter. Sie fand ihn nicht und betrat im diffusen Schein des Mondlichtes die Küche. Den Schalter an der Wand dort fand sie sofort und drückte ihn.

Sie sah sich um. Eine Schublade in einem Unterschrank stand offen. Auf der Arbeitsplatte darüber lag ein Korkenzieher mit Naturstopfen. Rotwein.

Kommissarin Bernard führte den Korken unter ihre Nase und roch daran. Frisch. Feucht. Erst wenige Stunden war es her, dass jemand die Weinflasche aufgezogen haben musste.

Hatte Rolf Bender wirklich die Nerven, in sein Haus zurückzukehren und sich eine Flasche Wein zu öffnen? Unwahrscheinlich. Viel wahrscheinlicher war es, dass ein Fremder in das Haus eingedrungen war, um es zu plündern.

Sie sah sich in der Küche um. Alles wirkte unangetastet. Die Fenster waren geschlossen und offenbar nicht beschädigt.

Sie trat in den Flur. Rechts von ihr befand sich das Schlafzimmer. Sie schaltete das Licht darin an und sah ein gemachtes Doppelbett und einen Einbauschrank mit verschlossenen Türen. Die Gardinen waren zugezogen, das Fenster dahinter verriegelt. Auch dort war also niemand eingebrochen. Sie löschte das Licht.

Der Schein der Küchenlampe reichte bis zur Wohnzimmertür. Vielleicht hatte dort jemand die Terrassentür aufgehebelt. Wenn nicht, war er womöglich auf die gleiche Weise in das Gebäude gelangt, wie sie selbst. Der Trick mit der Plastikkarte war allgemein bekannt und bei Einbrechern die bevorzugte Methode, um nicht verriegelte Türen zu überwinden.

Sie tastete nach einem Lichtschalter. Plötzlich fiel ein Schuss. Das Projektil zischte dicht an ihrem Ohr vorbei durch ihre Haare hindurch und schlug in den Türrahmen ein. Lack- und Holzsplitter spritzten ihr ins Gesicht und nahmen ihr für den Moment die Sicht. Christine zuckte zurück und sprang in Deckung. Für einen Augenblick hatte sie eine Silhouette im schwachen Licht des Mondes gesehen, dessen fahler Schein durch die Fenster hineinfiel. Dann erhellte bereits das Mündungsfeuer der Schusswaffe den Raum für den Bruchteil einer Sekunde.

Jemand saß in einem Sessel, ein Glas in der Hand. Auf dem Couchtisch stand eine Flasche.

„Verschwinde!“

Kommissarin Bernard erkannte die Stimme von Rolf Bender.

Ein weiterer Schuss löste sich und ein Projektil schlug in den Türrahmen ein und schleuderte Lack- und Holzsplitter in den Flur.

Sie zog ihre Dienstwaffe aus dem Holster und lud sie durch.

„Rolf? Christine hier. Was soll das werden?“

„Hau ab!“, schrie Rolf Bender und seine Stimme überschlug sich. Dann schoss er noch zweimal. Kommissarin Bernards Ohren klingelten aufgrund des betäubenden Lärms in den geschlossenen Räumen.

Sie zählte mit. 15 Patronen enthielt das Magazin einer Walther P99Q, die Dienstwaffe der Polizei in Rheinland-Pfalz. Aber handelte es sich auch um eine Walther? Oder verwendete Rolf Bender eine andere Waffe? Am Klang der Schussabgabe konnte sie den Waffentyp jedenfalls nicht bestimmen. Womöglich war Bender im Besitz weiterer Munition oder eines Ersatzmagazins.

Sie lauschte. Bewegte er sich auf sie zu?

„Das Licht muss aus!“, schoss es ihr durch den Kopf.

Sie schlich zurück zur Küche und drückte auf den Schalter. Dann war es beinahe dunkel. Nun sah Rolf Bender ebenso wenig wie sie selbst.

Er schien nervös zu sein. Er kannte ihre Absichten nicht und wusste nicht genau, wo sie sich befand. Deshalb ballerte er erneut. Zwei, drei Schüsse. Sie schlich wieder zum Durchgang ins Wohnzimmer und drückte sich mit dem Rücken an die Wand.

„Rolf? Lass uns das hier ordentlich zu Ende bringen."

„Wo, verdammt, bleiben die Kollegen von der Streife?", fragte sie sich selbst.

„Rolf?", rief sie, um durch seine Antwort einen Hinweis darüber zu erhalten, wo er sich befand. Saß er noch im Sessel oder arbeitete er sich an sie heran, um sie zu überwältigen?

„Verschwinde endlich", wiederholte er seine Forderung.

Benders Stimme verriet Christine den Standort. Er saß offenbar immer noch in dem Sessel.

„Was hast du vor?"

„Geht dich einen Scheiß an."

„Was machst du hier? Wieso bist du zurückgekommen? Du könntest längst im Ausland sein."

„Tzhh", zischte es resigniert aus dem Dunkeln.

„Wo soll ich denn hin? Deutschland hat mit den meisten modernen Staaten Auslieferungsabkommen geschlossen. Bleibt nur eines dieser zurückgebliebenen Ziegenficker-Länder auf dem Balkan. Oder zu den Kameltreibern nach Nordafrika. Oder doch lieber zu den Schlitzaugen nach Südostasien? Ist doch alles Kacke.

Gegen mich wurde ein internationaler Haftbefehl erwirkt. Ihr schickt mir für den Rest meines Lebens einen Zielfahnder hinterher. Dem Polizistenmörder! Dem Frauenschänder! Ein Leben auf der Flucht bedeutet das für mich. Und am Ende haben wir sie trotzdem immer alle gekriegt. Das weißt du ganz genau. Selbst Ronald Biggs, den Postzugräuber, und der hatte Kohle. Die habe ich nicht."

„Dann stell dich und nimm dir einen guten Anwalt."

„Was redest du denn da? Ich gehe lebenslänglich in den Knast. So oder so. Mit viel Glück bleibt mir die Sicherungsverwahrung erspart. Ein Bulle im Knast. Du weißt, was das für mich bedeutet. Da drin bin ich in der Hackordnung ganz unten. Und wenn ich raus komme, bin ich 70. Meine Pension ist futsch. Was bin ich dann noch? Ein Ex-Knacki mit mickriger Rente. Ein paar hundert Euro Grundsicherung. So sieht es aus."

„Also, was dann?"

„Du lässt mich hier sitzen und ich denke weiter darüber nach, wie es weitergeht."

„Vergiss es!"

„Dann lege ich dich um."

„So wie Rita?"

„Diese kleine Nutte? Die wollte es genau wissen. Na, da haben wir es ihr gezeigt. Jetzt weiß sie, was passiert, wenn man seine neugierige Nase in Dinge steckt, die einen nichts angehen."

Christine unterdrückte ein Wimmern.

„Praktikantin", schnaubte er verächtlich. „Zehn Nummern zu groß, was die Kleine sich da vorgenommen hatte.

Die trug nicht mal eine Waffe. Womit wollte sie uns denn stellen? Mit ihrem Handy nach uns werfen?"

„Wieso hast du sie erschossen?"

„Weil sie keine Ruhe gegeben hat. Hat gebrüllt wie am Spieß und mir gedroht. Sie gehe zum Staatsanwalt und dass wir alle widerliche Schweine wären. Sie hätte nur ihr Maul halten müssen."

Christines Stimme bebte.

„Es war abscheulich, was ihr Rita angetan habt!"

„So? Also, wir hatten unseren Spaß", provozierte Rolf Bender.

Kommissarin Bernard war außer sich. Aber sie musste sich beherrschen. Sie durfte ihrem Zorn nicht nachgeben. Sie musste die Kontrolle über die Situation erlangen.

Bender versuchte, sie herauszufordern und in einen Fehler zu treiben, womöglich sogar zu einem unüberlegten Schuss zu verführen. „Suicide by Cop" nannte man das und interne Ermittler vom Schlage eines Richard Welfen hatten für derlei Entgleisungen wenig Verständnis.

Ihr ehemaliger Kollege wollte sie vielleicht in einen provozierten Selbstmord locken. Dann wäre es zu Ende. Hier und in dieser Nacht.

„Ich werde dich nicht erschießen!", rief sie.

„Dann erschieße ich dich. Obwohl ich das sehr bedauern würde. Warst 'ne Nette."

„Warum kommst du nicht einfach raus und wir reden?"

Er lachte.

„Polizeiseminar erstes Jahr, erste Stunde“, tadelte Rolf Bender. „Reden Sie mit dem Täter. Gewinnen Sie Zeit. Unterbreiten Sie ihm Lösungsvorschläge, aber versprechen Sie nichts. Du enttäuschst mich.“

„Dann komme ich jetzt rein.“

Augenblicklich lösten sich mehrere Schüsse und fetzten wieder Material aus dem Türrahmen. Die Geschosse, die den Rahmen verfehlt hatten, jaulten als Querschläger durch den Flur. Christine duckte sich und hielt schützend die Arme über ihren Kopf. Wie viele Schüsse waren es? Drei, vier? Mist! Sie ging kein Risiko ein und zählte nur drei.

„Meine Kollegen kommen gleich.“

„Die wären längst hier“, konterte Rolf Bender diesen jämmerlichen Versuch, ihn zu täuschen. „Und meine degenerierten Nachbarn kümmern sich einen Scheiß um das, was außerhalb ihres erbärmlichen Daseins geschieht.“

Leider musste Kommissarin Bernard ihrem ehemaligen Kollegen recht geben. Zivilisten waren in der Regel keine Hilfe und die Streife war überfällig. Irgendwas war schief gegangen. Es war im Nachhinein auch sehr optimistisch von ihr gewesen, einem angetrunkenen Unbekannten, der sich seinem Seelenschmerz ergab, einen wichtigen Anruf tätigen zu lassen. Aber wie sollte es jetzt weitergehen? Sie konnte nicht einfach verschwinden. Rolf Bender war ein gesuchter Straftäter und ihre Aufgabe war es, ihn festzunehmen.

„Ich wünschte, ich wäre nicht so oft allein gewesen“, jammerte er plötzlich.

Was sollte das werden? Ein Ablenkungsmanöver? Ein Fluchtversuch? Sie lauschte. Versuchte Bender, sie hinzuhalten und währenddessen durch die Terrassentür zu entkommen? Gerne hätte sie einen Blick riskiert, aber sie fürchtete, dass er nur darauf wartete, dass sie sich vergewissern wollte, ob er noch in seinem Sessel saß. Doch er sprach weiter.

„Und damit meine ich nicht die Anwesenheit anderer Menschen. Ich vermisste Gefährten im Geiste."

„Für was? Zum Ausleben abartiger Fantasien wie in eurem Keller?"

„Ja, ja", raunte er. „Da sind sie wieder, die kleinbürgerlichen Bedenken. Wohin mit Bedürfnissen, die du nie verstehst? Ihr seid ja alle so edel."

„Wir entführen und vergewaltigen auf jeden Fall niemanden."

„Ach, ne. Du hast doch gesehen, wer alles daran beteiligt war. Die ganz feine Gesellschaft."

Rolf Benders Redefluss stockte. Der Wein gluckerte aus der Flasche in das Glas.

Kommissarin Bernard suchte angestrengt nach einer Lösung.

„Ihr wart sicher bei meiner Frau", unterstellte er. „Auch so eine feine Dame. Zum Bumsen war die sich zu schade. Nachdem ich sie einmal richtig rangenommen hatte, ließ sie sich scheiden. Angeblich aus Angst um Elisabeth. Dabei hätte ich der Kleinen nie etwas antun können. Sie ist schließlich meine Tochter."

„Und was war mit Lina Ahlers? Auch sie hätte deine Tochter sein können. Hast du ein einziges Mal an eure Opfer gedacht?"

„Das war doch überwiegend der Abfall unserer Gesellschaft. Scheidungskinder. Vater ein Knacki, Mutter depressiv und suizidgefährdet. Alkohol, Drogen, ein Leben lang Sozialhilfe und aus Langeweile von Kopf bis Arsch tätowiert. Und ich dachte nach meiner Scheidung, ich sei erledigt. Aber die, die waren schon am Ende, als sie in das falsche Rudel hineingeboren wurden. Alles Gesindel."

„Und das gibt dir das Recht, über diese Menschen zu verfügen?"

„Ach, was weißt du schon?"

Rolf Bender trank jetzt aus der Flasche. Christine hörte die Flüssigkeit zurückschwappen, als er sie absetzte und ächzte.

„Na, woran denkst du?", lallte er leicht angetrunken. Offenbar stieg ihm der Alkohol zu Kopf. War das seine erste Flasche oder die zweite? Wie lange saß er bereits dort im Wohnzimmer, in diesem Sessel?

„Willst du nicht hereinstürmen und mich endlich verhaften?", lachte er.

Ja, genau. Wie sollte es weitergehen? Sie konnte schließlich nicht warten, bis Rolf Bender eingeschlafen war. Christine biss sich auf die Unterlippe und suchte immer noch nach einem Ausweg.

„Mit der Verhaftung von Horsts Sohn war ich im Grunde schon erledigt", verkündete er plötzlich theatralisch aus dem Dunkeln heraus. „Sebastian, dieses Weichei. Kackt sich ein wegen seiner dämlichen Schwester. Und dann sticht der mir den Horst ab. Ich dachte, was macht der Idiot da? Bis dahin hatten wir gar kein Problem. Aber dann musste die Leiche weg, der Wagen auch und die Wohnung musste gereinigt werden. Die Alte von nebenan hatte uns bestimmt gehört. Und dann läuft Lina auch noch einer Streife in die Arme, verdammt noch mal. Da wusste ich, diesmal kriege ich das nicht wieder gerade gebogen. Die Vermisstenanzeige von einer bekifften Mutter oder einem besoffenen Vater abzuwenden, war leicht, aber der Mord an Horst und die Verhaftung von Lina, das war eine ganz andere Hausnummer."

Kommissarin Bernard ließ Rolf Bender reden. Das bedeutete Zeit. Zeit war manchmal ein Freund.

„Wieso habt ihr euch überhaupt an der Tochter eures Kumpels vergriffen?"

„Der Horst hat sich Kohle für die Behandlung von Beate geliehen. Viel Kohle. Der wollte die Hoffnung einfach nicht aufgeben, dass seine Frau nicht am Krebs verreckt wie alle anderen auch. Dabei hätte er sie sich nur mal genau ansehen müssen. Das wandelnde Elend. Ich habe ihn davor gewarnt, sich zu verschulden, denn irgendwann kommt der Zahltag. Nachdem Beate verstorben war, konnte er seine Schulden natürlich nicht zurückzahlen. Wir haben versucht, ihm zu helfen. Sogar Ratenzahlung haben wir ihm angeboten. Als er mit drei Raten im Rückstand war, mussten wir was tun."

„Aber Basti kam euch zuvor und hat Lina bei sich versteckt."

„Versteckt", spottete Bender und nahm einen großen Schluck aus der Weinflasche. „Der Idiot. Da sind wir doch als Erstes drauf gekommen, dass der seine Schwester bei sich untergebracht hat. Wie naiv kann man denn sein? Na ja, da haben wir sie uns geholt und mal ein paar Tage ausprobiert."

Christine konnte kaum glauben, was sie zu hören bekam.

„Irgendwann stand Horst vor meiner Tür und jammerte und versicherte, er werde das Geld schon auftreiben. Die Kohle für drei Raten hatte er dabei."

„Woher stammte das Geld?"

„Keine Ahnung. War mir auch egal. Jedenfalls wollten wir Lina zu Sebastian zurückbringen. Plötzlich sticht die mit diesem Plastikding zu und trifft den Horst an der Halsschlagader. Der hat geblutet wie ein Schwein. Dann ist sie aus dem Wagen geflüchtet.

Ich habe Sebastian und den Brosian angerufen, dem Horst einen Druckverband angelegt und auf die beiden in der Wohnung gewartet. Plötzlich steht Sebastian im Flur. Horst flüstert ihm etwas zu, Sebastian rennt in die Küche, kommt mit einem Messer wieder raus und sticht den ab. Ich dachte, was ist denn hier los, verdammt noch mal? Sind jetzt alle bekloppt geworden? In weniger als einer Stunde eskalierte die Situation irreparabel. Da half es auch nichts mehr, dass ihr die Lina ausgerechnet zum Brosian ins Krankenhaus gebracht habt. Natürlich hat der ihre Unversehrtheit bestätigt. Jeder mit Augen im Kopf hätte seinen Befund angezweifelt. Aber die Schwester, die ihm assistiert hat, war sein Flittchen und dazu noch eine blutige Anfängerin und insgesamt ein bisschen dämlich."

Rolf Bender trank noch einen letzten Schluck Wein. Die Flasche war anscheinend leer. Achtlos ließ er sie auf den Teppich fallen.

„Was soll's?", resümierte er. „Ist sowieso alles im Arsch."

Kommissarin Bernard hatte eine Entscheidung getroffen. Das hier sollte ein Ende haben. Jetzt.

Sie atmete kurz tief ein und wieder aus. Dann trat sie blitzschnell vor, legte auf den Sessel an und schoss einmal in die Höhe der Beine. Sie wollte Bender nicht töten, sie wollte ihn verletzen und so zur Aufgabe zwingen. Der grelle Schein ihres Mündungsfeuers erhellte für die Zeit eines Lidschlags den Raum. Doch der Sessel war leer. Ihr Projektil schlug in das Polster ein und riss Stofffetzen und Füllung aus dem Sitzkissen. Rolf Bender saß dahinter auf dem Sofa. Er hatte sich von ihr unbemerkt umgesetzt. Zu spät erkannte sie ihren gefährlichen Fehler. In ihrer Rückwärtsbewegung fielen die ersten Schüsse. Mündungsfeuer zuckten durch das Dunkel des Wohnzimmers. Ein ohrenbetäubender Lärm. Holzfetzen, Putz und Lack wurden herausgerissen und flogen umher. Sie stand geduckt wieder dort, wo sie die ganze Zeit gestanden hatte. Es roch nach Pulverdampf und Schwefel.

Ihr Ex-Kollege schoss nicht mehr. Sie hatte vergessen mitzuzählen. Nun war es ohnehin egal. Sie tastete ihren Körper ab. Nirgendwo fühlte es sich warm und feucht an. Nichts tat ihr weh. Rolf Bender hatte sie verfehlt. Möglicherweise absichtlich, aber wahrscheinlich eher infolge seines Alkoholkonsums. Oder hatte er gar nicht gezielt geschossen? Ballerte er nur herum, um sie daran zu hindern, das Wohnzimmer zu betreten? Vielleicht sah er in dem dunklen Haus auch nur Konturen und Schatten, so wie sie selbst.

Bis auf das Pfeifen in den Ohren ging es ihr gut. Sie hätte jetzt gerne eine schusssichere Weste getragen.

„Ich habe dir gesagt, ich lege dich um!", brüllte er. „Fahr nach Hause zu deinem Torben oder fahr zur Hölle. Das hier endet hässlich."

„Vergiss es!", zischte sie.

„Hau ab und lass mich in Ruhe."

„Du weißt, dass ich das nicht kann."

Christine hatte das Gefühl, dass sie sich schon eine Ewigkeit in Benders Haus aufhielt. Tatsächlich aber waren es nur wenige Minuten. Die Zeit und ihre Anspannung spielten ihr einen Streich.

Sie nahm eine Bewegung draußen vor der offenstehenden Eingangstür wahr. Ein unbekannter Mann schaute neugierig in den Hausflur. Offenbar einer der Nachbarn.

„Ist alles in Ordnung?", rief er.

„Ha", hörte sie Bender im Wohnzimmer lachen. „Ja, wahrscheinlich. Wir ballern hier aus Jux herum, du Idiot."

„Rufen Sie die Polizei", befahl Kommissarin Bernard.

„Alles in Ordnung?", echote sie in Gedanken gereizt. Was für eine blöde Frage.

„So, du zählst jetzt bis 30 und dann komme ich raus und ergebe mich", bot Rolf Bender an.

„Das ist ein Bluff!", war ihr erster Impuls.

Er wusste, dass spätestens in zehn Minuten Kollegen von der Streife eintrafen. Warum auch immer das bisher nicht geschehen war. Und mit Hilfe dieser Verstärkung würde es Kommissarin Bernard gelingen, ihn zu überwältigen und festzunehmen. Die Zeit lief. Christine zählte natürlich nicht. Sie lauschte. Was hatte Bender vor?

Der Schuss löste sich, nachdem sie beschlossen hatte nachzusehen, was Rolf Bender im Wohnzimmer trieb. Ein einzelner Schuss. Keine Holzsplitter, keine Lackfetzen. Nicht einmal das Projektil hatte den Raum verlassen. Kommissarin Bernard tastete auf der anderen Seite der Wand nervös nach dem Lichtschalter.

Der leblose Körper saß zusammengesackt auf dem Sofa. Sein Kinn lag auf der Brust, die Schultern und die Arme hingen schlaff herab. In der Schusshand klemmte die Pistole. Der Verschluss stand offen. Mit der letzten Patrone hatte sich Bender in den Kopf geschossen.

Eine Last von tausend Steinen fiel von Kommissarin Bernard ab. Sie näherte sich dem Mann mit der hässlichen Kopfwunde, trat mit vorgehaltener Waffe an ihn heran und fühlte seinen Puls. Rolf Bender war tot und blutete in die Kleidung und von dort in das Polster des Sofas hinein.

„Ist der tot?"

Christine fuhr herum und richtet ihre Pistole auf …

„Rainer! Bist du wahnsinnig? Ich hätte dich beinahe erschossen."

Wütend steckte sie die Dienstwaffe in ihr Gürtelholster.

„Wieso hast du nicht die Polizei gerufen?"

Rainer zuckte verlegen mit den Schultern.

„Akku leer."

Das Unmenschliche fraß die eigenen Kinder und wandte sich somit am Ende gegen sich selbst. So gnadenlos ausweglos die Situation für die gequälten Frauen war, so hatte Rolf Bender das Ende des Weges erkannt und eine einsame Entscheidung getroffen.

Er hatte sich seiner irdischen Verantwortung entzogen, aber nun stand er vor dem höchsten Gericht, vor dem ein Mensch für sein Handeln in seinem Leben Rechenschaft ablegen muss. Und dem konnte sich niemand entziehen. Es war unausweichlich, gnadenlos ehrlich und gerecht in seinem Urteil.

Die Kollegen von der Streife trafen endlich ein. Beamte vom Kriminaldauerdienst stießen wenig später hinzu. Sie sicherten den Tatort ab, riefen einen Arzt zum Feststellen des Todes herbei und beauftragten ein Bestattungsunternehmen mit dem Abtransport der Leiche, sobald die Spurensicherung den Leichnam freigeben konnte. Rainer und Kommissarin Bernard wurden befragt. Ihre Dienstwaffe wurde sichergestellt und zur Kriminaltechnischen Untersuchung geschickt, um auszuschließen, dass nicht sie Bender erschossen hatte. Die Polizeidienstvorschrift und die Strafprozessordnung regelten das Vorgehen für alle Beamten bis ins Detail.

Ein vertrautes Zischen ließ Kommissarin Bernard aufhorchen. Sie drehte sich um. Rainer hatte die letzte Dose dänisches Bier aufgezogen. Er lehnte damit an seinem Fiesta und genoss das Spektakel auf der Straße. Eine Frau im Bademantel trat zu ihm.

„Was machst du denn hier?", hörte Christine sie fragen.

„Ich habe der hübschen Polizistin da geholfen."

Rainer deutete mit der Dose in der Hand auf Kommissarin Bernard. Bier schwappte heraus. Die Frau legte zweifelnd ihre Stirn in Falten. Christine lehnte sich neben ihn an den Ford.

„Jetzt brauche ich auch einen Schluck."

Sie setzte die Dose an, trank und gab sie ihm wieder.

„Sybille?"

Rainer nickte.

Seine Ex-Frau kehrte in ihr Haus zurück.

„Du hast mir also geholfen? Wieso nur habe ich davon nichts bemerkt?", fragte Christine herausfordernd.

Er verzog gequält sein Gesicht.

Sie ließ nicht locker.

„Was hast du da für eine Schramme an der Schläfe?"

„Bin gestolpert."

„Gestolpert?"

„Als der Akku leer war, wollte ich jemanden nach einem Handy fragen."

„Und?"

„Im Garten hinter dem Haus dort waren noch Leute."

Christine schaute Rainer erwartungsvoll an.

„Aha. Weiter …"

„Bin im Dunkeln über so einen Scheißstein gestolpert. Für einen Moment ging bei mir das Licht aus", gab er zu.

„Na, das üben wir aber noch mal, Herr Hilfspolizist", lachte sie und griff zum letzten Mal nach der Bierdose.

Einige Minuten später verabschiedete sie sich von Rainer, stieß sich vom Wagen ab und überquerte die Straße.

Sie saß noch eine Weile in ihrem Auto und ließ die vergangene Stunde noch einmal Revue passieren. Dann startete sie den Motor und fuhr nach Hause.

Ob es der Hopfen in Rainers Bier war oder die Erschöpfung, sie schlief auf jeden Fall gut, trotz der Hitze.

Der Radiowecker dudelte sie am Morgen wach. Die klebrigen Reste des Nachtschweißes trieben sie unter die Dusche. Sie drehte das Wasser auf, kälter als sonst.

Die Erkenntnis, dass Torben alles Essbare aus ihrem Kühlschrank geplündert hatte, führte sie in die Filiale einer Schnellrestaurantkette. Sie frühstückte kurz und deftig.

In der Kriminaldirektion nahm sie die Treppe.

Sie war unzufrieden. Unzufrieden mit dem Ausgang ihres Versuchs, Rolf Bender festzunehmen, unzufrieden über die bevorstehenden langwierigen Ermittlungen im Fall des Mädchenhändlerrings und unzufrieden darüber, dass es Verbrechern gelungen war, deren Vasallen in die Reihen der Polizei einzuschleusen.

Auf dem Gang begegneten ihr Hauptkommissar Richard Welfen und Staatsanwalt Walter Lorscheider.

Dessen Laune war offensichtlich besser. Er zeigte sich zufrieden über den Ausgang im Fall Bender.

„So ist es für alle das Beste“, beschloss er. „Rolf Bender erspart sich das Gefängnis und wir uns ein Verfahren mit großem Interesse für die Medien und die Öffentlichkeit, das sich zudem womöglich noch Monate hingezogen hätte.“

Kommissarin Bernard schwieg.

„Sie erscheinen mir weniger zufrieden.“

„Ich bin enttäuscht. Wir sollten die Guten sein. Jemand wie Bender schürt daran aber Zweifel und es führte dazu, dass ich eine Kollegin verloren habe.“

„Die Polizei ist ein Spiegel unserer Gesellschaft. Hier wie dort handeln die meisten Menschen moralisch einwandfrei. Aber eben nicht alle. Ich bin zufrieden, weil das System der Selbstkontrolle funktioniert. Es erkennt und ahndet Fehler und überführt die Täter an die Justiz. Wenn es auch manchmal seine Zeit dauert. Mehr Sorgen würde es mir machen, wenn nie ein solcher Fall aufgedeckt werden würde. Dann müssten wir uns fragen, wie viele Straftäter in unseren Reihen unentdeckt bleiben.“

Richard Welfens Blick ruhte auf der jungen Kommissarin.

„*Sie* tragen an all dem keine Schuld und *Sie* haben auch niemanden enttäuscht“, begann er in einem fürsorglichen Ton. „Weder der Suizid des Kollegen Bender noch die völlig unüberlegten und gefährlichen Privatermittlungen Ihrer Praktikantin lagen in Ihrer Verantwortung. Ich schätze Ihre Arbeit und Ihre Persönlichkeit, aber Sie müssen lernen zu akzeptieren, dass wir nicht jeden retten können.“

Christine nickte demütig und wandte sich an den Staatsanwalt.

„Was passiert jetzt mit Lina und Sebastian Ahlers?"

Walter Lorscheiders Zufriedenheit bekam einen kleinen Dämpfer.

„Alexander Brosian hat ausgesagt, dass er den Todeszeitpunkt von Horst Ahlers nicht bestimmen konnte. Als er eintraf, war Ahlers tot. Um festzustellen, ob er verblutet war oder an Sebastian Ahlers Messerstich gestorben ist, blieb ihm keine Zeit. Die Obduktion des verbrannten Leichnams durch das gerichtsmedizinische Institut ergab weder einen ausreichenden Hinweis auf den exakten Todeszeitpunkt noch auf die Todesart. Die Verteidigung der beiden Ahlers Kinder wird darauf bestehen, dass wir den Täter gerichtsverwertbar ermitteln. Das können wir zu diesem Zeitpunkt aber nicht."

Richard Welfen erinnerte den Staatsanwalt an einen bevorstehenden Termin.

„Wir müssen los", erklärte Walter Lorscheider, legte seine Hand väterlich an Christines Oberarm und griff sanft zu. Dann wandte er sich ab.

„Hat denn der Bender noch irgendwas ausgesagt, bevor er sich erschossen hat?", rief er, während er die Ruftaste für den Aufzug drückte. „Ach", winkte er ab. „Ich bekomme ja Ihren Bericht."

Der Büro-Benjamini bettelte um Wasser. Christine füllte eine der Plastikflaschen aus dem Pfandkorb und übergoss damit die trockene Erde.

„Dich werde ich mitnehmen müssen, wenn ich hier mal nicht mehr arbeite“, dachte sie, warf die leere Flasche zurück in den Korb und setzte sich an ihren Schreibtisch.

Sie kontrollierte ihren Posteingang und las ihre E-Mails. Torsten Kluge erschien im Büro, legte etwas auf seinem Tisch ab und ging gleich wieder. Auch er fragte nach dem Bericht über ihren Einsatz am Abend zuvor.

„Bin dran“, versicherte sie und schaute ihm nach. Dann begann sie zu tippen.

Der Cursor auf dem Bildschirm blinkte, der Zeiger der Computermaus schwebte über „Speichern“.

Seit einer Viertelstunde schaffte sie es nicht, dem Bericht einen ausschlaggebenden Satz hinzuzufügen.

Bis auf ein einziges Detail hatte sie den Einsatzbericht über ihren Versuch der Festnahme im Haus von Rolf Bender der Wahrheit entsprechend fertiggestellt. Nun ging es um die alles entscheidende Antwort auf die Frage, ob Horst Ahlers noch gelebt hatte, bevor Sebastian seinem Vater das Messer in den Körper gestoßen hatte. Wenn es so gewesen war, wäre Basti der Mörder, falls nicht, wäre Lina die Mörderin. Die Staatsanwaltschaft brauchte einen Täter.

Rolf Bender hatte dazu eine klare Aussage gemacht und Christine kämpfte mit sich selbst, ob sie sich daran erinnern wollte.

Sie gab einem plötzlichen Bewegungsdrang nach und erhob sich. Sie lief das Treppenhaus hinunter und verließ das Gebäude der Kriminaldirektion. Ihre Anspannung trieb sie über den Bahnhofsvorplatz und über die Ostallee bis zum Landesmuseum. Vor dem Zentrum der Antike setzte sie sich auf eine Bank und genoss die Ruhe im Palastgarten.

Sie wollte Karin Vollmer anrufen, dann Torben. Oder besser Melissa?

Christine schob das Mobiltelefon wieder in ihre Hosentasche. Zwei Jungen liefen an ihr vorbei. Einer bemerkte ihre Dienstwaffe im Gürtelholster und zischte aufgeregt: „Hast'e die Knarre gesehen?"

Kommissarin Bernard schmunzelte und trat den Rückweg an.

Im Alleencenter trank sie in einer Eisdiele einen Cappuccino und bestellte sich danach einen Früchte-Becher.

Mit einem Bauch voll Eis und dem Kopf voller Gedanken kehrte sie zur Kriminaldirektion zurück. Sie hätte jetzt gerne mit ihrem Vater oder ihrer Mutter telefoniert.

Auf dem Gang begegnete ihr Luc.

„Kopf oder Herz?", fragte sie ihn unvermittelt.

Auf seinem Weg irgendwohin blieb er nicht einmal stehen, um nachzufragen, worum es ging. Nicht eine Sekunde zögerte er.

„Herz", rief er. „Was denn sonst?"

Und dann verschwand er in einem der Büros.

„Einsatz!", rief Jörg Rottmann, lief über den Flur und wartete vor dem Aufzug. Christine drückte die Ruftaste.

„Was ist passiert?"

„Häusliche Gewalt."

„Schon wieder?"

Jörg zuckte mit den Schultern.

„Sommerhitze, Urlaubszeit, Alkohol. Jedes Jahr das Gleiche. Die Sonne scheint den Idioten direkt ins Gehirn."

Die Aufzugtüren öffneten sich, sie stiegen ein. Jörg drückte „Erdgeschoss".

Christine bereitete sich innerlich auf den bevorstehenden Einsatz vor. Sie schloss für einen Moment ihre Augen. Zeit zum Nachdenken blieb ihr kaum. Es ging weiter. Der nächste Einsatz, der nächste Täter, das nächste Opfer. Wer weiß, wie lange sie diesem Takt noch folgen konnte?

* * *

Ende September. Die Mittagsonne brannte unerbittlich auf das Dach des schwarzen BMWs. Hauptkommissar Rottmann nörgelte seit einer halben Stunde.

„Worauf zur Hölle warten wir hier?"

Christine ließ ihn zappeln.

Jörg hatte sie am Morgen von zu Hause abgeholt und sie hatte ihn um einen Gefallen gebeten.

Da saßen sie nun in seinem Dienstwagen auf diesem Parkplatz, mit heruntergelassenen Fensterscheiben, die Ellenbogen auf den Türrahmen und die Hitze trieb ihnen den Schweiß auf die Stirn.

Christine schob mit dem Zeigefinger ihre Sonnenbrille den Nasenrücken hinauf und legte ihren Hinterkopf an die Nackenstütze. Sie schloss ihre Augen und dachte an den zurückliegenden Fall und an Richard Welfens Angebot, ins LKA zur Internen zu wechseln. Sollte sie das tun? Was würde Torben dazu sagen? Sie musste mit ihm darüber sprechen.

Jörgs Finger trommelten auf dem heißen Blech der Fahrertür. Er würde gleich wieder etwas sagen. Nörgeln, motzen, maulen, wie er es meistens tat, wenn er unzufrieden war. Er war eben nicht der geduldigste Mensch und er wollte nicht irgendwo herumsitzen, ohne zu wissen, wozu. Aber seine Kollegin hielt dicht. Sie saßen einfach nur da und warteten in der Spätsommerhitze auf was auch immer. Frauen konnten schrecklich verbohrt sein, wenn sie sich etwas in den Kopf gesetzt hatten.

Dann öffnete sich eine Metalltür im grauen Tor der Justizvollzugsanstalt Zweibrücken. Eine verzagt wirkende Frau mit blondem Haar trat aus dem Schatten in das gleißende Licht und blinzelte.

Zwei Reihen vor ihnen wurde die Fahrertür eines Wagens aufgestoßen. Ein junger Mann stieg aus. Er ging der schlanken Frau entgegen, umarmte sie und drückte sie lange an sich. Dann nahm er ihr die schwere Reisetasche ab.

Jörg Rottmann richtete sich in seinem Sitz auf, um besser sehen zu können.

„Das sind die Ahlers Geschwister“, stellte er überrascht fest. „Wurden die entlassen?“

Christine öffnete ihre Augen und lächelte zufrieden.

„Basti gestern. Lina heute. Das Verfahren wurde eingestellt.“

Nachwort

Vielen Dank, dass Sie sich für dieses Buch entschieden haben.

Ich würde mich sehr darüber freuen, wenn Sie diese Geschichte gut unterhalten hat und Sie neugierig geworden sind, auf weitere Bände meiner Krimi-Serie „Christine Bernard".

Die Handlung und die beschriebenen Personen in diesem Roman wurden von mir frei erfunden und dramaturgisch aufbereitet. Lesen soll schließlich Spaß machen. Aber es gibt auch einen ernsten Hintergrund, dem ich während meiner Recherchen begegnet bin und den ich Ihnen nicht vorenthalten möchte. *(Anm. d. Autors)*

Frauenhandel und sexuelle Ausbeutung in Deutschland

Die Vereinten Nationen (UNO) zählen die Bundesrepublik Deutschland zu den Hauptzielländern, in die Menschen hinein gehandelt werden.

Die Erhebung belastbarer Zahlen ist schwierig. Experten zufolge stellt das ermittelbare Hellfeld nur ein Bruchteil der tatsächlichen Fälle dar. *(Quelle: TERRE DE FEMMES)*

Die von mir recherchierten Zahlen basieren auf den Meldungen der Landeskriminalämter (LKA) der Bundesrepublik Deutschland und wurden im Bundeslagebild des Bundeskriminalamtes (BKA) zum Thema Menschenhandel zusammengefasst und veröffentlicht.

Ich beschränke mich im Folgenden auf das Jahr 2016 (Auszug). *(Quelle: Bundeskriminalamt)*

363 Ermittlungsverfahren wegen sexueller Ausbeutung in Deutschland. Davon 72 mit ausschließlich deutschen Opfern.

524 Personen waren tatverdächtig.
Davon 73% männlich.
488 betroffene Opfer insgesamt.
95% davon weiblich.
85% der Opfer stammen aus Europa.
20% aus Deutschland.

Angeführt wird die Kriminalstatistik von den Bundesländern Nordrhein-Westfalen (92 Ermittlungsverfahren) und Berlin (90), gefolgt von Niedersachsen (34), Bayern (29), Hamburg (27), Hessen (22) und Baden-Württemberg (18) …

In jedem zweiten Menschenhandelsverfahren wird wegen weiterer Straftaten ermittelt. 2016 waren das:
117 Gewaltdelikte.
48 Mal Entzug der sexuellen Selbstbestimmung.
29 Freiheitsberaubungen.
29 Verstöße gegen das Betäubungsmittelgesetz …

Nur 24% der Opfer nahmen selbst Kontakt zur Polizei auf.
12% in Begleitung von Dritten.
4% in Begleitung von Fachberatungen.

Von den Tatverdächtigen hatten 145 die deutsche Staatsangehörigkeit, gefolgt von Bulgarien (81), Rumänien (78), Ungarn (39), Türkei (27) …
Bei 73 Tatverdächtigen konnte die Staatsangehörigkeit nicht ermittelt werden.

Von den Opfern hatten 127 die deutsche Staatsangehörigkeit, gefolgt von Bulgarien (92), Rumänien (76), Ungarn (33), Ukraine (22) …
Bei 24% der Opfer konnte die Staatsangehörigkeit nicht ermittelt werden.

41% der Opfer hatten eine Vorbeziehung zum Täter.
Bei 4% bestand ein verwandtschaftliches Verhältnis.

Mir erschien die Gesamtzahl der Ermittlungsverfahren bei Menschenhandel angesichts der großen Anzahl von Ermittlungen bei anderen Straftaten als gering. Der Grund dafür ist nicht etwa deren tatsächlich geringe Zahl, sondern ein großes Dunkelfeld, in dem sich Ermittlungen als äußerst schwierig gestalten. Viele Täter werden nicht gefasst.

Deutschland wird in den Medien inzwischen als das Bordell Europas bezeichnet.

Die Gründe, die Opfer gegebenenfalls anführen, weshalb sie in die sexuelle Ausbeutung geraten sind, mögen nicht Betroffenen unter Umständen banal erscheinen.

Jemand, der es gewohnt ist, ein weitgehend selbstbestimmtes Leben in finanzieller Unabhängigkeit zu führen, kann sich nur schwer vorstellen, entsprechenden Zwängen ausgeliefert zu sein. Nicht wenige Opfer werden mit Gewalt sexuell gefügig gemacht oder stammen aus Dörfern in Osteuropa, in denen es weder Fernsehen noch Internet oder Mobilfunk gibt. Aufklärung findet nicht statt. Vielen Opfern ist selbst der Begriff „Prostitution" zunächst unbekannt. Deswegen spielen Bildung und Ausbildung junger Frauen weltweit eine zentrale Rolle bei der Bekämpfung sexueller Ausbeutung.

Immer, wenn ich während meiner Recherchen auf Schicksale treffe, die mir persönlich unerklärlich erscheinen, erinnere ich mich an einen meiner Leitsätze: „Bevor man über jemand anderen urteilt, sollte man eine lange Strecke in seinen Schuhen gelaufen sein."

Nicht zuletzt ist es aber auch die Nachfrage, die ein Angebot erst entstehen lässt. Somit sind es die Freier, die durch ihr verantwortungsloses und respektloses Handeln einen unmenschlichen (Sklaven-)Markt schaffen, von dem ich jedenfalls geglaubt habe, er gehöre der Vergangenheit an.

Wir lesen uns. Ihr Michael E. Vieten

Weitergehende Informationen über sexuelle Ausbeutung von Frauen erhalten Sie unter anderem hier:

TERRE DE FEMMES
https://www.frauenrechte.de/online/index.php

Sisters e.V.
https://sisters-ev.de

Karo e.V.
https://www.karo-ev.de

Bundeskriminalamt
https://www.bka.de/DE/AktuelleInformationen/StatistikenLagebilder/Lagebilder/Menschenhandel/menschenhandel_node.html

Über den Autor

Michael E. Vieten, Jahrgang 1962, wuchs in Düsseldorf und Ratingen auf. Danach verbrachte er den Großteil seines Lebens im Norden Deutschlands. Er lebt und arbeitet heute im Hunsrück mit Blick auf den Hochwald. Vieten ist gelernter Hotelkaufmann, später wechselte er in die IT-Branche.

Das Schicksal des letzten Wolfs in den Wäldern des Hunsrücks inspirierte ihn zu der Erzählung „Der letzte Wolf des Hochwalds", die er in seiner Mystery-Sammlung „Unheimliche Begegnungen - Aus der Zwischenwelt" veröffentlicht hat, und auch zu Christine Bernards viertem Fall.

Weitere Titel im acabus Verlag

Michael E. Vieten

Christine Bernard.
Der Fall Siebenschön

ISBN: 978-3-86282-352-9
BuchVP: 14,00 EUR
284 Seiten
Paperback

Der Fall Siebenschön. Eine Frau, ihre sechs Töchter und ein verzweifelter Mann. Sieben Tage Verhör und ein schrecklicher Verdacht. Wo sind Andrea Schröder und ihre Kinder? Leben sie noch? Unter Einsatz ihres eigenen Lebens treibt eine junge Kommissarin der Trierer Polizei die Ermittlungen voran und versucht, einem psychisch auffälligen und gewalttätigen Sonderling die dringend benötigten Informationen abzuringen. Doch sie hat sich bereits in seinem Netz dunkelster Absichten verfangen. Eine beispiellose Achterbahnfahrt in die Abgründe der menschlichen Seele beginnt.

Ein spannender Psychokrimi nicht nur für Genre-Fans.

Michael E. Vieten

Christine Bernard.
Die Legende vom bösen Wolf
ISBN: 978-3-86282-566-0
BuchVP: 14,00 EUR
296 Seiten
Paperback

Ein feuchtkalter Morgen im Nebel. Menschliche Überreste in einem Wolfsgehege. Sind die Wölfe blutrünstige Killer oder ist alles nur Mythos und diese brillanten Jäger und nächsten Verwandten unserer liebsten Haustiere sind harmlos?

Eine zweite Leiche mit Fraßspuren wird im Hunsrücker Hochwald gefunden. Ist der über Jahrhunderte gefürchtete Angstgegner des Menschen wieder da und streift bereits auf der Suche nach Beute durch unsere Wälder? Ist er eine Gefahr oder ist der Mensch selbst des Menschen Wolf?Die Trierer Kommissarin Christine Bernard ermittelt und stößt auf ihrer Suche nach dem Mörder auf ein Umfeld voller Vorbehalte, Mythen und Legenden.